In ongenade

J.M. Coetzee bij Uitgeverij Cossee

Schemerlanden
In het hart van het land
Wachten op de barbaren
Wereld en wandel van Michael K
Mr. Foe en Mrs. Barton
IJzeren tijd
De meester van Petersburg
Jongensjaren
Portret van een jongeman
Elizabeth Costello
Elizabeth Costello – De roman in Afrika (luisterboek)
Hij en zijn man (Nobelprijs rede)
Langzame man
Dagboek van een slecht jaar
Wat is een klassieke roman? (essays)
Als een vrouw ouder wordt
In ongenade (luisterboek)
Dierenleven
Zomertijd
Scènes uit de provincie

Over J.M. Coetzee

Hans Achterhuis, Arnon Grunberg,
Kristien Hemmerechts e.a.
J.M. Coetzee – persoon en personage

J.M. Coetzee

In ongenade

Vertaling
Joop van Helmond en Frans van der Wiel

Cossee
Amsterdam

Voor de vertaling werd een werkbeurs verstrekt door
de Stichting Fonds voor de Letteren

Eerste druk 2004
Tiende druk 2011

Oorspronkelijke titel *Disgrace*

Omslagfoto Jan Versweyveld
Boekverzorging Marry van Baar
Druk HooibergHaasbeek, Meppel

Citaat p. 17: William Shakespeare, *Sonnetten*, nr. 1.
Vertaling Peter Verstegen, Van Oorschot, 1993.

ISBN 978 90 5936 357 1 | NUR 302

EEN

Voor een man van zijn leeftijd, tweeënvijftig, gescheiden, heeft hij het probleem van de seks naar zijn idee heel aardig opgelost. Iedere donderdagmiddag rijdt hij naar Green Point. Stipt om twee uur drukt hij op de bel bij de ingang van Windsor Mansions, zegt zijn naam en gaat naar binnen. In de deuropening van nummer 113 staat Soraya op hem te wachten. Hij loopt meteen door naar de slaapkamer, die aangenaam ruikt en zacht verlicht is, en kleedt zich uit. Soraya komt uit de badkamer, laat haar peignoir van zich af glijden, schuift naast hem in bed. 'Heb je me gemist?' vraagt ze. 'Ik mis je elke dag,' antwoordt hij. Hij streelt haar honingbruine, door zon onaangeroerde lichaam; hij strekt haar uit, kust haar borsten; ze vrijen.

Soraya is rijzig en slank, met lang zwart haar en donkere, vochtige ogen. In feite is hij oud genoeg om haar vader te zijn; maar ja, in feite kun je vader zijn op je twaalfde. Hij staat al meer dan een jaar bij haar ingeschreven; hij is volkomen tevreden over haar. In de woestijn van de week is donderdag een oase van *luxe et volupté* geworden.

In bed is Soraya niet uitbundig. Ze heeft eigenlijk een vrij rustig temperament, rustig en gedwee. Over het algemeen is ze in haar opvattingen verrassend moralistisch.

Ze ergert zich aan toeristen die op het openbare strand hun borsten ('uiers', noemt ze die) ontbloten; ze vindt dat zwervers moeten worden opgepakt en als straatveger aan het werk gezet. Hoe ze haar opvattingen rijmt met haar branche vraagt hij niet.

Omdat hij plezier aan haar beleeft, omdat zijn plezier niet afneemt, heeft hij genegenheid voor haar opgevat. Hij gelooft dat deze genegenheid tot op zekere hoogte beantwoord wordt. Genegenheid is weliswaar geen liefde, maar is er in ieder geval aan verwant. Gezien hun weinig belovende begin, hebben ze allebei geluk gehad: hij dat hij haar heeft gevonden, zij dat ze hem heeft gevonden.

Hij beseft dat zijn veronderstellingen getuigen van zelfingenomenheid, echtelijke verknochtheid zelfs. Niettemin blijft hij eraan vasthouden.

Voor een bezoek van anderhalf uur betaalt hij 400 rand, waarvan de helft naar Discreet Escorts gaat. Het lijkt zonde dat Discreet Escorts zoveel krijgt. Maar zij zijn eigenaar van nummer 113 en andere flatjes in Windsor Mansions; in zekere zin zijn ze ook eigenaar van Soraya, van dit deel, deze functie van haar.

Hij heeft met het idee gespeeld te vragen of ze hem in haar eigen tijd wil ontmoeten. Hij zou graag een avond met haar doorbrengen, misschien zelfs een hele nacht. Maar niet de volgende ochtend. Hij kent zichzelf te goed om haar bloot te stellen aan een volgende ochtend, wanneer hij koud en kribbig is, niet kan wachten om alleen te zijn.

Dat is zijn temperament. Zijn temperament zal niet meer veranderen, daar is hij te oud voor. Zijn temperament is gevormd, gestold. De schedel, en daarna het temperament: de twee hardste delen van het lichaam.

Volg je temperament. Het is geen filosofie, die benaming zou hij te veel eer vinden. Het is een regel, zoals de Regel van de H. Benedictus.

Hij bezit een goede gezondheid en een heldere geest. Van beroep is, of was hij, wetenschapper en de wetenschap beheerst, met tussenpozen, nog steeds zijn diepste wezen. Hij leeft binnen zijn inkomen, binnen zijn temperament, binnen zijn emotionele mogelijkheden. Is hij gelukkig? Volgens de gangbare criteria gelooft hij dat hij dat inderdaad is. Hij is echter de epiloog van *Oedipus* niet vergeten: Noem geen mens gelukkig voor hij dood is.

Op het terrein van de seks is zijn temperament intens, maar nooit hartstochtelijk geweest. Als hij een zinnebeeld moest kiezen, zou dat de slang zijn. Geslachtsverkeer tussen Soraya en hem moet, zo stelt hij zich voor, iets van de copulatie van slangen weg hebben: langdurig, met overgave, maar tamelijk abstract, tamelijk droog, zelfs op zijn vurigst.

Is Soraya's zinnebeeld ook de slang? Ongetwijfeld wordt ze bij andere mannen een andere vrouw: *la donna è mobile*. Maar op het vlak van het temperament kan haar affiniteit met hem zeker niet geveinsd zijn.

Hoewel haar werk haar tot een lichtzinnige vrouw maakt, vertrouwt hij haar, binnen redelijke grenzen. Tijdens zijn bezoeken praat hij met een zekere vrijmoedigheid tegen haar, stort zo nu en dan zelfs zijn hart uit. Ze kent zijn levensloop. Ze heeft het verhaal van zijn twee huwelijken gehoord, weet van zijn dochter en het wel en wee van zijn dochter. Ze kent zijn opvattingen.

Over haar leven buiten Windsor Mansions laat Soraya niets los. Soraya is niet haar ware naam, daar is hij zeker van. Er zijn aanwijzingen dat ze een kind, of kinderen heeft gebaard. Misschien is ze helemaal geen beroeps. Misschien werkt ze maar een of twee middagen per week voor het bureau en leidt ze verder een eerzaam bestaan in de buitenwijken, in Rylands of Athlone. Dat zou ongewoon zijn voor een moslim, maar tegenwoordig is alles mogelijk.

Over zijn eigen werk vertelt hij weinig, hij wil haar er niet mee vervelen. Hij verdient de kost aan de Kaapse Technische Hogeschool, voorheen Universiteit van Kaapstad. Van hoogleraar moderne talen is hij bij de opheffing van Klassieke- en Moderne talen in het kader van de grote herstructurering, wetenschappelijk hoofdmedewerker Communicatieleer geworden. Net als al het geherstructureerde personeel, mag hij elk jaar, ongeacht het aantal inschrijvingen, één collegeblok op zijn eigen vakgebied geven, want dat is goed voor het moreel. Dit jaar geeft hij een leergang Dichters uit de Romantiek. Voor de rest doceert hij Communicatieleer 101, 'Communicatieve vaardigheden', en Communicatieleer 201, 'Hogere communicatieve vaardigheden'.

Hoewel hij elke dag uren aan zijn nieuwe vak wijdt, vindt hij de eerste premisse ervan, zoals geformuleerd in het handboek Communicatieleer 101, bespottelijk: 'De menselijke samenleving heeft taal geschapen, opdat wij onze gedachten, gevoelens en bedoelingen aan elkaar kunnen overbrengen.' Zijn eigen mening, die hij voor zich houdt, is dat de gesproken taal is ontstaan uit het lied en het lied is ontstaan uit onze behoefte om de al te grote en tamelijk lege menselijke ziel met geluid te vullen.

In de loop van een carrière die zich over een kwart eeuw uitstrekt, heeft hij drie boeken gepubliceerd, die geen van alle enige beroering of zelfs maar een rimpeling hebben verwekt: het eerste over opera (*Boito en de Faustlegende: de Genesis van Mefisto*), het tweede over het visioen als Eros (*Het visioen van Richard van St. Victor*), het derde over Wordsworth en de geschiedenis (*Wordsworth en de last van het verleden*).

In de afgelopen jaren heeft hij met het idee van een studie over Byron gespeeld. Aanvankelijk dacht hij dat het weer een boek zou worden, weer een kritisch werk. Maar al zijn aanzetten tot het schrijven ervan zijn verzand in verveling. Eerlijk gezegd is hij de literatuurkritiek beu, is hij beu van proza dat ellenlang wordt uitgesponnen. Wat hij wel wil schrijven, is muziek: *Byron in Italië*, een bespiegeling over de liefde tussen de seksen in de vorm van een kameropera.

Wanneer hij voor zijn studenten Communicatieleer staat schieten er frasen, melodieën, flarden gezang van het ongeschreven werk door zijn hoofd. Hij is nooit een erg goed docent geweest; in deze hervormde en, naar zijn mening, uitgeholde onderwijsinstelling is hij minder op zijn plaats dan ooit. Maar ja, hetzelfde geldt voor andere collega's van de oude stempel, gebukt als ze gaan onder een opvoeding die ongeschikt is voor de hun toegewezen taken; geestelijken in een postreligieus tijdperk.

Omdat hij geen respect heeft voor de stof die hij doceert, maakt hij geen indruk op zijn studenten. Ze kijken door hem heen wanneer hij spreekt, vergeten zijn naam. Hun onverschilligheid steekt hem meer dan hij wil toegeven. Desondanks vervult hij zijn plichten tegenover hen, hun ouders en de staat tot op de letter. Maand in maand uit kiest, vergaart, leest en annoteert hij hun opdrachten, verbetert fouten in interpunctie, spelling en taalgebruik, zet vraagtekens bij zwakke argumentatie, voegt aan elk werkstuk een kort, weldoordacht commentaar toe.

Hij blijft lesgeven omdat het hem een inkomen verschaft; en omdat het hem nederigheid leert, hem ervan doordringt waar hij staat in de wereld. De ironie ontgaat hem niet: dat degene die komt om les te geven de hardste lessen leert, terwijl degenen die komen om te leren niets opsteken. Het is een facet van zijn beroep waarover hij zich tegen Soraya niet uitlaat. Hij betwijfelt of er in haar vak evenveel ironie schuilt.

De keuken van het flatje in Green Point is voorzien van een waterketel, plastic bekers, een pot oploskoffie, een schaal met suikerzakjes. De koelkast bevat een voorraad mineraalwater. In de badkamer is zeep en een stapel handdoeken, in de kast liggen schone lakens. Soraya bewaart haar make-up in een handtas. Een rendez-vousplek, meer niet, functioneel, schoon, goed geregeld.

De eerste keer dat Soraya hem ontving, droeg ze vuurrode lippenstift en zware oogschaduw. Omdat hij een hekel had aan de plakkerigheid van de make-up, vroeg hij of ze het wilde afvegen. Ze gehoorzaamde en heeft het sindsdien nooit meer gedragen. Een gretige leerlinge, volgzaam, plooibaar.

Hij vindt het leuk haar cadeautjes te geven. Met nieuwjaar heeft hij haar een geëmailleerde armband gegeven, met Eid een kleine reiger van malachiet, waarop zijn oog viel in een curiosawinkel. Hij geniet van haar plezier, dat heel ongekunsteld is.

Het verbaast hem dat anderhalf uur per week vrouwelijk gezelschap voldoende is om iemand gelukkig te maken die altijd dacht dat hij een vrouw, een thuis, een huwelijk nodig had. Zijn behoeften blijken al met al heel licht te zijn, licht en vluchtig als die van een vlinder. Geen emotie, althans geen andere dan de diepste, de meest onvermoede: een basso ostinato van voldaanheid, als het gonzen van het verkeer dat de stadsbewoner in slaap sust, of als de stilte van de nacht voor plattelanders.

Hij denkt aan Emma Bovary, die verzadigd, glazig kijkend thuiskomt na een middag woest neuken. *Dus dit is gelukzaligheid!* zegt Emma, terwijl ze zich in de spiegel over zichzelf verbaast. *Dus dit is de gelukzaligheid waarvan de dichters spreken!* Nou, als de schim van die arme Emma ooit de weg naar Kaapstad mocht vinden, zou hij haar op een donderdagmiddag meenemen om haar te leren wat gelukzaligheid kan zijn: een mate van gelukzaligheid, een gematigde gelukzaligheid.

Dan, op een zaterdagochtend, verandert alles. Hij moet in de stad zijn; hij loopt in St George's Street als zijn oog valt op een slanke gestalte vóór hem in de menigte. Het is onmiskenbaar Soraya, geflankeerd door twee kinderen, twee jongens. Ze dragen pakjes; ze hebben gewinkeld.

Hij aarzelt, maar volgt hen dan op afstand. Ze verdwijnen in Captain Dorego's Visrestaurant. De jongens hebben het glanzende haar en de donkere ogen van Soraya. Het kunnen alleen haar zoons zijn.

Hij loopt door, gaat terug, passeert Captain Dorego's een tweede keer. Ze zitten met zijn drieën aan een tafel bij het raam. Even ontmoeten, door het glas, Soraya's ogen die van hem.

Hij is altijd een stadmens geweest, thuis in een wemeling van lichamen waar Eros loert en blikken als pijlen flitsen. Maar die blik tussen Soraya en hemzelf betreurt hij op slag.

Bij hun rendez-vous op de volgende donderdag brengt geen van beiden het incident ter sprake. Niettemin zweeft de herinnering onbehaaglijk boven hen. Hij heeft geen behoefte om wat voor Soraya een hachelijk dubbelleven moet zijn te verstoren. Hij is erg voor dubbellevens, driedubbellevens, levens in vakjes geleefd. Hij voelt zo mogelijk zelfs nog meer tederheid voor haar. *Jouw geheim is veilig bij me,* zou hij willen zeggen.

Maar hij noch zij kan het gebeurde van zich afzetten. De twee jongetjes worden een aanwezigheid tussen hen, spelen stil als schaduwen in een hoekje van de kamer waar hun moeder en de vreemde man paren. In Soraya's armen wordt hij kortstondig hun vader: pleegvader, stiefvader, schaduwvader. Als hij na afloop haar bed verlaat, voelt hij hun ogen steels, nieuwsgierig over hem heen scheren.

Zijn gedachten dwalen onwillekeurig af naar de andere vader, de echte. Heeft hij enig benul van wat zijn vrouw uitvoert, of heeft hij voor de gelukzalige onwetendheid gekozen?

Hijzelf heeft geen zoon. Zijn jeugd bracht hij door in een familie van vrouwen. Toen moeder, tantes, zussen wegvielen, werden ze op den duur vervangen door minnaressen, echtgenotes, een dochter. Het gezelschap van vrouwen heeft van hem een vrouwenliefhebber en, tot op zekere hoogte, vrouwenjager gemaakt. Met zijn lengte, zijn goede bouw, zijn olijfkleurige huid, zijn golvende haar heeft hij altijd op een zekere aantrekkingskracht kunnen rekenen. Als hij op een bepaalde manier naar een vrouw keek, met een bepaalde bedoeling, dan beantwoordde ze zijn blik, daar kon hij staat op maken. Zo leefde hij; jaren, tientallen jaren was dat het houvast van zijn leven.

Maar op een dag was het allemaal voorbij. Zonder enige waarschuwing verloor hij zijn macht. Blikken die ooit op de zijne zouden hebben gereageerd, gleden over, langs en door hem heen. Van de ene op de andere dag werd hij een geest. Als hij een vrouw wilde, moest hij leren achter háár aan te gaan; haar, vaak, op een of andere manier te kopen.

Hij leefde in een gespannen sfeer van losse contacten. Hij had verhoudingen met de vrouwen van collega's; hij pikte toeristen op in bars aan de kade of in Club Italia; hij ging met hoeren naar bed.

Zijn kennismaking met Soraya had plaatsgevonden in een schemerig zitkamertje achter het kantoor van Discreet Escorts, met jaloezieën voor de ramen, kamerplanten in de hoeken, verschaalde rook in de lucht. Ze stond bij hen ingeschreven onder 'Exotisch.' De foto toonde haar met een rode passiebloem in het haar en heel fijne lijntjes in haar ooghoeken. De begeleidende tekst vermeldde 'Uitsluitend middagen'. Dat gaf bij hem de doorslag: het vooruitzicht van kamers met dichte luiken, koele lakens, gestolen uren.

Van meet af aan was het bevredigend, precies wat hij zocht. Een schot in de roos. Een jaar lang heeft hij niet naar het bureau terug hoeven gaan.

Toen dat voorval in St George's Street en de vervreemding die erop volgde. Hoewel Soraya zich nog aan haar afspraken houdt, voelt hij de verkoeling toenemen naarmate zij zichzelf verandert in zomaar een vrouw, en hem in zomaar een klant.

Hij heeft een aardig idee van hoe prostituees onder elkaar praten over de mannen die hen bezoeken, vooral de oudere mannen. Ze vertellen verhalen, ze lachen, maar ze huiveren ook, zoals je midden in de nacht huivert om een kakkerlak in een wasbak. Al spoedig zal er om hem fijntjes, valsig worden gehuiverd. Het is een lot waaraan hij niet kan ontkomen.

Op de vierde donderdag na het incident doet Soraya bij zijn vertrek uit het flatje de aankondiging waarop hij zich al heeft voorbereid. 'Mijn moeder is ziek. Ik neem een tijdje vrijaf om voor haar te zorgen. Ik ben er volgende week niet.'

'Zie ik je dan de week erna?'

'Ik weet het nog niet. Het hangt af van hoe het met haar gaat. Je kunt het beste eerst even bellen.'

'Ik heb geen nummer.'

'Bel het bureau maar. Die weten het.'

Hij wacht een paar dagen, belt dan het bureau. Soraya? Soraya is bij ons weg, zegt de man. Nee, we kunnen u niet met haar in contact brengen, dat zou tegen de huisregels zijn. Wilt u met een van onze andere hostessen kennismaken? We hebben een grote keuze exotische dames – Maleise, Thaise, Chinese, noemt u maar op.

Hij brengt een avond door met een andere Soraya – Soraya is blijkbaar een populaire *nom de commerce* – in een hotelkamer in Long Street. Deze is niet ouder dan achttien, onervaren, grof naar zijn idee. 'En wat doe je?' zegt ze, terwijl ze uit haar kleren stapt. 'Import-export,' zegt hij. 'Je meent het,' zegt ze.

Er is een nieuwe secretaresse in zijn vakgroep. Hij neemt haar mee uit lunchen in een restaurant op discrete afstand van de campus en luistert, terwijl zij bij de garnalencocktail klaagt over de school van haar zoon. Bij de sportvelden hangen drugsdealers rond, zegt ze, en de politie doet er niets aan. Al drie jaar staan zij en haar man bij het consulaat van Nieuw-Zeeland op een wachtlijst om te emigreren. 'Jullie hadden het makkelijker. Ik bedoel, je kunt van de oude situatie zeggen wat je wilt, maar jullie wisten tenminste waar je aan toe was.'

'Jullie?' zegt hij. 'Welke jullie?'

'Ik bedoel jullie generatie. Tegenwoordig bepalen de mensen doodleuk zelf aan welke wetten ze zich wensen te houden. Het is anarchie. Hoe moet je je kinderen opvoeden als er overal om je heen anarchie heerst?'

Ze heet Dawn. De tweede keer dat hij haar mee uit neemt gaan ze naar zijn huis om te vrijen. Het is een mislukking. Bokkend en klauwend werkt ze zich naar een opgeklopte extase die hem uiteindelijk alleen maar afstoot. Hij leent haar een kam, rijdt haar terug naar de campus.

Daarna mijdt hij haar, loopt met een boog om de kamer heen waar ze werkt. Van haar kant werpt ze hem een gekwetste blik toe en kijkt hem vervolgens met de nek aan.

Hij zou het moeten opgeven, moeten stoppen met het spel. Op welke leeftijd, vraagt hij zich af, castreerde Origenes zich? Niet de meest elegante oplossing, maar ja, ouder worden is geen elegante bezigheid. Op zijn minst moet je schoon schip maken, zodat je je gedachten kunt richten op voor ouderen passender bezigheden: je voorbereiden op de dood.

Zou je een dokter erom kunnen vragen? De operatie moet eenvoudig genoeg zijn: ze doen het elke dag bij dieren en dieren kunnen er prima mee leven, afgezien van een vaag restje droefheid. Afsnijden, afbinden: met plaatselijke verdoving, een vaste hand en een dosis koelbloedigheid zou je het best zelf kunnen doen, uit een medisch handboek. Een man op een stoel die op zichzelf aan het inknippen is: geen smakelijk gezicht, maar vanuit een bepaalde zienswijze niet onsmakelijker dan dezelfde man die zijn oefeningen doet op het lichaam van een vrouw.

En er is nog Soraya. Hij zou dat hoofdstuk moeten afsluiten. In plaats daarvan betaalt hij een detectivebureau om haar op te sporen. Binnen een paar dagen heeft hij haar echte naam, haar adres, haar telefoonnummer. Hij belt om negen uur 's ochtends, wanneer de echtgenoot en kinderen de deur uit zullen zijn. 'Soraya?' zegt hij. 'Met David. Hoe gaat het met je? Wanneer kan ik je weer zien?'

Een lange stilte voordat ze antwoordt. 'Ik weet niet wie u bent,' zegt ze. 'U valt me lastig in mijn eigen huis. Ik wil dat u me hier nooit meer belt, nooit meer.'

Willen. Ze bedoelt *eisen.* Haar hoge toon verrast hem: die heeft hij nooit in haar vermoed. Maar ja, wat kan een roofdier anders verwachten wanneer hij het nest van de wijfjesvos, het domein van haar welpen, binnendringt?

Hij legt de hoorn neer. Afgunst jegens de echtgenoot, die hij nooit heeft gezien, glijdt als een schaduw over hem heen.

TWEE

Zonder de donderdagse intermezzi is de week zo eentonig als een woestijn. Er zijn dagen dat hij met zichzelf geen raad weet.

Hij brengt meer tijd in de universiteitsbibliotheek door, leest alles wat hij kan vinden over de bredere kring rond Byron, breidt aantekeningen uit die al twee dikke mappen vullen. Hij geniet van de namiddagse rust van de leeszaal, geniet na afloop van de wandeling naar huis: de prikkelende winterlucht, de vochtige, glimmende straten.

Als hij op een vrijdagavond de lange route door de oude universiteitstuinen naar huis neemt, ziet hij een van zijn studentes voor hem op het pad. Ze heet Melanie Isaacs, van zijn college Romantiek. Niet de beste studente, maar ook niet de slechtste: pienter genoeg, maar ongemotiveerd.

Ze loopt te slenteren; al gauw haalt hij haar in. 'Hallo,' zegt hij.

Ze glimlacht terug met een knikje van het hoofd, een glimlach die eerder sluw dan schuw is. Ze is klein en tenger, met dik, gemillimeterd zwart haar, brede, bijna Chinese jukbeenderen, grote, donkere ogen. Ze gaat altijd opvallend gekleed. Vandaag draagt ze een kastanjebruin minirokje met een mosterdgele trui en zwarte maillot; de gouden versiersels op haar riem passen bij de gouden ballen van haar oorhangers.

Hij is een tikje ondersteboven van haar. Dat is niets bijzonders: er gaat nauwelijks een semester voorbij of hij valt wel op deze of gene van zijn pupillen. Kaapstad: een stad met een overvloed aan schoons, aan schoonheden.

Weet ze dat hij een oogje op haar heeft? Waarschijnlijk wel. Vrouwen zijn er gevoelig voor, voor de nadruk van de begerige blik.

Het heeft geregend; in de goten langs het pad klinkt het zachte gemurmel van water.

'Mijn favoriete seizoen, mijn favoriete tijd van de dag,' merkt hij op. 'Woon je hier in de buurt?'

'Over de spoorlijn. Ik deel een flat.'

'Kom je uit Kaapstad?'

'Nee, ik ben opgegroeid in George.'

'Ik woon hier vlakbij. Kan ik je uitnodigen voor een drankje?'

Een behoedzame stilte. 'Oké. Maar ik moet om halfacht thuis zijn.'

Vanuit de tuinen komen ze in het stille woonbuurtje waar hij de afgelopen twaalf jaar heeft gewoond, eerst met Rosalind, en na de scheiding alleen.

Hij ontsluit het veiligheidshek, ontsluit de deur, gaat het meisje voor naar binnen. Hij maakt licht, pakt haar tas aan. Op haar haar liggen regendruppels. Ongegeneerd verrukt, staart hij haar aan. Ze slaat haar ogen neer, geeft hem hetzelfde ontwijkende, misschien zelfs kokette glimlachje als daarvoor.

In de keuken maakt hij een fles Meerlust open en zet koekjes en kaas klaar. Wanneer hij terugkomt staat ze bij de boekenkast, hoofd opzij, de titels te lezen. Hij zet muziek op: het klarinetconcert van Mozart. Wijn, muziek: een ritueel dat mannen en vrouwen met elkaar opvoeren. Niets mis met rituelen, ze zijn uitgevonden om de stroeve overgangen te vergemakkelijken. Maar het meisje dat hij mee naar huis heeft genomen, is niet alleen dertig jaar jonger dan hij: ze is ook studente, zijn studente, onder zijn hoede. Wat er nu ook tussen hen gebeurt, ze zullen elkaar weer onder ogen moeten komen als leraar en leerling. Is hij daarop voorbereid?

'Heb je plezier in het college?' vraagt hij.

'Ik vond Blake leuk. Ik vond dat van de Wonderhorn leuk.'

'Wunderhorn.'

'Ik ben niet zo wild op Wordsworth.'

'Dat moet je niet tegen mij zeggen. Wordsworth was een van mijn grote voorbeelden.'

Het is waar. Al zo lang hij zich kan herinneren, heeft de muzikaliteit van de *The Prelude* weerklank in hem gevonden.

'Misschien dat ik hem tegen het eind van het blok meer waardeer. Misschien gaat hij me nog boeien.'

'Misschien. Maar mijn ervaring is dat gedichten je op het eerste gezicht aanspreken of helemaal niet. Een flits van inzicht en een flits van herkenning. Als bliksem. Als verliefd worden.'

Als verliefd worden. Worden jongeren nog verliefd, of is dat mechanisme inmiddels achterhaald, overbodig, vreemd als stoomtractie? Hij heeft het contact verloren, is uit de tijd geraakt. Verliefd worden kan al zes keer in en uit de mode zijn geraakt zonder dat hij het heeft gemerkt.

'Schrijf jij gedichten?' vraagt hij.

'Op de middelbare school wel. Ik was er niet zo goed in. Nu heb ik er geen tijd voor.'

'En passies? Heb je literaire passies?'

Ze reageert fronsend op het vreemde woord. 'In mijn tweede jaar hebben we Adrienne Rich en Toni Morrison gedaan. En Alice Walker. Dat pakte me nogal. Maar ik zou het toch geen passie willen noemen.'

Dus: geen gepassioneerd wezen. Weert ze hem soms op een uiterst omzichtige manier af?

'Ik ga een maaltijdje in elkaar flansen,' zegt hij. 'Eet je mee? Het wordt heel eenvoudig.'

Ze kijkt aarzelend.

'Kom op!' zegt hij. 'Zeg ja!'

'Oké. Maar dan moet ik eerst bellen.'

Het telefoontje duurt langer dan hij had verwacht. Vanuit de keuken hoort hij gemompel, stiltes.

'Hoe zien je toekomstplannen eruit?' vraagt hij later.

'Dramaturgie en decorontwerp. Ik doe een toneeltentamen.'

'En waarom ben je Romantische poëzie gaan doen?'

Diep nadenkend trekt ze rimpels in haar neus. 'Ik heb het voornamelijk vanwege de sfeer gekozen,' zegt ze. 'Ik wou niet nog eens Shakespeare doen. Ik heb vorig jaar Shakespeare gedaan.'

Wat hij als avondeten in elkaar flanst, is inderdaad eenvoudig: ansjovis op tagliatelle met een champignonsaus. Hij laat haar de champignons klein snijden. Verder zit ze op een kruk te kijken hoe hij kookt. Ze eten in de eetkamer, maken een tweede fles wijn open. Ze eet ongegeneerd. Een gezonde eetlust voor een zo mager iemand.

'Kook je altijd voor jezelf?' vraagt ze.

'Ik woon alleen. Als ik niet kook, doet niemand het.'

'Ik heb een hekel aan koken. Ik zou het eens moeten leren.'

'Waarom? Als je er echt een hekel aan hebt, moet je een man nemen die kookt.'

Samen mijmeren ze over het plaatje: de jonge vrouw met de gedurfde kleding en opzichtige sieraden stapt energiek de voordeur binnen en snuift ongeduldig de lucht op; de echtgenoot, de kleurloze meneer Correct, staat met schort aan in de dampende keuken in een pan te roeren. Omkeringen: stof voor burgerlijke kluchten.

'Dat was het,' zegt hij uiteindelijk, als de schaal leeg is. 'Geen toetje, tenzij je een appel of wat yoghurt wilt. Het spijt me – ik wist niet dat ik een gast zou krijgen.'

'Het was lekker,' zegt ze, terwijl ze bij het opstaan haar glas leegdrinkt. 'Bedankt.'

'Ga nog niet weg.' Hij pakt haar hand en neemt haar mee naar de bank. 'Ik wil je nog iets laten zien. Hou je van dans? Niet van dansen: dans.' Hij schuift een cassette in de videorecorder. 'Het is een film van ene Norman McLaren. Hij is al vrij oud. Ik heb hem in de bibliotheek gevonden. Kijk eens wat jij ervan vindt.'

Naast elkaar gezeten kijken ze. Twee dansers op een kaal toneel maken hun passen. Opgenomen met een stroboscopische camera, waaieren hun beelden, schimmen van hun bewegingen, als vleugelslagen achter hen uit. Het is een film die hij een kwart eeuw geleden voor het eerst heeft gezien, maar die hem nog steeds fascineert: het moment van het heden en het verleden van dat moment, vervliegend, gevangen in dezelfde ruimte.

Hij wil dat het meisje ook gefascineerd raakt. Maar hij voelt dat ze het niet is.

Wanneer de film is afgelopen staat ze op en dwaalt door de kamer. Ze tilt de klep van de piano op, slaat de centrale C aan. 'Speel je?' zegt ze.

'Een beetje.'

'Klassiek of jazz?'

'Geen jazz, ben ik bang.'

'Wil je iets voor me spelen?'

'Niet nu. Ik oefen te weinig. Een andere keer, als we elkaar wat beter kennen.'

Ze gluurt in zijn studeerkamer. 'Mag ik even kijken?' zegt ze.

'Doe het licht maar aan.'

Hij zet weer muziek op: Scarlatti sonates, kattenmuziek.

'Je hebt een hoop Byron-boeken,' zegt ze als ze terugkomt. 'Is dat je lievelingsdichter?'

'Ik werk aan Byron. Aan zijn tijd in Italië.'

'Was hij niet jong gestorven?'

'Zesendertig. Ze zijn allemaal jong gestorven. Of verdord. Of gek geworden en opgesloten. Maar Byron is niet in Italië gestorven. Hij stierf in Griekenland. Hij ging naar Italië om een schandaal te ontvluchten en vond daar zijn plek. Zijn rust. Vond er de laatste grote liefde van zijn leven. Italië was in die tijd een populair reisdoel voor de Engelsen. Ze dachten dat de Italianen nog voeling hadden met hun natuur. Minder geremd waren door conventies, gepassioneerder waren.'

Ze maakt weer een ronde door de kamer. 'Is dit je vrouw?' zegt ze, als ze voor een ingelijste foto op de salontafel blijft staan.

'Mijn moeder. Gemaakt toen ze jong was.'

'Ben je getrouwd?'

'Geweest. Twee keer. Maar nu niet meer.' Hij zegt niet: Nu moet ik me behelpen met wat ik op mijn pad vind. Hij zegt niet: Nu moet ik me behelpen met hoeren. 'Kan ik je een likeurtje aanbieden?'

Ze wil geen likeur, maar accepteert een scheutje whisky in haar koffie. Als ze ervan nipt, buigt hij zich naar haar toe en raakt even haar wang aan. 'Je bent erg mooi,' zegt hij. 'Ik ga je uitnodigen om iets roekeloos te doen.' Hij raakt haar opnieuw aan. 'Blijf. Blijf vannacht bij me.'

Over de rand van haar kopje kijkt ze hem strak aan. 'Waarom?'

'Omdat je dat zou moeten doen.'

'Waarom zou ik dat moeten doen?'

'Waarom? Omdat de schoonheid van een vrouw niet van haar alleen is. Die is onderdeel van de overvloed die ze in de wereld meebrengt. Ze heeft de plicht die te delen.'

Zijn hand ligt nog op haar wang. Ze gaat hem niet uit de weg, maar geeft er ook niet aan toe.

'En als ik die nu al deel?' In haar stem zit een lichte ademloosheid. Opwindend, altijd opwindend, die veroveringspogingen: opwindend en aangenaam.

'Dan zou je die met meer moeten delen.'

Mooie woorden, oud als de verleiding zelf. Toch gelooft hij er op dit moment in. Ze is niet het bezit van zichzelf. Schoonheid is niet het bezit van zichzelf.

'Van 't mooiste der natuur willen we meer,' zegt hij, 'opdat de Roos der schoonheid steeds herrijst.'

Geen goede zet. Haar glimlach verliest zijn speelse, beweeglijke karakter. De pentameter, waarvan de cadens ooit zo goed van pas kwam om de woorden van de slang te zalven, maakt nu alleen afkerig. Hij is weer docent geworden, een man van het boek, hoeder van het cultuurgoed. Ze zet haar kopje neer. 'Ik moet weg. Ze wachten op me.'

De wolken zijn weggetrokken, de sterren schitteren. 'Een heerlijke nacht,' zegt hij als hij het tuinhek van het slot doet. Ze kijkt niet omhoog. 'Zal ik je naar huis brengen?'

'Nee.'

'Uitstekend. Welterusten.' Hij spreidt zijn armen, omhelst haar. Heel even voelt hij haar kleine borsten tegen zich aan. Dan ontglipt ze zijn omarming en is weg.

DRIE

Daarbij zou hij het moeten laten. Maar dat doet hij niet. Op zondagmorgen rijdt hij naar de lege campus en verschaft zich toegang tot het kantoor van de vakgroep. Uit de archiefkast diept hij Melanie Isaacs' inschrijvingskaart op en neemt haar persoonlijke gegevens over: adres thuis, adres in Kaapstad, telefoonnummer.

Hij draait het nummer. Een vrouwenstem antwoordt.

'Melanie?'

'Ik zal haar even roepen. Wie kan ik zeggen?'

'Zeg maar, David Lurie.'

Melanie – melodie: een overdadig rijm. Geen goede naam voor haar. Verplaats de klemtoon. Meláni: de donkere.

'Hallo?'

In dat ene woord hoort hij al haar onzekerheid. Te jong. Ze zal niet weten hoe ze hem moet aanpakken; hij zou haar moeten laten gaan. Maar hij is in de ban van iets. Roos der schoonheid: het gedicht gaat als een pijl op zijn doel af. Ze heeft zichzelf niet in eigendom; misschien heeft hij zichzelf net zo min in eigendom.

'Ik dacht dat je het wel leuk zou vinden om mee te gaan lunchen,' zegt hij. 'Ik haal je op om, laten we zeggen, twaalf uur?'

Ze heeft nog tijd om een leugen te vertellen, zich eruit

te draaien. Maar ze is te beduusd en het moment gaat voorbij.

Als hij aankomt, staat ze op de stoep voor haar flatgebouw te wachten. Ze draagt een zwarte maillot en een zwarte trui. Haar heupen zijn slank als van een twaalfjarige.

Hij neemt haar mee naar de Houtbaai, naar de haven. Onderweg probeert hij haar op haar gemak te stellen. Hij vraagt naar haar andere colleges. Ze speelt mee in een toneelstuk, zegt ze. Het is een van de eisen voor haar kandidaats. De repetities vergen veel van haar tijd.

In het restaurant heeft ze geen eetlust, staart mistroostig uit over zee.

'Is er iets? Wil je erover praten?'

Ze schudt haar hoofd.

'Maak je je zorgen over ons tweeën?'

'Misschien.'

'Hoeft niet. Ik zal voorzichtig zijn. Ik laat het niet te ver komen.'

Te ver. Wat is ver, wat is te ver in een kwestie als deze? Is haar te ver hetzelfde als zijn te ver?

Het is begonnen te regenen: watergordijnen schuiven over de lege baai. 'Zullen we gaan?' zegt hij.

Hij neemt haar mee naar zijn huis. Op de vloer van de woonkamer, bij het geluid van tegen de ramen kletterende regen, vrijt hij met haar. Haar lichaam is helder, eenvoudig, volmaakt op zijn manier; hoewel ze van begin tot eind passief is, vindt hij de daad aangenaam, zo aangenaam dat hij vanaf het hoogtepunt in de totale vergetelheid tuimelt.

Als hij weer bijkomt, is de regen opgehouden. Het meisje ligt met gesloten ogen onder hem, de handen slap boven haar hoofd, een lichte frons op haar gezicht. Zijn handen zijn onder haar grof gebreide trui, op haar borsten. Haar maillot en slipje liggen in een kluwen op de grond; zijn broek zit om zijn enkels. *Na de storm,* denkt hij; regelrecht uit George Grosz.

Met afgewend gezicht wurmt ze zich vrij, pakt haar spullen, verlaat de kamer. Na een paar minuten is ze aangekleed terug. 'Ik moet gaan,' fluistert ze. Hij doet geen moeite haar tegen te houden.

De volgende ochtend wordt hij wakker in een toestand van diep welbehagen, die niet overgaat. Melanie is niet op college. Vanaf zijn kamer belt hij een bloemist. Rozen? Misschien geen rozen. Hij bestelt anjers. 'Rood of wit?' vraagt de vrouw. Rood? Wit? 'Stuur twaalf roze,' zegt hij. 'Ik heb geen twaalf roze. Zal ik een bos gemengd sturen?' 'Stuur een bos gemengd,' zegt hij.

De hele dinsdag valt er regen uit zware wolken die vanuit het westen over de stad stormen. Als hij op het eind van de dag door de hal van het Communicatiegebouw loopt, bespeurt hij haar bij de deur, te midden van een groep studenten die wacht op het luwen van de hoosbui. Hij gaat achter haar staan, legt een hand op haar schouder. 'Wacht hier op me,' zegt hij. 'Ik geef je een lift naar huis.'

Hij keert terug met een paraplu. Als ze het plein naar de parkeerplaats oversteken, trekt hij haar naar zich toe om haar beschutting te bieden. Een plotselinge windvlaag blaast de paraplu binnenstebuiten; schutterig rennen ze samen naar de auto.

Ze draagt een glimmend gele regenjas; in de auto doet ze de capuchon af. Haar gezicht gloeit; hij is zich bewust van het op en neer gaan van haar borst. Ze likt een regendruppel van haar lip. *Een kind!* denkt hij: *Nog maar een kind! Wat ben ik aan het doen?* Toch stampt zijn hart van begeerte.

Ze rijden door het drukke namiddagverkeer. 'Ik heb je gisteren gemist,' zegt hij. 'Is alles goed met je?'

Ze geeft geen antwoord, blijft naar de ruitenwissers staren.

Bij een rood stoplicht pakt hij haar koude hand. 'Melanie!' zegt hij, en probeert zijn toon licht te houden. Maar hij is het verleiden verleerd. De stem die hij hoort, is die van een paaiende ouder, niet van een minnaar.

Hij stopt voor haar flatgebouw. 'Bedankt,' zegt ze, als ze het portier openmaakt.

'Vraag je me niet om binnen te komen?'

'Ik denk dat mijn flatgenote thuis is.'

'Vanavond dan?'

'Ik heb vanavond repetitie.'

'Wanneer zie ik je dan weer?'

Ze antwoordt niet. 'Bedankt,' herhaalt ze en schuift de auto uit.

Op woensdag is ze op college, op haar gebruikelijke plaats. Ze zijn nog met Wordsworth bezig, met Boek 6 van *The Prelude*, de dichter in de Alpen.

'*From a bare ridge*,' leest hij voor,

> *we also first beheld*
> *Unveiled the summit of Mont Blanc, and grieved*
> *To have a soulless image on the eye*
> *That had usurped upon a living thought*
> *That never more could be.*

'Dus. De majestueuze witte berg, de Mont Blanc, blijkt een teleurstelling. Waarom? Laten we beginnen met het ongebruikelijke werkwoord *usurp upon*. Heeft iemand dat in een woordenboek opgezocht?

Stilte.

'Als jullie dat hadden gedaan, zou je erachter zijn gekomen dat *usurp upon* inbreuk maken op betekent, schenden. *Usurp*, volledig in bezit nemen, is de perfectieve vorm van *usurp upon*; het in bezit nemen voltooit de daad van het inbreuk maken.

De wolken trokken op, zegt Wordsworth, de top werd ontsluierd en we betreurden het dit te zien. Een vreemde reactie voor een reiziger naar de Alpen. Waarom betreuren? Omdat, zegt hij, een zielloos beeld, enkel een beeld op het netvlies, inbreuk heeft gemaakt op wat tot dan toe een levende gedachte was. Wat was die levende gedachte?'

Opnieuw stilte. Zelfs de lucht waarin hij spreekt, hangt er lusteloos als een laken bij. Een man die naar een berg kijkt: waarom moet dat zo ingewikkeld zijn, willen ze klagen? Wat voor antwoord kan hij hun geven? Wat heeft hij tegen Melanie gezegd, die eerste avond? Dat er zonder een flits van inzicht niets is. Waar is de flits van inzicht in dit lokaal?

Hij werpt een snelle blik op haar. Ze zit met gebogen hoofd, is verdiept in de tekst, althans zo lijkt het.

'Hetzelfde woord *usurp* komt een paar regels verder terug. Usurpatie is een van de onderliggende thema's van de Alpen-episode. De grote archetypen van de geest, zuivere ideeën, worden in bezit genomen door louter zintuiglijke beelden.

Toch kunnen we ons dagelijks leven niet doorbrengen in een wereld van zuivere ideeën, afgesloten van de zintuiglijke ervaring. De vraag is niet: Hoe kunnen we de verbeelding zuiver houden, beschermen tegen de aanslagen van de werkelijkheid? De vraag moet zijn: Kunnen we een manier vinden om die twee naast elkaar te laten bestaan?

Kijk naar regel 599. Wordsworth schrijft over de grenzen van de zintuiglijke waarneming. Het is een thema dat we eerder hebben aangestipt. Als de zintuigen de grens van hun vermogens bereiken, begint hun licht te doven. Maar op het moment van de ondergang springt dat licht, als een kaarsvlam, nog eenmaal op om ons een glimp van het onzichtbare te gunnen. Het is een moeilijke passage; misschien zelfs in tegenspraak met het moment van de Mont Blanc. Niettemin lijkt Wordsworth tastend op weg naar een evenwicht: niet de zuivere, door wolken omkranste idee, noch het visuele beeld dat op het netvlies staat gebrand en ons overweldigt en teleurstelt met zijn prozaïsche helderheid, maar het zintuiglijke beeld, zo vluchtig mogelijk gehouden, als een middel om de idee, die dieper in de grond van de herinnering ligt begraven, wakker te maken of te activeren.'

Hij wacht even. Volslagen onbegrip. Hij is te snel te ver gegaan. Hoe kan hij hen weer naar zich toe halen? Hoe haar?

'Net als verliefd zijn,' zegt hij. 'Als je blind was, zou je waarschijnlijk niet eens verliefd zijn geworden. Maar zou je werkelijk de geliefde willen zien in de kille helderheid van het gezichtsorgaan? Het kan meer in je belang zijn om de aanblik te versluieren, haar daarmee levend te houden in haar archetypische, godinachtige vorm.'

Het staat ver van Wordsworth af, maar het maakt ze tenminste wakker. *Archetypen?* zeggen ze bij zichzelf. *Godinnen? Waar heeft hij het over? Wat weet die oude vent van de liefde?*

Een herinnering overspoelt hem: het ogenblik op de grond toen hij de trui omhoog rukte en haar fraaie, volmaakte borstjes blootlegde. Voor het eerst kijkt ze op; haar ogen ontmoeten de zijne en zien in een flits alles. In verwarring slaat ze haar blik neer.

'Wordsworth schrijft over de Alpen,' zegt hij. 'Wij hebben in dit land geen Alpen, maar we hebben de Drakensbergen, of op kleinere schaal, de Tafelberg, die we in het voetspoor van de dichters beklimmen, in de hoop op een van die onthullende wordsworthiaanse momenten waar we allemaal van hebben gehoord.' Nu zegt hij maar wat, praat hij er overheen. 'Maar zulke momenten komen alleen als we een half oog gericht houden op de grote archetypen van de verbeelding die we in ons meedragen.'

Genoeg! Hij walgt van het geluid van zijn eigen stem, en heeft ook medelijden met haar dat ze deze bedekte intimiteiten moet aanhoren. Hij beëindigt het college, blijft dan talmen in de hoop haar even te spreken. Maar ze glipt weg in het gedrang.

Een week geleden was ze nog gewoon een knap gezichtje in de klas. Nu is ze een aanwezigheid in zijn leven, een ademende aanwezigheid.

De toneelzaal van de studentenbond is donker. Onopgemerkt neemt hij plaats op de achterste rij. Afgezien van een kalende man in conciërge-uniform een paar rijen voor hem, is hij de enige toeschouwer.

De nadagen van Salon De Globe heet het stuk dat ze instuderen: een klucht over het nieuwe Zuid-Afrika, gesitueerd in een kapsalon in Hillbrow, Johannesburg. Op het toneel is een kapper, uitbundig homo, twee klanten aan het helpen, de een zwart, de ander blank. De drie rebbelen er flink op los: grappen, beledigingen. Katharsis schijnt het overheersende uitgangspunt te zijn: alle grove, oude vooroordelen voor het voetlicht gebracht en weggespoeld met stormachtig gelach.

Een vierde personage komt op, een meisje op hoge plateauschoenen, met haar in een waterval van krulletjes. 'Ga zitten, schatje; je bent in een wip aan de beurt,' zegt de kapper. 'Ik kom voor die baan,' antwoordt ze – 'die uit uw advertentie.' Haar accent is plat Kaaps; het is Melanie. '*Ag*, laat je handjes wapperen, pak een veger,' zegt de kapper.

Ze pakt een veger en wankelend duwt ze hem voor zich uit over het toneel. De veger raakt verstrikt in een elektriciteitssnoer. Er hoort een lichtflits te komen, gevolgd door gegil en paniekerig geschuifel, maar er gaat iets mis met de timing. De regisseuse komt met grote passen het toneel op en achter haar een jongeman in zwart leer die aan het wandcontact begint te prutsen. 'Het moet flitsender,' zegt de regisseuse. 'Meer het Marx Brothers-idee.' Ze keert zich naar Melanie. 'Oké?' Melanie knikt.

Voor hem staat de conciërge op en verlaat met een diepe zucht de toneelzaal. Hij zou er zelf ook vandoor moeten. Dubieuze zaak om hier in het donker naar een meisje te zitten loeren (ongevraagd komt het woord *geilen* in hem op). Maar de oude mannen tot wier gelederen hij binnenkort schijnt toe te treden, de zwervers en schooiers met hun gevlekte regenjassen, gebarsten kunstgebitten en harige oren – waren ooit allemaal kinderen van God, recht van lijf en leden en helder van oogopslag. Kan hen verweten worden dat ze zich tot het uiterste vastklampen aan hun plaats aan de zalige dis van de zintuigen?

Op het toneel wordt de handeling hervat. Melanie duwt haar veger voort. Een klap, een flits, panisch gegil. 'Het is niet mijn schuld,' krijst Melanie. '*My gats,* waarom krijg ik altijd overal de schuld van?' Vlug staat hij op, volgt de conciërge naar het donker buiten.

De volgende middag om vier uur staat hij voor haar flat. Ze doet de deur open in een gekreukt T-shirt, een wielerbroek, slippers in de vorm van cartoon-hamsters die hij kinderachtig, ordinair vindt.

Hij heeft haar niets laten weten; ze is te verrast om zich te verweren tegen de indringer die haar overrompelt. Als hij haar in zijn armen neemt, verslappen haar ledematen als die van een marionet. Woorden zwaar als knuppels bonzen in de tere spiraal van haar oor. 'Nee, niet nu!' zegt ze, tegenspartelend. 'Mijn nichtje komt zo terug!'

Maar niets kan hem weerhouden. Hij draagt haar naar

de slaapkamer, schuift de idiote slippers uit, kust haar voeten, verbaasd over de gevoelens die ze oproept. Het heeft iets te maken met de verschijning op het toneel: de pruik, het wiegende achterwerk, de ruwe taal. Vreemde liefde! Maar voortkomend uit de huivering van Afrodite, godin van de schuimende golven, dat lijdt geen twijfel.

Ze verzet zich niet. Het enige dat ze doet, is zich afwenden: haar lippen afwenden, haar ogen afwenden. Ze laat zich door hem languit op het bed leggen en ontkleden: ze helpt hem zelfs door haar armen en daarna haar heupen op te tillen. Kleine rillingen van de kou gaan door haar heen; zodra ze bloot is kruipt ze, als een gravende mol, onder de gewatteerde sprei en keert hem de rug toe.

Geen verkrachting, dat net niet, maar niettemin ongewenst, ongewenst tot op het bot. Alsof ze had besloten zich slap te houden, vanbinnen dood te gaan zolang het duurde, als een konijn wanneer de tanden van de vos zich om zijn nek sluiten. Opdat alles wat haar aangedaan zou worden als het ware ver weg gedaan werd.

'Pauline kan ieder moment terugkomen,' zegt ze wanneer het voorbij is. 'Alsjeblieft, je moet weg.'

Hij gehoorzaamt, maar even later, als hij in zijn auto terug is, overvalt hem zo'n neerslachtigheid, zo'n matheid, dat hij in elkaar gezakt achter het stuur blijft zitten, niet in staat zich te bewegen.

Een vergissing, een enorme vergissing. Hij twijfelt er niet aan dat zij, Melanie, op dit moment probeert het, hem, van zich af te boenen. Hij ziet haar een bad vullen, in het water stappen, de ogen als een slaapwandelaar gesloten. Hij zou graag zelf in een bad willen glijden.

Een vrouw met korte, dikke benen en een degelijk mantelpak loopt voorbij en gaat het flatgebouw binnen. Is dat nicht Pauline, de kamergenote, degene wier afkeuring Melanie zo vreest? Hij vermant zich, rijdt weg.

De volgende dag is ze niet op college. Een ongelukkige absentie, want het is de dag van het tussentijdse tentamen. Wanneer hij na afloop de lijst invult, vinkt hij haar af als aanwezig en noteert een zeven als cijfer. Onder aan de pagina maakt hij met potlood een aantekening voor zichzelf: 'Voorlopig'. Zeven: Een weifelaarscijfer, goed noch slecht.

Ze blijft de hele volgende week weg. Keer op keer belt hij, zonder gehoor te krijgen. Dan wordt er zondags om middernacht aan de deur gebeld. Het is Melanie, van top tot teen in het zwart gekleed, met een zwart wollen mutsje op. Haar gezicht staat gespannen; hij wapent zich tegen boze woorden, tegen een scène.

De scène komt niet. Ze is zelf degene die in verlegenheid verkeert. 'Mag ik hier vannacht slapen?' fluistert ze, terwijl ze zijn blik ontwijkt.

'Natuurlijk, natuurlijk.' Zijn hart loopt over van opluchting. Hij strekt zijn armen uit, omhelst haar, drukt haar koud en stijf tegen zich aan. 'Kom, ik zal wat thee voor je zetten.'

'Nee, geen thee, niks, ik ben doodop, ik heb alleen een slaapplek nodig.'

Hij maakt in de oude kamer van zijn dochter een bed voor haar op, kust haar welterusten, laat haar alleen. Wanneer hij een halfuur later terugkomt ligt ze, geheel gekleed, als een blok te slapen. Hij trekt voorzichtig haar schoenen uit, dekt haar toe.

Om zeven uur 's morgens, als de eerste vogels beginnen te zingen, klopt hij op haar deur. Ze ligt wakker, met het laken tot haar kin opgetrokken, en ziet er afgetobd uit.

'Hoe voel je je?' vraagt hij.

Ze haalt haar schouders op.

'Is er iets aan de hand? Wil je erover praten?'

Ze schudt stil haar hoofd.

Hij gaat op het bed zitten, trekt haar naar zich toe. In zijn armen begint ze erbarmelijk te snikken. Ondanks alles voelt hij een tinteling van begeerte. 'Stil maar, stil maar,' fluistert hij in een poging haar te troosten. 'Vertel me maar wat er mis is.' Bijna zegt hij: 'Vertel pappie maar wat er mis is.'

Ze richt zich op en probeert te praten, maar haar neus zit verstopt. Hij zoekt een tissue voor haar. 'Kan ik hier een tijdje blijven?' zegt ze.

'Hier blijven?' herhaalt hij voorzichtig. Ze huilt niet meer, maar er trekken nog lange schokken verdriet door haar heen. 'Is dat wel een goed idee?'

Of het een goed idee is, zegt ze niet. In plaats daarvan drukt ze zich dichter tegen hem aan, met haar gezicht warm tegen zijn buik. Het laken schuift opzij; ze draagt alleen een hemd en een slipje.

Weet ze waar ze op dit moment mee bezig is?

Toen hij de eerste stap zette, in de universiteitstuin, zag hij het als een snel avontuurtje – snel aan, snel uit. Nu is ze hier in zijn huis, brengt ze allerlei complicaties met zich mee. Wat voor spelletje speelt ze? Hij moet oppassen, dat lijdt geen twijfel. Maar hij had al van meet af aan moeten oppassen.

Hij strekt zich naast haar op het bed uit. Het laatste waaraan hij behoefte heeft, is dat Melanie Isaacs bij hem intrekt. Maar toch is die gedachte op dit ogenblik bedwelmend. Dan is ze elke nacht hier; kan hij elke nacht zoals nu naast haar in bed glijden, in haar glijden. De mensen zullen erachter komen, dat gebeurt altijd; er zal worden gekletst, het wordt misschien zelfs een schandaal. Maar wat maakt dat uit? Een laatste sprong van de vlam der zintuigen voordat die dooft. Hij slaat het beddengoed opzij, tast omlaag, streelt haar borsten, haar billen. 'Natuurlijk kun je blijven,' mompelt hij. 'Natuurlijk.'

In zijn slaapkamer, twee deuren verder, loopt de wekker af. Ze draait zich van hem weg, trekt de dekens op tot over haar schouders.

'Ik ga nu weg,' zegt hij. 'Mijn colleges wachten. Probeer nog wat te slapen. Ik ben tegen het middaguur terug, dan kunnen we praten.' Hij streelt haar haar, kust haar voorhoofd. Maîtresse? Dochter? Wat probeert ze diep in haar hart te zijn? Wat biedt ze hem aan?

Als hij om twaalf uur terugkomt, is ze op en zit aan de keukentafel toost met honing te eten en thee te drinken. Ze schijnt zich volkomen thuis te voelen.

'Zo,' zegt hij, 'je ziet er een stuk beter uit.'

'Ik heb geslapen nadat je weg was.'

'Wil je me nu zeggen wat dit allemaal te betekenen heeft?'

Ze ontwijkt zijn blik. 'Niet nu,' zegt ze. 'Ik moet weg, ik ben laat. Ik leg het de volgende keer wel uit.'

'En wanneer is de volgende keer?'

'Vanavond, na de repetitie. Is dat oké?'

'Ja.'

Ze staat op, brengt haar kopje en bord naar het aanrecht (maar wast ze niet af), draait zich naar hem om. 'Weet je zeker dat het oké is?' zegt ze.

'Ja, het is oké.'

'Wat ik nog zeggen wilde, ik weet dat ik een hoop colleges heb gemist, maar de voorstelling neemt al mijn tijd in beslag.'

'Ik begrijp het. Je bedoelt dat je toneelwerk voorrang heeft. Het zou handig geweest zijn als je dat eerder had uitgelegd. Ben je morgen op college?'

'Ja, dat beloof ik.'

Ze belooft het, maar het is een belofte die niet afdwingbaar is. Hij is verstoord, geïrriteerd. Ze misdraagt zich, kan te veel ongestraft doen; ze leert hoe ze hem kan gebruiken en zal hem waarschijnlijk nog meer gebruiken. Maar als zij al veel ongestraft heeft gedaan, heeft hij nog meer ongestraft gedaan; als zij zich misdraagt, heeft hij zich nog erger misdragen. Voor zover ze samen zijn, áls ze samen zijn, is hij degene die leidt, zij degene die volgt. Dat moet hij niet vergeten.

VIER

Hij vrijt nog één keer met haar, op het bed in zijn dochters kamer. Het is lekker, net zo lekker als die eerste keer; hij begint te leren hoe haar lichaam zich beweegt. Ze is snel en hongert naar ervaring. Als hij bij haar geen volledig seksuele lust bespeurt, is dat slechts omdat ze nog jong is. Eén moment herinnert hij zich bovenal, wanneer ze een been achter zijn billen haakt om hem dieper in zich te krijgen: als de pees in haar lies zich tegen hem aan spant, voelt hij een golf van vreugde en verlangen. Wie weet, denkt hij: ondanks alles zou er een toekomst kunnen zijn.

'Doe je dit soort dingen vaak?' vraagt ze na afloop.

'Wat?'

'Met je studenten naar bed gaan. Ben je met Amanda naar bed geweest?'

Hij geeft geen antwoord. Amanda is een andere studente uit haar groep, een spichtig blondje. Hij heeft geen belangstelling voor Amanda.

'Waarom ben je gescheiden?' vraagt ze.

'Ik ben twee keer gescheiden. Twee keer getrouwd, twee keer gescheiden.'

'Hoe is dat met je eerste vrouw gegaan?'

'Dat is een lang verhaal. Dat vertel ik je nog wel eens.'

'Heb je foto's?'

'Ik verzamel geen foto's. Ik verzamel geen vrouwen.'

'Ik ben niet voor je verzameling?'

'Nee, natuurlijk niet.'

Ze staat op, kuiert de kamer door om haar kleren op te pakken, even onbekommerd alsof ze in haar eentje is. Hij is gewend aan vrouwen die bedeesder zijn met aan- en uitkleden. Maar de vrouwen die hij gewend is, zijn niet zo jong, niet zo volmaakt van vorm.

Dezelfde middag wordt er op de deur van zijn werkkamer geklopt en komt een jongeman binnen die hij nog nooit heeft gezien. Ongenood gaat hij zitten, werpt een blik om zich heen, knikt waarderend naar de boekenkasten.

Hij is lang en pezig; hij heeft een dun sikje en een oorring; hij draagt een zwart leren jack en een zwarte leren broek. Hij ziet er ouder uit dan de meeste studenten; hij ziet eruit als slecht nieuws.

'Dus u bent de professor,' zegt hij. 'Professor David. Melanie heeft me over u verteld.'

'Zo. En wat heeft ze je verteld?'

'Dat u met haar neukt.'

Er valt een lange stilte. Zo, denkt hij: ik krijg mijn trekken thuis. Ik had het kunnen weten: meisjes zoals zij zijn nooit onbemand.

'Wie ben jij?' zegt hij.

De bezoeker negeert zijn vraag. 'U vindt uzelf een vlotte vent,' vervolgt hij. 'Een eersteklas versierder. Denkt u dat u nog zo vlot bent als uw vrouw hoort wat u uitspookt?'

'Zo is het genoeg. Wat kom je doen?'

'U hebt mij niet te zeggen wat genoeg is.' De woorden komen nu sneller, in een dreigend staccato. 'En denk maar niet dat u het leven van mensen zomaar in en uit kunt lopen wanneer het u zint.' Licht danst op zijn zwarte pupillen. Hij buigt naar voren, zwiept zijn handen naar links en naar rechts. De papieren op het bureau vliegen in het rond.

Hij komt overeind. 'Zo is het genoeg! Het is tijd dat je vertrekt!'

'*Het is tijd dat je vertrekt!*' herhaalt de jongen, hem nabauwend. 'Oké.' Hij staat op, slentert naar de deur. 'Tot ziens, professor Chips! Maar u hoort nog van me!' Dan is hij verdwenen.

Een branie, denkt hij. Ze heeft wat met een branie en nu heb ik ook wat met haar branie! Zijn maag keert om.

Hoewel hij die nacht tot laat op haar blijft wachten, komt Melanie niet. Wel wordt zijn op straat geparkeerde auto onder handen genomen. De banden staan plat, in de portiersloten is lijm gespoten, op de voorruit zijn kranten geplakt, de lak is bekrast. De sloten moeten worden vervangen; de rekening bedraagt zeshonderd rand.

'Enig idee wie het heeft gedaan?' vraagt de slotenmaker.

'Geen enkel,' antwoordt hij kortaf.

Na deze *coup de main* blijft Melanie op afstand. Het verbaast hem niets: hij is misschien beschaamd gemaakt, maar zij ook. Toch verschijnt ze maandag weer op college; en naast haar, achterovergeleund op zijn stoel, met zijn handen in zijn zakken en doodgemoedereerd, zit de jongen in het zwart, het vriendje.

Gewoonlijk is er geroezemoes van pratende studenten. Vandaag is het stil. Hoewel hij niet gelooft dat ze weten wat er gaande is, wachten ze duidelijk af om te zien wat hij aan de indringer gaat doen.

Tja, wat moet hij doen? Wat er met zijn auto gebeurde, was kennelijk niet genoeg. Kennelijk valt er nog meer af te rekenen. Wat kan hij doen? Hij moet op zijn tanden bijten en betalen, wat anders?

'We gaan door met Byron,' zegt hij, en duikt in zijn aantekeningen. 'Zoals we vorige week al zagen, beïnvloedden roem en opspraak niet alleen het leven van Byron, maar ook de manier waarop zijn gedichten door het publiek werden ontvangen. De mens Byron merkte dat hij werd vereenzelvigd met zijn eigen dichterlijke scheppingen – met Harold, Manfred, zelfs met Don Juan.'

Opspraak. Jammer dat dit nu juist zijn thema moet zijn, maar hij is absoluut niet in staat om te improviseren.

Hij werpt een steelse blik op Melanie. Gewoonlijk zit ze ijverig te schrijven. Nu zit ze, minnetjes en afgetrokken over haar boek gebogen. Ondanks zichzelf, gaat zijn hart naar haar uit. Arm vogeltje dat ik aan mijn borst heb gedrukt, denkt hij!

Hij heeft ze als opdracht gegeven 'Lara' te lezen. Zijn aantekeningen gaan over 'Lara'. Met geen mogelijkheid kan hij onder het gedicht uit. Hij leest voor:

He stood a stranger in this breathing world,
An erring spirit from another hurled;
A thing of dark imaginings, that shaped
By choice the perils he by chance escaped.

'Wie wil deze regels voor me van opmerkingen voorzien? Wie is deze "dolende geest"? Waarom noemt hij zichzelf "een ding"? Uit wat voor wereld komt hij?'

Hij verbaast zich allang niet meer over de omvang van de onwetendheid van zijn studenten. Postchristelijk, posthistorisch, postonderlegd als ze zijn, zou je denken dat ze gisteren uit het ei waren gekropen. Dus hij verwacht niet van ze dat ze iets over gevallen engelen weten, of waar Byron over hen gelezen zou kunnen hebben. Wat hij wel verwacht is een rondje goedhartige slagen in de lucht die hij, met een beetje geluk, naar het doel kan loodsen. Maar vandaag wordt hij geconfronteerd met stilte, een hardnekkige stilte die zich tastbaar rond de vreemde in hun midden organiseert. Ze zijn niet bereid iets te zeggen, niet bereid zijn spel mee te spelen, zolang een vreemde kan meeluisteren en oordelen en spotten.

'Lucifer,' zegt hij. 'De engel die uit de hemel is verstoten. Over de levenswijze van engelen weten we weinig, maar we mogen aannemen dat ze geen zuurstof nodig hebben. Thuis hoeft Lucifer, de zwarte engel, niet te ademen. Plotseling is hij een verworpene in deze vreemde, "ademende wereld" van ons. "Dolend": een wezen dat zijn eigen weg kiest, dat gevaarlijk leeft, het gevaar zelfs over zichzelf afroept. Laten we doorlezen.'

De jongen heeft geen moment naar de tekst gekeken. Wel luistert hij, met een glimlachje om zijn mond, een glimlachje waarin, heel misschien, iets van verbijstering zit, aandachtig naar zijn woorden.

He could
At times resign his own for others' good,
But not in pity, not because he ought,
But some strange perversity of thought,
That swayed him onward with a secret pride
To do what few or none would do beside;
And this same impulse would in tempting time
Mislead his spirit equally to crime.

'Dus, wat voor wezen is die Lucifer?'

Inmiddels moeten de studenten wel de elektrische spanning tussen hen voelen, tussen hem en de jongen. De jongen is de enige tot wie de vraag zich heeft gericht; en als een slaper die wakker wordt gepord, reageert de jongen. 'Hij doet waar hij zin in heeft. Of dat goed of slecht is, kan hem niet schelen. Hij doet het gewoon.'

'Precies. Goed of slecht, hij doet het gewoon. Hij handelt niet uit principe, maar op impuls, en de oorsprong van zijn impulsen is voor hem duister. Lees een paar regels verder: "*His madness was not of the head, but heart.*" Een waanzinnig hart. Wat is een waanzinnig hart?'

Hij vraagt te veel. De jongen zou zijn intuïtie graag nog verder uitpersen, dat ziet hij wel. Hij wil laten zien dat hij van meer markten thuis is dan alleen motoren en snelle kleren. En misschien is dat ook zo. Misschien heeft hij inderdaad iets te melden over wat het is om een waanzinnig hart te hebben. Maar hier, in dit collegelokaal, in het bijzijn van deze onbekenden, weigeren de woorden te komen. Hij schudt zijn hoofd.

'Geeft niet. Merk op dat ons niet wordt gevraagd dit wezen met waanzin in het hart, dit wezen met wie iets fundamenteel mis is, te veroordelen. Integendeel, we worden uitgenodigd tot begrip en medeleven. Maar er is een grens aan het medeleven. Want hoewel hij in ons midden leeft, is hij niet een van ons. Hij is precies wat hij zichzelf noemt: een *ding*, dat wil zeggen, een monster. Uiteindelijk, zo suggereert Byron, is het niet mogelijk om van hem te houden, niet in de diepere, menselijkere zin van het woord. Hij zal tot eenzaamheid zijn gedoemd.'

Met gebogen hoofd pennen ze zijn woorden neer. Byron, Lucifer, Kaïn, voor hen is het een pot nat.

Ze werken het gedicht af. Hij geeft de eerste canto's van *Don Juan* als taak op en beëindigt het college vroeg. Over hun hoofden heen roept hij haar: 'Melanie, kan ik je even spreken?'

Bleek en afgemat komt ze voor hem staan. Opnieuw gaat zijn hart naar haar uit. Als ze alleen waren geweest zou hij haar omhelzen, haar proberen op te beuren. *Mijn duifje*, zou hij haar noemen.

In plaats daarvan zegt hij: 'Zullen we naar mijn kamer gaan?'

Met het vriendje in hun kielzog, loopt hij met haar de trap op naar zijn kamer. 'Wacht hier,' zegt hij tegen de jongen en doet de deur voor zijn neus dicht.

Melanie zit voor hem, met hangend hoofd. 'Liefje,' zegt hij, 'je maakt een moeilijke tijd door, dat weet ik, en ik wil het niet nog moeilijker maken. Maar ik moet je als docent toespreken. Ik heb verplichtingen tegenover mijn studenten, al mijn studenten. Wat jouw vriend buiten de campus doet, is zijn zaak. Maar ik kan niet toestaan dat hij mijn colleges verstoort. Zeg hem dat namens mij.

Wat jou aangaat, jij zult meer tijd aan je werk moeten gaan besteden. Je zult regelmatiger op college moeten komen. En je zult het tentamen dat je hebt gemist moeten inhalen.'

Ze staart hem in verwarring aan, geschokt zelfs. *Jij hebt me van iedereen afgesneden,* lijkt ze te willen zeggen. *Jij hebt me gedwongen jouw geheim mee te dragen. Ik ben niet meer zomaar een studente. Hoe kun je zo tegen me praten?*

Als haar stem eindelijk komt, is die zo schuchter dat hij haar nauwelijks kan verstaan: 'Ik kan het tentamen niet doen, ik heb de stof niet doorgenomen.'

Wat hij wil zeggen, kan hij niet zeggen, tenminste niet met goed fatsoen. Hij kan haar alleen een hint geven en hopen dat ze die begrijpt. 'Doe dat tentamen nou maar, Melanie, net als iedereen. Het doet er niet toe dat je het niet hebt voorbereid, het gaat erom dat je het achter de rug hebt. Laten we een dag afspreken. Wat dacht je van komende maandag tijdens de lunchpauze. Dan heb je het weekend nog om te lezen.'

Ze heft haar kin op, kijkt hem uitdagend aan. Of ze heeft het niet begrepen, of ze weigert de geboden kans.

'Maandag, hier op mijn kamer,' herhaalt hij.

Ze staat op, slingert haar tas over haar schouder.

'Melanie, ik heb mijn verantwoordelijkheden. Doe in

ieder geval een poging. Maak de situatie niet ingewikkelder dan nodig is.'

Verantwoordelijkheden; ze acht het woord geen reactie waardig.

Als hij die avond na een concert naar huis rijdt, moet hij voor een stoplicht wachten. Er dokkert een motorfiets voorbij, een zilverkleurige Ducati met twee figuren in het zwart erop. Ze dragen helmen, maar desondanks herkent hij ze. Melanie achterop, zit met haar knieën wijd, het bekken gewelfd. Een korte rilling van wellust trekt aan hem. *Dat ken ik!* denkt hij. Dan schiet de motor die haar wegvoert vooruit.

VIJF

Ze komt niet opdagen voor haar tentamen op maandag. Maar wel vindt hij in zijn postvak een officiële uitschrijvingskaart: Student 7710101SAM Mej. M. Isaacs heeft zich met ingang van heden uitgeschreven bij COM 312.

Nog geen uur later wordt er een telefoontje naar zijn kamer doorverbonden. ‘Professor Lurie? Mag ik u even storen? U spreekt met Isaacs, ik bel vanuit George. Mijn dochter loopt bij u college, u weet wel, Melanie.’

‘Ja.’

‘Professor, ik vraag me af of u ons kunt helpen. Melanie is altijd zo’n goede studente geweest, en nu zegt ze dat ze er definitief mee wil stoppen. We zijn er vreselijk van geschrokken.’

‘Ik weet niet of ik u helemaal begrijp.’

‘Ze wil haar studie opgeven en een baan zoeken. Het lijkt me doodzonde om drie jaar universiteit te volgen en het zo goed te doen, en het dan niet af te maken. Zou ik u mogen vragen, professor, kunt u eens met haar praten, haar een beetje tot reden brengen?’

‘Heeft u zelf met Melanie gesproken? Weet u wat er achter die beslissing zit?’

‘We hebben haar het hele weekend aan de telefoon gehad, haar moeder en ik, maar er is geen verstandig woord uit haar te krijgen. Ze gaat helemaal op in een toneelstuk waarin ze speelt, dus misschien is ze overwerkt, overspannen, zeg maar. Ze trekt zich de dingen altijd zo aan, professor, dat zit in haar aard, ze gaat er heel erg in op. Maar als u met haar praat, kunt u haar misschien overhalen er nog eens goed over na te denken. Ze heeft zo veel respect voor u. We willen niet dat ze al die jaren zomaar vergooit.'

Dus Melanie-Meláni, met haar snuisterijen uit de Oriental Plaza en haar blinde vlek voor Wordsworth, trekt zich de dingen aan. Hij had het niet achter haar gezocht. Wat heeft hij nog meer niet achter haar gezocht?

'Ik vraag me af, meneer Isaacs, of ik wel de juiste persoon ben om met Melanie te praten.'

'Jawel, professor, dat bent u wel! Zoals ik al zei, Melanie heeft zo veel respect voor u.'

Respect? U loopt achter, meneer Isaacs. Uw dochter heeft weken geleden alle respect voor mij verloren, en om goede redenen. Dat is wat hij zou moeten zeggen. Maar hij zegt: 'Ik zal kijken wat ik kan doen.'

Daar krijg je last mee, zegt hij naderhand tegen zichzelf. Bovendien zal vader Isaacs uit het verre George dit gesprek met al zijn leugens en uitvluchten niet vergeten. *Ik zal kijken wat ik kan doen.* Waarom niet eerlijk bekennen? *Ik ben de worm in de appel,* had hij moeten zeggen. *Hoe kan ik u helpen, als ikzelf de bron van uw narigheid ben?*

Hij belt naar de flat en krijgt nicht Pauline aan de lijn. Melanie is niet te spreken, zegt Pauline op ijzige toon. 'Hoe bedoel je, niet te spreken?' 'Ik bedoel dat ze u niet wil spreken.' 'Zeg tegen haar,' zegt hij, 'dat het over haar beslissing gaat om zich uit te schrijven. Zeg tegen haar dat ze erg overhaast bezig is.'

Op woensdag loopt het college slecht, op vrijdag nog slechter. De opkomst is laag; de enige studenten die komen zijn de slome, de passieve, de gedweeë types. Er kan maar één verklaring voor zijn. Het verhaal moet de wereld in zijn.

Hij zit op het afdelingskantoor als hij achter zich een stem hoort: 'Waar kan ik professor Lurie vinden?'

'Ik ben hier,' zegt hij onwillekeurig.

De man die sprak, is klein en mager, met gebogen schouders. Hij draagt een blauw pak dat hem te ruim zit, hij ruikt naar sigarettenrook.

'Professor Lurie? We hebben elkaar aan de telefoon gehad. Isaacs.'

'Ja. Hoe maakt u het. Zullen we naar mijn kamer gaan?'

'Dat lijkt me niet nodig.' De man zwijgt even, verzamelt moed, haalt diep adem. 'Professor,' begint hij, met grote nadruk op het woord, 'u mag dan buitengewoon geleerd zijn en zo, maar wat u heeft gedaan is niet goed.' Hij zwijgt, schudt zijn hoofd. 'Dat is niet goed.'

De twee secretaresses doen geen moeite hun nieuwsgierigheid te verbergen. Er zijn ook studenten in het kantoor; als de onbekende man zijn stem verheft, worden ze stil.

'We geven jullie onze kinderen in handen omdat we denken dat we jullie kunnen vertrouwen. Als we de universiteit niet meer kunnen vertrouwen, wie dan wel? We hebben geen moment gedacht dat we onze dochter naar een addernest stuurden. Nee, professor Lurie, u mag dan nog zo hoog te paard zitten en nog zoveel titels hebben, maar als ik u was zou ik me diep schamen, zo helpe mij God. Als ik het bij het verkeerde eind heb, heeft u nu de kans dat te zeggen, maar ik denk het niet, dat zie ik aan uw gezicht.'

Hij heeft nu inderdaad de kans: laat hij die spreken wil, spreken. Maar hij staat met zijn mond vol tanden, het bloed klopt in zijn oren. Een adder: hoe kan hij het ontkennen?

'Excuseer me,' fluistert hij. 'Ik heb werk te doen.' Als een houten klaas draait hij zich om en vertrekt.

In de drukke gang komt Isaacs achter hem aan. 'Professor! Professor Lurie!' roept hij. 'U kunt niet zomaar weglopen! Hier is de kous niet mee af, dat kan ik u wel vertellen!'

Zo begint het. De volgende ochtend krijgt hij, verrassend voortvarend, een memorandum van het kantoor van de conrector (studentenzaken), waarin hem wordt meegedeeld dat er een klacht tegen hem is ingediend ingevolge artikel 3.1 van de Gedragscode van de universiteit. Hij wordt verzocht zo spoedig mogelijk contact op te nemen met het bureau van de conrector.

De kennisgeving – die hem bereikt in een envelop met het stempel *Vertrouwelijk* – gaat vergezeld van een kopie van de code. Artikel 3 betreft dupering of molestatie op grond van ras, etnische groepering, godsdienst, geslacht, seksuele voorkeur, of lichamelijke handicap. Artikel 3.1 gaat over dupering of molestatie van studenten door docenten.

Een tweede document beschrijft de instelling en bevoegdheden van onderzoekscommissies. Hij leest het met onaangenaam bonzend hart. Halverwege kan hij zich niet meer concentreren. Hij staat op, doet de deur van zijn kamer op slot, gaat met het stuk in zijn handen weer zitten en probeert zich voor te stellen wat er is gebeurd.

Hij is ervan overtuigd dat Melanie zo'n stap nooit uit zichzelf zou hebben genomen. Ze is er te naïef voor, zich te weinig van haar macht bewust. Hij, het mannetje in het slecht zittende pak, moet erachter zitten, hij en nicht Pauline, de lelijke chaperonne. Ze moeten haar hebben omgepraat, haar murw hebben gemaakt en haar ten slotte naar het administratiegebouw hebben meegetroond.

'We willen een klacht indienen,' moeten ze hebben gezegd.

'Een klacht indienen? Wat voor klacht?'

'Het is vertrouwelijk.'

'Molestatie,' zou nicht Pauline ertussen hebben gegooid, terwijl Melanie er beteuterd bij stond, 'door een hoogleraar.'

'Dan moet u naar kamer zus-en-zo.'

In kamer zus-en-zo zou hij, Isaacs doortastender worden. 'We willen een aanklacht indienen tegen een van uw hoogleraren.'

'Heeft u er goed over nagedacht? Is dit werkelijk wat u wilt?' zouden ze, geheel volgens de procedure, antwoorden.

'Ja, we weten wat we willen,' zou hij zeggen, terwijl hij even naar zijn dochter kijkt of ze waagt te ontkennen.

Er moet een formulier ingevuld worden. Het formulier wordt voor hen neergelegd, met een pen. Een hand pakt de pen op, een hand die hij gekust heeft, een hand die hij zo intiem kent. Eerst de naam van de klager: MELANIE ISAACS, in zorgvuldige blokletters. Dan zweeft de hand over de kolom met hokjes, op zoek naar het aan te kruisen vakje. *Daar*, wijst de nicotinegele vinger van haar vader. De hand vertraagt, daalt neer, zet zijn X, zijn kruis van gerechtigheid: *J'accuse*. Dan een ruimte voor de naam van de beschuldigde. DAVID LURIE, schrijft de hand: PROFESSOR. Ten slotte, onderaan de pagina, de datum en haar handtekening: de arabesk van de *M*, de *l* met zijn krachtige bovenlus, de benedenwaartse jaap van de *I*, de zwier van de laatste *s*.

De daad is gesteld. Twee namen op de pagina, die van hem en die van haar, naast elkaar. Twee in een bed, niet langer geliefden maar vijanden.

Hij belt het kantoor van de conrector en krijgt een afspraak om vijf uur, buiten de gewone werktijd.

Om vijf uur staat hij op de gang te wachten. Aram Hakim, gesoigneerd en jeugdig, verschijnt en laat hem binnen. Er zijn al twee mensen in de kamer: Elaine Winter, hoofd van zijn vakgroep, en Farodia Rassool van Sociale Wetenschappen, die de universiteitsbrede commissie tegen discriminatic voorzit.

'Het is laat, David, we weten waarvoor we hier zijn,' zegt Hakim, 'dus laten we ter zake komen. Hoe kunnen we deze kwestie het beste aanpakken?'

'Je kunt me wat over de klacht vertellen.'

'Uitstekend. We hebben het over een klacht die is ingediend door Melanie Isaacs. En over' – hij kijkt even naar Elaine Winter – 'enkele voorafgaande onregelmatigheden waar Melanie Isaacs bij betrokken schijnt te zijn, Elaine?'

Elaine Winter valt in. Ze heeft hem nooit gemogen; ze beschouwt hem als een residu van het verleden, hoe eerder opgeruimd hoe beter. 'Er bestaat twijfel over de presentie van Isaacs, David. Volgens haar – ik heb haar aan de telefoon gehad – heeft ze de afgelopen maand maar twee colleges gevolgd. Als dat zo is, had het gemeld moeten worden. Ze zegt ook dat ze het tussentijdse tentamen heeft gemist. Toch' – ze kijkt even naar de map voor haar – 'is er volgens jouw gegevens niets op haar presentie aan te merken en heeft ze een zeven voor het tentamen.' Ze kijkt hem smalend aan. 'Dus tenzij er twee Melanie Isaacs zijn...'

'Er is er maar een,' zegt hij. 'Ik heb geen verweer.'

Gewiekst komt Hakim tussenbeide. 'Dit is het moment noch de plaats om op inhoudelijke punten in te gaan. Wat we moeten doen' – hij kijkt de andere twee even aan – 'is de procedure toelichten. Ik hoef je nauwelijks te vertellen, David, dat de kwestie strikt vertrouwelijk zal worden behandeld, dat kan ik je garanderen. Je naam zal worden beschermd, net als die van Melanie Isaacs. Er zal een commissie worden gevormd. Die heeft tot taak om uit te maken of er gronden zijn voor disciplinaire maatregelen. Jij of je wettelijke vertegenwoordiger krijgt de gelegenheid om de samenstelling van de commissie aan te vechten. De hoorzittingen zullen achter gesloten deuren plaatsvinden. In de tussentijd, tot de commissie haar aanbeveling aan de rector magnificus heeft gedaan en deze actie heeft ondernomen, gaat alles op de oude voet verder. Melanie Isaacs heeft haar deelname aan het blok dat ze bij jou volgt officieel opgezegd en jij wordt geacht je van elk contact met haar te onthouden. Ben ik nog iets vergeten, Farodia, Elaine?'

Zich verbijtend schudt dr. Rassool haar hoofd.

'Het is altijd ingewikkeld, die molestatietoestanden, David, ingewikkeld en ongelukkig, maar we geloven dat onze procedure goed en rechtvaardig is, dus we doen het gewoon stap voor stap, volgens het boekje. Ik wil één suggestie doen: stel je op de hoogte van de procedure en vraag eventueel juridisch advies.'

Hij maakt aanstalten erop te antwoorden, maar Hakim heft een waarschuwende hand op. 'Slaap er een nachtje over, David,' zegt hij.

Hij is het zat. 'Je hoeft me niet te vertellen wat ik moet doen, ik ben geen kind.'

Witheet verlaat hij de kamer. Maar het gebouw is gesloten en de portier is naar huis. Ook de achteruitgang is gesloten. Hakim moet hem uitlaten.

Het regent. 'Kom onder mijn paraplu,' zegt Hakim; daarna, bij zijn auto: 'David, persoonlijk wil ik je zeggen dat je mijn volle sympathie hebt. Echt. Dit soort dingen kunnen een nachtmerrie zijn.'

Hij kent Hakim al jaren, ze hebben samen getennist in de tijd dat hij nog tenniste, maar nu is hij allerminst in de stemming voor de toffe jongenstoer. Hij haalt korzelig zijn schouders op, stapt in zijn auto.

De zaak heet vertrouwelijk te zijn, maar is het natuurlijk niet, natuurlijk praten mensen. Waarom zou er anders, als hij de docentenkamer binnenkomt, een sluier vallen over het geklets, waarom zou een jongere collega, met wie hij tot dan toe gewoon hartelijk is omgegaan, haar theekopje neerzetten en vertrekken, dwars door hem heenkijken als ze langs hem loopt? Waarom komen er maar twee studenten opdagen voor zijn eerste Baudelaire-college?

De roddelmachine, denkt hij, de molen die dag en nacht draait en reputaties vermaalt. De gemeenschap der rechtschapenen, die haar eigen zittingen houdt in hoeken, over de telefoon, achter gesloten deuren. Verlekkerd gefluister. *Schadenfreude*. Eerst het vonnis, dan het proces.

Hij let erop dat hij in de gangen van het Communicatiegebouw met geheven hoofd loopt.

Hij praat met de advocaat die zijn scheiding heeft behandeld. 'Voor alle duidelijkheid,' zegt de advocaat, 'hoe waar zijn de aantijgingen?'

'Waar genoeg. Ik had een verhouding met het meisje.'

'Serieus?'

'Maakt het de zaak beter of slechter als het serieus was? Na een bepaalde leeftijd zijn alle verhoudingen serieus. Net als hartaanvallen.'

'Wel, uit tactische overwegingen zou mijn advies zijn om je door een vrouw te laten vertegenwoordigen.' Hij noemt twee namen. 'Streef naar een minnelijke schikking. Jij doet bepaalde beloften, neemt bijvoorbeeld een tijdje verlof, in ruil waarvoor de universiteit het meisje, of haar familie, overreedt de beschuldigingen in te trekken. Je beste kans. Incasseer de gele kaart. Beperk de schade tot een minimum, wacht tot het schandaal is overgewaaid.

'Wat voor beloften?'

'Sensitivity training. Gemeenschapswerk. Therapie. Wat je maar aankunt.'

'Therapie? Moet ik in therapie?'

'Begrijp me niet verkeerd. Ik zeg alleen dat een van de opties die je krijgt aangeboden therapie zou kunnen zijn.'

'Om me te helpen? Me ervan af te helpen? Om me van ongepaste verlangens te genezen?'

De advocaat haalt zijn schouders op. 'Wat dan ook.'

Op de campus houdt WAR (Women Against Rape) een actieweek. Vrouwen Tegen Verkrachting kondigt een vierentwintig uurs wake aan uit solidariteit met 'recente slachtoffers'. Hij krijgt een pamflet onder zijn deur geschoven: 'VROUWEN ZWIJGEN NIET LANGER.' Onderaan is met potlood een boodschap gekrabbeld: 'JE DAGEN ZIJN GETELD, CASANOVA.'

Hij gaat uit eten met zijn ex-vrouw Rosalind. Ze zijn al acht jaar uit elkaar; langzaam, moeizaam, groeien ze weer naar een soort vriendschap. Oorlogsveteranen. Hij vindt het geruststellend dat Rosalind nog steeds in de buurt woont: misschien heeft ze dat met hem ook. Iemand op wie je kunt rekenen wanneer het ergste zich aandient: de val in de badkamer, het bloed in de ontlasting.

Ze praten over Lucy, enig kind uit zijn eerste huwelijk, die nu op een boerderij in de Oostkaap woont. 'Misschien zie ik haar binnenkort,' zegt hij, 'ik denk erover om een reisje te maken.'

'In het trimester?'

'Het trimester is bijna afgelopen. Nog twee weken volhouden, dat is alles.'

'Heeft dat iets te maken met de problemen die je hebt? Ik hoor dat je problemen hebt.'

'Waar heb je dat gehoord?'

'De mensen kletsen, David. Iedereen weet tot in de sappigste details van dat laatste avontuurtje van je. Niemand heeft er belang bij het stil te houden, niemand, behalve jij. Mag ik je zeggen hoe stom het klinkt?'

'Nee, dat mag je niet.'

'Ik doe het toch. Stom en beneden alle peil. Ik weet niet wat je doet met seks en ik wil het niet weten, maar dit is niet de manier. Je bent hoe oud – tweeënvijftig? Dacht je dat een jong meisje er plezier in heeft om naar bed te gaan met een man van die leeftijd? Dacht je dat ze het lekker vindt om jou te zien midden in je...? Denk je daar wel eens over na?'

Hij zwijgt.

'Verwacht van mij geen medeleven, David, en verwacht het ook niet van iemand anders. Geen medeleven, geen genade, zeker niet in deze tijd. Iedereen zal partij tegen je kiezen en waarom niet? Werkelijk, hoe *kon* je?'

De oude toon is binnengeslopen, de toon uit de laatste jaren van hun huwelijk: hartstochtelijke beschuldigingen over en weer. Zelfs Rosalind moet zich dat bewust zijn. Toch heeft ze misschien gelijk. Misschien heeft de jeugd het recht verschoond te blijven van de aanblik van ouderen in hun liefdeskramp. Daar zijn de hoeren per slot van rekening voor: om de vervoering van afstotelijke mannen te verdragen.

'Nou goed,' vervolgt Rosalind, 'Je zei dat je Lucy gaat opzoeken.'

'Ja, ik dacht erover om er na het onderzoek heen te rijden en een tijdje bij haar te blijven.'

'Onderzoek?'

'Er is volgende week een zitting van een onderzoekscommissie.'

'Dat is snel. En als je van Lucy terugkomt?'

'Ik weet het niet. Ik weet niet zeker of ik op de universiteit mag terugkomen. Ik weet niet zeker of ik dat nog wil.'

Rosalind schudt haar hoofd. 'Een roemloos einde van je carrière, vind je niet? Ik zal maar niet vragen of wat je van dat meisje hebt gekregen de prijs waard was. Wat ga je met je tijd doen? Hoe moet het met je pensioen?'

'Ik zal wel een of andere regeling met ze treffen. Ze kunnen me niet met helemaal niks op straat zetten.'

'O, nee? Daar zou ik niet zo zeker van zijn. Hoe oud is ze – je geliefde?'

'Twintig. Meerderjarig. Oud genoeg om te weten wat ze doet.'

'Het verhaal gaat dat ze slaappillen heeft genomen. Is dat waar?'

'Ik weet niets van slaappillen af. Het lijkt me een verzinsel. Wie heeft jou over slaappillen verteld?'

Ze negeert de vraag. 'Was ze verliefd op je? Heb jij haar de bons gegeven?'

'Nee. Geen van beide.'

'Vanwaar dan die klacht?'

'Wie zal het zeggen? Ze heeft mij niet in vertrouwen genomen. Achter de schermen heeft zich een of andere slag afgespeeld waar ik niet van op de hoogte was. Er was een jaloers vriendje. Er waren verontwaardigde ouders. Ze moet uiteindelijk door de knieën zijn gegaan. Het kwam voor mij als een volkomen verrassing.'

'Je had het moeten weten, David. Je bent te oud om je met andermans kinderen in te laten. Je kon het ergste verwachten. Nou ja, het is allemaal heel ontluisterend. Werkelijk waar.'

'Je hebt me niet gevraagd of ik van haar hield. Zou je dat ook niet moeten vragen?'

'Goed dan. Ben je verliefd op die jonge vrouw die jouw naam door het slijk haalt?'

'Het ligt niet aan haar. Je moet haar niet de schuld geven.'

'Haar niet de schuld geven! Aan wiens kant sta jij? Natuurlijk geef ik haar de schuld! Ik geef jou de schuld en haar. De hele affaire is van begin tot het eind schandalig. Schandalig en laag-bij-de-gronds. En het spijt me niks dat ik dat zeg.'

Vroeger zou hij op dit moment de deur uit zijn gestormd. Maar vanavond doet hij dat niet. Zowel hij als Rosalind hebben voor elkaar een dikke huid ontwikkeld.

De volgende dag belt Rosalind op. 'David, heb je de *Argus* van vandaag gezien?'

'Nee.'

'Nou, maak je borst maar nat. Er staat een stuk in over jou.'

'Wat staat erin?'

'Lees het zelf maar.'

Het verslag staat op pagina drie: 'Aanklacht zedendelict hoogleraar', luidt de kop. Hij bekijkt de openingsregels vluchtig. '...moet voor een tuchtcommissie verschijnen na een klacht m.b.t. ongewenste intimiteiten. De KTH houdt zich stil over dit nieuwste in een reeks van schandalen, waaronder frauduleuze beursuitkeringen en vermeende seksnetwerken, opererend vanuit studentenflats. Lurie (53), auteur van een boek over de Engelse natuurdichter William Wordsworth, was niet voor commentaar bereikbaar.'

William Wordsworth (1770-1850), natuurdichter. David Lurie (1945-?), exegeet en in ongenade gevallen volgeling van William Wordsworth. *Gezegend is het schootkind. Geen verstotene is hij. Gezegend het kind.*

ZES

De hoorzitting wordt gehouden in een vergaderruimte naast Hakims kamer. Hij wordt binnengelaten en krijgt een plaats toegewezen aan het einde van de tafel, direct naast Manas Mathabane, hoogleraar Godsdienststudies, die de hoorzitting zal leiden. Links van hem zitten Hakim, diens secretaresse en een jonge vrouw, een of andere studente; rechts van hem zitten de drie leden van Mathabanes commissie.

Hij is niet zenuwachtig. In tegendeel, hij is tamelijk zeker van zichzelf. Zijn hart klopt regelmatig, hij heeft goed geslapen. IJdelheid, denkt hij, de gevaarlijke ijdelheid van de gokker; ijdelheid en eigendunk. Hij begint met de verkeerde instelling. Maar het kan hem niet schelen.

Hij knikt de commissieleden toe. Twee van hen kent hij: Farodia Rassool en Desmond Swarts, de decaan van de Technische faculteit. De derde geeft, volgens de papieren voor hem, les bij Handelswetenschappen.

'De vergadering die hier bijeen is, professor Lurie,' zegt Mathabane als hij de zitting opent, 'heeft geen beslissingsbevoegdheid. Ze kan alleen aanbevelingen doen. Verder heeft u het recht haar samenstelling aan te vechten. Dus laat ik u vragen: is er enig commissielid van wie u meent dat zijn of haar deelname nadelig voor u is?'

'Ik heb geen bezwaren in juridische zin,' antwoordt

hij. 'Ik heb bedenkingen van filosofische aard, maar ik neem aan dat die hier buiten de orde vallen.'

Algemeen geschuif en gedraai. 'Ik denk dat we ons maar tot het juridische vlak moeten beperken,' zegt Mathabane. 'U vecht de samenstelling van de commissie niet aan. Hebt u enig bezwaar tegen de aanwezigheid van een waarneemster namens de studenten van het Antidiscriminatieverbond?'

'Ik ben niet bang voor de commissie. Ik ben niet bang voor de waarneemster.'

'Goed dan. Ter zake. De eerste klacht komt van juffrouw Melanie Isaacs, studente dramaturgie, die een verklaring heeft afgelegd, waarvan u allen een kopie bezit. Moet ik die verklaring samenvatten? Professor Lurie?'

'Begrijp ik het goed, voorzitter, dat juffrouw Isaacs niet in eigen persoon zal verschijnen?'

'Juffrouw Isaacs is gisteren voor de commissie verschenen. Laat ik u er nogmaals aan herinneren dat dit geen proces, maar een onderzoek is. Onze procedurele regels zijn niet die van een rechtbank. Is dat een probleem voor u?'

'Nee.'

'Een tweede, daarmee verband houdende aanklacht,' vervolgt Mathabane, 'is afkomstig van het Hoofd Financiën, via de Studentenadministratie, en betreft de geldigheid van de resultaten van juffrouw Isaacs. De aanklacht luidt dat juffrouw Isaacs niet alle colleges heeft gevolgd of al het schriftelijk werk heeft ingeleverd of alle tentamens heeft gedaan, waarvoor u haar studiepunten heeft gegeven.

'Komt het daar op neer? Zijn dat de beschuldigingen?'

'Inderdaad.'

Hij haalt diep adem. 'Ik ben ervan overtuigd dat de leden van deze commissie hun tijd beter kunnen besteden dan met het herkauwen van een verhaal waarover niet gediscussieerd hoeft te worden. Ik beken schuld op beide aanklachten. Vel het vonnis en laten we ons leven weer oppakken.'

Hakim buigt zich naar Mathabane. Er worden gemompelde woorden uitgewisseld.

'Professor Lurie,' zegt Hakim, 'nogmaals, dit is een onderzoekscommissie. Het is haar taak om beide partijen in de zaak te horen en een aanbeveling te doen. Ze heeft geen bevoegdheid om beslissingen te nemen. Ik zou u opnieuw willen vragen of het niet beter zou zijn als u zich door iemand liet vertegenwoordigen die met onze procedures vertrouwd is?'

'Ik heb geen vertegenwoordiging nodig. Ik kan uitstekend mezelf vertegenwoordigen. Begrijp ik dat we, ondanks mijn schulderkenning, de hoorzitting moeten voortzetten?'

'We willen u de gelegenheid geven uw standpunt naar voren te brengen.'

'Ik heb mijn standpunt naar voren gebracht. Ik erken schuld.'

'Schuld aan wat?'

'Aan alles wat me ten laste is gelegd.'

'Zo draaien we in een kringetje rond, professor Lurie.'

'Aan alles wat juffrouw Isaacs beweert, en aan het vervalsen van studiegegevens.'

Nu komt Farodia Rassool tussenbeide. 'U zegt dat u de verklaring van juffrouw Isaacs aanvaardt, professor Lurie, maar heeft u die wel gelezen?'

'Ik wens de verklaring van juffrouw Isaacs niet te lezen. Ik stem ermee in. Ik zou geen reden kunnen bedenken waarom juffrouw Isaacs zou liegen.'

'Maar zou het niet verstandig zijn om de verklaring werkelijk te lezen voor u ermee instemt?'

'Nee. Er zijn belangrijkere dingen in het leven dan verstandig zijn.'

Farodia Rassool leunt achteruit in haar stoel. 'Het klinkt allemaal mooi en aardig, professor Lurie, maar kunt u het zich veroorloven? Ik heb de indruk dat we u misschien tegen uzelf in bescherming moeten nemen.' Ze geeft Hakim een ijzig glimlachje.

'U zegt dat u geen juridisch advies heeft ingewonnen. Heeft u eigenlijk iemand om raad gevraagd – een geestelijke, bijvoorbeeld, of een psycholoog? Zou u bereid zijn om in therapie te gaan?

De vraag komt van de jonge vrouw van Handelswetenschappen. Hij voelt zijn nekharen omhoog gaan.

'Nee, ik heb geen professionele hulp gezocht en ben dat ook niet van plan. Ik ben een volwassen man. Ik ben niet ontvankelijk voor therapeutische invloeden. Therapie heeft geen vat meer op me.' Hij wendt zich tot Mathabane. 'Ik heb mijn schuld erkend. Is er enige reden waarom we deze discussie moeten voortzetten?

Mathabane en Hakim beraden zich op fluistertoon.

'Er ligt een voorstel,' zegt Mathabane, 'om de zitting te schorsen ten einde professor Luries schulderkenning te bespreken.'

Eenstemmig geknik.

'Professor Lurie, mag ik u vragen om, samen met juffrouw Van Wyk, het vertrek een paar minuten te verlaten, terwijl wij overleggen?'

Hij trekt zich met de studentenwaarneemster terug in Hakims kamer. Er wordt geen woord tussen hen gewisseld; het meisje voelt zich duidelijk niet op haar gemak. 'JE DAGEN ZIJN GETELD, CASANOVA.' Wat vindt ze van Casanova, nu ze oog in oog met hem staat?

Ze worden teruggeroepen. De sfeer in de kamer is niet goed: zuur, lijkt hem.

'Nou,' zegt Mathabane, 'resumerend: Professor Lurie, u zegt dat u de waarheid erkent van de aanklachten die tegen u zijn ingebracht?'

‘Ik erken alles wat juffrouw Isaacs beweert.’

‘Dr. Rassool, u wilt daar iets op zeggen?’

‘Ja. Ik wil bezwaar aantekenen tegen de antwoorden van professor Lurie, die ik in alle opzichten als ontwijkend beschouw. Professor Lurie zegt dat hij de aanklachten aanvaardt. Maar als we hem proberen te ontlokken wát hij nu eigenlijk aanvaardt, krijgen we uitsluitend subtiele spot te horen. Daardoor vermoed ik dat hij de beschuldigingen alleen in naam aanvaardt. In een zaak met implicaties als deze, heeft de samenleving als geheel...’

Dat kan hij niet over zijn kant laten gaan. ‘Er zijn geen implicaties in deze zaak,’ snauwt hij terug.

‘Heeft de samenleving als geheel het recht om te weten,’ gaat ze door, terwijl ze haar stem geroutineerd verheft en over hem heen praat, ‘wat professor Lurie nu precies erkent en dus waarvoor hij precies berispt wordt.’

Mathabane: ‘Als hij berispt wordt.’

‘Als hij berispt wordt. We zouden tekortschieten in onze taak als we niet glashelder in ons hoofd hebben, en we in onze aanbevelingen niet glashelder maken, waarvoor professor Lurie wordt berispt.’

‘Voor ons is het dunkt me glashelder, dr. Rassool. De vraag is of professor Lurie het glashelder in zijn hoofd heeft.’

‘Precies. U geeft precies weer wat ik wilde zeggen.’

Het zou wijzer zijn om zijn mond te houden, maar dat doet hij niet. ‘Wat er in mijn hoofd omgaat, is mijn zaak, niet de jouwe Farodia,’ zegt hij. ‘Wat je eigenlijk van me wilt, is niet een antwoord maar een biecht. Nou, ik biecht niet. Ik heb een weerwoord gegeven, wat mijn recht is. Ik erken wat me ten laste wordt gelegd. Dat is mijn weerwoord. Verder ben ik niet bereid te gaan.’

‘Meneer de voorzitter, ik moet hiertegen protesteren. Het gaat hier om veel meer dan louter formaliteiten. Professor Lurie geeft zijn schuld toe, maar mijn vraag is, aanvaardt hij zijn schuld ook of houdt hij alleen de schijn op in de hoop dat de zaak onder papier bedolven raakt en wordt vergeten? Als hij alleen maar de schijn ophoudt, dring ik erop aan dat we de strengste straf opleggen.'

'Mag ik u er nogmaals aan herinneren, dr. Rassool,' zegt Mathabane, 'dat het niet aan ons is om straffen op te leggen.'

'Dan moeten we de strengste straf aanbevelen. Dat professor Lurie op staande voet wordt ontslagen met verlies van alle rechten en uitkeringen.'

'David?' Het is de stem van Desmond Swarts, die tot nog toe niet heeft gesproken. 'David, weet je zeker dat dit de beste aanpak van de situatie is?' Swarts richt zich tot de voorzitter. 'Meneer de voorzitter, zoals ik al zei toen professor Lurie buiten was, ik vind dat we als leden van een universiteitsgemeenschap niet op een kille, formalistische manier tegen een collega moeten optreden. David, weet je zeker dat je geen schorsing wilt om jezelf de tijd te geven wat na te denken en misschien advies in te winnen?'

'Waarom? Waar moet ik over nadenken?'

'Over de ernst van je situatie, waarvan ik niet zeker ben dat je die inziet. Om het bot te zeggen, je zou je baan kunnen verliezen. Dat is tegenwoordig geen lolletje.'

'Wat raad je me dan aan? De, wat dr. Rassool noemt, subtiele spot uit mijn toon halen? Tranen van berouw plengen? Hoe ver moet ik gaan om mezelf te redden?'

'Je vindt het misschien moeilijk te geloven, David, maar wij hier om deze tafel zijn niet je vijanden. We hebben onze zwakke momenten, wij allemaal, we zijn ook maar mensen. Je zaak is niet uniek. We zouden graag een modus voor je vinden, zodat je je carrière kunt vervolgen.'

Soepel valt Hakim hem bij. 'We zouden je graag helpen, David, om een uitweg te vinden uit wat een nachtmerrie moet zijn.'

Zij zijn vrienden. Ze willen hem redden van zijn zwakheid, hem wakker schudden uit zijn nachtmerrie. Ze willen hem niet aan de bedelstaf zien. Ze willen hem terughebben in de collegezaal.

'In dit koor van welwillendheid,' zegt hij, 'hoor ik geen vrouwelijke stem.'

Het blijft stil.

'Goed,' zegt hij, 'laat ik dan biechten. Het verhaal begint op een avond, ik ben de datum vergeten, maar niet zo lang geleden. Ik liep door de oude universiteitstuinen en het toeval wilde dat de jonge vrouw in kwestie, juffrouw Isaacs dat ook deed. Onze wegen kruisten elkaar. We wisselden een paar woorden en op dat moment gebeurde er iets wat ik, die geen dichter is, niet zal proberen te beschrijven. Laat ik volstaan met te zeggen dat Eros op het toneel verscheen. Daarna was ik niet meer dezelfde.'

'U was niet meer dezelfde als wie?' vraagt de handelsvrouw voorzichtig.

'Ik was niet meer mezelf. Ik was niet langer een loslopende gescheiden man van in de vijftig. Ik werd een dienaar van Eros.'

'Is dat een verweer, dat u ons voorlegt? Onbedwingbare drang?'

'Het is geen verweer. U wilt een biecht, ik geef u een biecht. Wat die drang aangaat, die was allesbehalve onbedwingbaar. In het verleden heb ik vaak niet toegegeven aan een soortgelijke drang, moet ik tot mijn schande bekennen.'

'Vindt u niet,' zegt Swarts, 'dat de aard van het academische leven bepaalde opofferingen vereist? Dat we ten behoeve van het grote geheel onszelf bepaalde bevredigingen moeten ontzeggen?'

'U denkt aan een verbod op intimiteit tussen de generaties?'

'Nee, niet per se. Maar als docenten bevinden we ons in een machtspositie. Misschien een verbod op vermenging van machtsverhoudingen met seksuele verhoudingen. Wat, naar ik vermoed, in deze zaak aan de orde was. Of uiterste voorzichtigheid.'

Farodia grijpt in. 'We draaien opnieuw in een kringetje rond, voorzitter. Ja, zegt hij, hij is schuldig; maar wanneer we duidelijkheid proberen te krijgen, biecht hij ineens geen misbruik van een jonge vrouw op, maar slechts een drang die hij niet kon weerstaan, en gaat hij voorbij aan de pijn die hij heeft veroorzaakt, voorbij aan de lange geschiedenis waarin dit past. Daarom zeg ik dat het zinloos is om met professor Lurie te blijven discussiëren. We moeten zijn weerwoord nemen voor wat het is en overeenkomstig aanbevelingen doen.'

Misbruik: hij zat op het woord te wachten. Uitgesproken met een van deugdzaamheid trillende stem. Wat ziet ze als ze naar hem kijkt, dat haar woede zo aan de kook houdt? Een haai tussen de hulpeloze visjes? Of heeft ze een ander beeld: van een groot, grof mannetjesdier dat zich op een klein meisje stort, een enorme hand die haar kreten smoort? Absurd gewoon! Dan schiet hem te binnen: toen ze gisteren hier in deze zelfde ruimte bijeen waren, stond zij voor hen, Melanie, die nauwelijks tot zijn schouders komt. Ongelijk: hoe kan hij dat ontkennen?

'Ik neig naar het standpunt van dr. Rassool,' zegt de handelsvrouw. 'Tenzij professor Lurie nog iets wil zeggen, denk ik dat we tot een beslissing moeten komen.'

'Voor we daartoe overgaan, meneer de voorzitter,' zegt Swarts, 'zou ik nog één keer een dringend verzoek tot professor Lurie willen richten. Is er een verklaring in enigerlei vorm denkbaar die hij bereid is te onderschrijven?'

'Waarom? Waarom is het zo belangrijk dat ik een verklaring onderschrijf?'

'Omdat het een situatie die bijzonder verhit is geraakt, zou helpen bekoelen. We hadden allemaal deze zaak het liefst opgelost buiten de schijnwerpers van de media. Maar dat is niet mogelijk geweest. Ze heeft een hoop aandacht getrokken, ze heeft implicaties gekregen die we niet in de hand hebben. Alle ogen zijn op de universiteit gericht om te zien hoe we de zaak hanteren. Als ik je zo hoor, David, krijg ik de indruk dat je je onrechtvaardig behandeld voelt. Dat is absoluut onterecht. Wij van deze commissie zien het als onze taak te proberen een compromis uit te werken waardoor jij je baan kunt houden. Daarom vraag ik je of er niet een communiqué in een of andere vorm is waarmee jij kunt leven en dat ons in staat stelt iets minder aan te bevelen dan de strengste sanctie, namelijk ontslag met verlies van rechten.'

'Je bedoelt, of ik zo deemoedig wil zijn om genade te vragen?'

Swarts zucht. 'David, je wint er niets mee door onze pogingen in het belachelijke te trekken. Accepteer op zijn minst een verdaging, zodat je je positie kunt heroverwegen.'

'Wat wil je dat er in dat communiqué komt te staan?'

'Een erkenning dat je fout bent geweest.'

'Dat heb ik erkend. Vrijwillig. Ik heb schuld aan wat me ten laste is gelegd.'

'Je moet geen spelletje met ons spelen, David. Er is een verschil tussen jezelf schuldig verklaren en erkennen dat je fout bent geweest, dat weet jij ook.'

'En daarmee nemen jullie genoegen: een erkenning dat ik fout ben geweest?'

'Nee,' zegt Farodia Rassool. 'Dat zou de omgekeerde volgorde zijn. *Eerst* moet professor Lurie zijn verklaring opstellen. *Dan* kunnen we beslissen of we die als verzachtende omstandigheid meenemen. We gaan niet onderhandelen over wat er in de verklaring moet staan. De verklaring moet van hem komen, in zijn eigen woorden. Dan kunnen we zien of ze uit zijn hart komen.'

'En jij bent ervan overtuigd dat jij kunt opmaken, uit de woorden die ik gebruik – opmaken of ze uit mijn hart komen?'

'We willen zien welke houding eruit spreekt. We willen zien of je berouw toont.'

'Goed dan. Ik heb van mijn positie tegenover juffrouw Isaacs gebruikgemaakt. Dat was fout en dat spijt me. Is dat goed genoeg voor je?'

'De vraag is niet of ik het goed genoeg vind, professor Lurie, de vraag is of *u* het goed genoeg vindt. Geeft het uw oprechte gevoelens weer?'

Hij schudt zijn hoofd. 'Ik heb de woorden voor je uitgesproken, nu wil je meer, wil je dat ik de oprechtheid ervan aantoon. Dat is absurd. Dat valt buiten de sfeer van de wet. Ik ben het beu. Laten we het maar weer volgens het boekje spelen. Ik erken schuld. Verder ben ik niet bereid te gaan.'

'Goed dan,' zegt Mathabane op voorzitterstoon. 'Als er voor professor Lurie geen vragen meer zijn, dan dank ik hem voor zijn aanwezigheid en excuseer ik hem.'

Aanvankelijk herkennen ze hem niet. Hij is halverwege de trap als hij de kreet *Dat is hem!* hoort, gevolgd door geschuifel van voeten.

Ze halen hem onderaan de trap in; iemand grijpt hem zelfs bij zijn jasje om hem tegen te houden.

'Kunnen we u heel even spreken, professor Lurie?' zegt een stem.

Hij reageert niet, beent de drukke hal in, waar mensen zich omkeren om naar de grote man te kijken die zijn achtervolgers probeert voor te blijven.

Iemand verspert hem de weg. 'Wacht even!' zegt ze. Hij wendt zijn gezicht af, strekt een hand uit. Er volgt een flits.

Een meisje draait om hem heen. Haar haar, in vlechtjes met amberen kralen, hangt aan weerszijden van haar gezicht steil omlaag. Ze glimlacht zelfs haar witte tanden bloot. 'Kunnen we even stoppen om te praten?' zegt ze.

'Waarover?'

Er wordt hem een cassetterecorder toegestoken. Hij duwt hem weg.

'Over hoe het was?'

'Hoe wat was?'

De camera flitst opnieuw.

'Nou, de hoorzitting.'

'Daar kan ik geen commentaar op geven.'

'Oké, waar kunt u dan wel commentaar op geven?'

'Ik wil nergens commentaar op geven.'

De rondhangers en nieuwsgierigen beginnen een kring te vormen. Als hij weg wil komen, moet hij zich erdoorheen dringen.

'Spijt het u?' zegt het meisje. De cassetterecorder wordt onder zijn neus geduwd. 'Heeft u spijt van wat u hebt gedaan?'

'Nee,' zegt hij. 'Het was een verrijkende ervaring voor me.'

Het meisje blijft glimlachen. 'Dus u zou het weer doen?'

'Ik denk niet dat ik nog eens de gelegenheid krijg.'

'Maar als u de gelegenheid zou krijgen?'

'Dat is geen reële vraag.'

Ze wil meer, meer woorden voor de buik van het apparaatje, maar weet even niet hoe ze hem tot verdere loslippigheid kan verleiden.

'Wat voor ervaring was het?' hoort hij iemand *sotto voce* vragen.

'Verrijkend.'

Er wordt gegiecheld.

'Vraag of hij zijn excuses heeft aangeboden,' roept iemand naar het meisje.

'Heb ik al gevraagd.'

Biechten, excuses: vanwaar die dorst naar vernedering? Er valt een stilte. Ze draaien om hem heen als jagers die een vreemd dier in het nauw hebben gedreven en niet weten hoe ze het moeten afmaken.

De foto verschijnt in de studentenkrant van de volgende dag, met als onderschrift 'Prul valt door de mand!' Hij staat erop met ten hemel geheven ogen, terwijl hij een graaiende hand naar de camera uitstrekt. De houding is op zich belachelijk genoeg, maar wat de foto tot een juweeltje maakt, is de omgekeerde prullenmand die een breed grijnzende jongeman boven zijn hoofd houdt. Door de perspectivische vertekening lijkt het of zijn hoofd uit de mand rolt. Wat heeft hij tegen zo'n beeld in te brengen?

'Commissie zwijgt over uitspraak,' luidt de kop. 'De tuchtcommissie die aanklachten van ongewenste intimiteit en ambtsovertreding tegen docent Communicatie David Lurie onderzoekt, zweeg gisteren in alle talen over haar uitspraak. Voorzitter Manas Mathabane wilde alleen kwijt dat de bevindingen aan de rector magnificus zijn overgebracht voor effectuering.

In een woordenwisseling met leden van WAR na de hoorzitting, zei Lurie (53), dat hij zijn ervaringen met studentes "verrijkend" had gevonden.

De bom barstte toen tegen Lurie, specialist in de poëzie van de Romantiek, klachten werden ingediend door studentes uit zijn werkgroepen.'

Hij krijgt thuis Mathabane aan de lijn. 'De commissie heeft haar aanbevelingen doorgezonden, David, en de rector heeft me gevraagd je nog één keer te benaderen. Hij is bereid geen uiterste maatregelen te nemen, zegt hij, op voorwaarde dat jij een persoonlijke verklaring laat uitgaan die zowel vanuit ons standpunt als dat van jou bevredigend is.'

'Manas, we hebben die discussie al gevoerd. Ik...'

'Wacht even. Laat me uitspreken. Ik heb een conceptverklaring voor me liggen die aan onze voorwaarden zou voldoen. Ze is heel kort. Mag ik je haar voorlezen?'

'Lees maar.'

Mathabane leest voor: 'Zonder voorbehoud erken ik ernstige schending van de mensenrechten van de klageres, alsmede misbruik van het gezag dat mij door de universiteit is verleend. Ik bied beide partijen mijn oprechte verontschuldigingen aan en accepteer elke passende sanctie die mij zal worden opgelegd.'

'"Elke passende sanctie", wat houdt dat in?'

'Mijn inschatting is dat je niet wordt ontslagen. Hoogstwaarschijnlijk krijg je het verzoek enige tijd verlof te nemen. Of je uiteindelijk je lestaken weer op kunt nemen, hangt van jezelf af en van de beslissing van je decaan en het hoofd van de vakgroep.'

'Is dat het? Is dat de deal?'

'Naar mijn inschatting wel. Als je te kennen geeft dat je de verklaring onderschrijft, zal dat de status van een beroep op verzachtende omstandigheden hebben en is de rector bereid haar in die geest te aanvaarden.'

'In welke geest?'

'Een geest van berouw.'

'Manas, we hebben die hele berouwtoestand gisteren uitputtend besproken. Ik heb je gezegd wat ik ervan vind. Ik vertik het. Ik ben voor een officieel ingesteld tribunaal verschenen, voor een wettig orgaan. Voor dat aardse tribunaal heb ik schuld erkend, een aardse erkenning. Die erkenning moet voldoende zijn. Berouw slaat nergens op. Berouw hoort thuis in een andere wereld, in een betoog uit andere sferen.'

'Je haalt de dingen door elkaar, David. Er wordt je niet

opgedragen berouw te hebben. Voor ons, als leden van wat jij een aards tribunaal noemt, zoniet als medemensen, is het duister wat er in jouw ziel omgaat. Er wordt je verzocht een verklaring te publiceren.'

'Wordt me verzocht een verontschuldiging te publiceren die ik misschien niet oprecht meen?'

'Het criterium is niet of je oprecht bent. Dat is een kwestie, zoals ik zeg, voor je eigen geweten. Het criterium is of je bereid bent je fout publiekelijk te erkennen en stappen te ondernemen om die te herstellen.'

'Nu zijn we echt aan het haarkloven. Jullie hebben me aangeklaagd, en ik heb erkend schuldig te zijn aan de aanklachten. Dat is alles wat jullie van me nodig hebben.'

'Nee. We willen meer. Niet veel meer, maar wel meer. Ik hoop dat je je ertoe kunt brengen om ons dat te geven.'

'Het spijt me, dat kan ik niet.'

'David, ik kan je niet tegen jezelf blijven beschermen. Ik ben het zat en de rest van de commissie is dat het ook. Wil je nog bedenktijd?'

'Nee.'

'Uitstekend. Dan kan ik alleen maar zeggen dat je van de rector magnificus zult horen.'

ZEVEN

Als hij eenmaal heeft besloten weg te gaan, is er weinig dat hem belet. Hij haalt de koelkast leeg, sluit het huis af en zit rond twaalven op de snelweg. Een overnachting in Oudtshoorn, een vertrek voor dag en dauw: tegen het midden van de ochtend nadert hij zijn bestemming, het stadje Salem aan de weg van Grahamstown naar Kenton in de Oostkaap.

De boerderij van zijn dochter ligt aan het eind van een kronkelend zandpad een paar kilometer buiten het stadje: vijf hectaren grond, voornamelijk bouwland, een windpomp, stallen en schuren en een laag, geel geschilderd boerenhuis dat zich naar alle kanten uitstrekt, met een dak van ijzeren golfplaat en een veranda. Aan de voorzijde is het terrein begrensd met een draadafrastering en plukken Oost-Indische kers en geraniums; de rest van het voorerf is zand en steengruis.

Er staat een oude VW-Combi op de oprijlaan; hij parkeert erachter. Vanuit de schaduw van de veranda stapt Lucy het zonlicht in. Even herkent hij haar niet. Er is een jaar voorbijgegaan en ze is dikker geworden. Haar heupen en borsten zijn nu (hij zoekt naar het beste woord) vol. Onbezorgd blootsvoets komt ze hem begroeten, met wijdopen armen, omhelst hem, kust hem op zijn wang.

Wat een fijne meid, denkt hij als hij haar knuffelt; wat

een fijn welkom aan het eind van een lange rit!

Het huis, dat groot, donker, en zelfs midden op de dag killig is, stamt uit de tijd van grote gezinnen, van wagens vol gasten. Zes jaar geleden is Lucy er gaan wonen als lid van een commune, een groep jonge mensen, die bewerkt leer en zongebakken aardewerk in Grahamstown uitventte en tussen de rijen maïs dagga kweekte. Toen de commune uiteenviel en de kern naar New Bethesda verhuisde, bleef Lucy met haar vriendin Helen op de boerderij achter. Ze was van de plek gaan houden, zei ze; ze wilde er serieus gaan boeren. Hij had haar geholpen met de aankoop. Nu staat ze daar, compleet met blote voeten, in een huis vol bakgeuren, niet langer een kind dat boerderijtje speelt, maar een degelijke plattelandsvrouw, een *boervrou*.

'Ik geef je Helens kamer,' zegt ze. 'Daar komt de ochtendzon. Je hebt geen idee hoe koud de ochtenden deze winter zijn.'

'Hoe gaat het met Helen?' vraagt hij. Helen is een forse, triest ogende vrouw met een zware stem en een slechte huid, ouder dan Lucy. Hij heeft nooit kunnen begrijpen wat Lucy in haar ziet; heimelijk hoopt hij dat Lucy tegen een beter iemand aanloopt, of een beter iemand tegen Lucy.

'Helen is al sinds april terug in Johannesburg. Ik heb hier, op de hulp na, alleen gezeten.'

'Dat heb je me niet verteld. Is het niet angstig in je eentje?'

Lucy haalt haar schouders op. 'Ik heb de honden. Honden betekenen nog steeds iets. Hoe meer honden, hoe meer afschrikking. Trouwens, als er een inbraak zou komen, hou je die ook met twee mensen niet tegen.'

'Dat is wel heel filosofisch.'

'Ja. Wie niet sterk is, moet filosoferen.'

'Maar je hebt een wapen.'

‘Ik heb een geweer. Ik zal het je laten zien. Ik heb het van een buurman gekocht. Ik heb het nog nooit gebruikt, maar ik heb er een.’

‘Goed zo. Een gewapende filosofe. Daar sta ik achter.’

Honden en een geweer; brood in de oven en een gewas in de grond. Eigenaardig dat juist hij en haar moeder, stadsmensen, intellectuelen, dit anachronisme, deze stoere jonge koloniste moesten voortbrengen. Maar misschien waren zij het niet die haar voortbrachten: misschien had de geschiedenis het grootste aandeel.

Ze zet hem een broodmaaltijd voor. Hij heeft honger: hij schrokt twee massieve sneden brood naar binnen, besmeerd met jam van cactusvijgen, ook zelfgemaakt. Hij is zich van haar blik bewust als hij zit te eten. Hij moet voorzichtig zijn: niets is zo weerzinwekkend voor een kind als de werking van een ouderlijk lichaam.

Háár nagels zijn allesbehalve schoon. Plattelandsvuil: respectabel, neemt hij aan.

Hij pakt zijn koffer uit op Helens kamer. De laden zijn leeg; in de enorme oude kleerkast hangt alleen een blauwe overall. Als Helen weg is, dan is het niet maar voor een tijdje.

Lucy leidt hem rond over het terrein. Ze drukt hem op het hart geen water te verspillen, de septic tank niet te verontreinigingen. Hij kent de les, maar luistert braaf. Dan laat ze hem het hondenpension zien. Bij zijn vorige bezoek was er maar één hok. Nu zijn het er vijf, degelijk gebouwd, met betonnen vloeren, verzinkte palen en stutten en zwaar gaas, in de schaduw van jonge gombomen. De honden zijn opgewonden wanneer ze haar zien: dobermanns, Duitse herders, Rhodesian ridgebacks, bulterriërs, rottweilers. ‘Allemaal waakhonden,’ zegt ze. ‘Werkhonden, voor korte perioden: twee weken, een week, soms alleen maar een weekend. Huisdieren krijg ik meestal in de zomervakantie binnen.’

'En katten? Neem je geen katten aan?'

'Niet lachen. Ik denk over uitbreiding met katten. Ik ben er alleen nog niet op ingericht.'

'Heb je nog steeds je kraam op de markt?'

'Ja, elke zaterdagmorgen. Ik zal je meenemen.'

Zo verdient ze haar brood: met het hondenpension en met de verkoop van bloemen en groenten. Eenvoudiger kan het niet.

'Vervelen die honden zich niet?' Hij wijst er een aan, een roodbruine buldogteef alleen in een hok, die hen met de kop op de poten chagrijnig gadeslaat, niet eens de moeite neemt om op te staan.

'Katy? Die is achtergelaten. De eigenaars zijn hem gesmeerd. Een onbetaalde rekening van maanden. Ik weet niet wat ik met haar aan moet. Een baas voor haar zoeken, denk ik. Ze ligt te mokken, maar verder is ze oké. Ze wordt elke dag uitgelaten voor wat beweging. Door mij of door Petrus. Het is een deel van de afspraak.'

'Petrus?'

'Die ontmoet je nog wel. Petrus is mijn nieuwe hulp. Beter gezegd: sinds maart mede-eigenaar. Een flinke kerel.'

Hij wandelt met haar langs de vijver, waarop een eendenfamilie sereen ronddobbert, langs de bijenkorven en door de tuin: bloembedden en wintergroenten – bloemkool, aardappelen, rode biet, snijbiet, uien. Ze bekijken de pomp en het waterreservoir aan de rand van het terrein. De regenval is de afgelopen twee jaar gunstig geweest, het waterpeil is gestegen.

Ze praat moeiteloos over zulke zaken. Een pionierende boerin van het nieuwe slag. Vroeger, vee en maïs. Tegenwoordig, honden en narcissen. Hoe meer de dingen veranderen, hoe meer ze hetzelfde blijven. De geschiedenis die zich herhaalt, zij het in een bescheidener geest. Misschien heeft de geschiedenis een lesje geleerd.

Ze lopen terug langs een bevloeiingsgreppel. Lucy's blote tenen grijpen in de rode aarde, maken scherpe afdrukken. Een stevige vrouw in de bedding van haar nieuwe leven. Mooi! Als het dit is wat hij zal achterlaten, deze dochter, deze vrouw – dan hoeft hij zich niet te schamen.

'Je hoeft mij niet bezig te houden,' zegt hij, terug in het huis. 'Ik heb mijn boeken meegenomen. Ik heb alleen een tafel en een stoel nodig.'

'Werk je aan iets speciaals?' vraagt ze voorzichtig. Zijn werk is niet een onderwerp waarover ze vaak praten.

'Ik heb wat ideeën. Iets over de laatste jaren van Byron. Geen boek, of niet het soort boek dat ik eerder heb geschreven. Meer iets voor theater. Woorden en muziek. Personages die spreken en zingen.'

'Ik wist niet dat je nog ambities in die richting had.'

'Ik vond dat ik me maar eens moest uitleven. Maar het is meer dan dat. Je wilt iets achterlaten. Of tenminste, een man wil iets achterlaten. Voor een vrouw is het gemakkelijker.'

'Waarom is het voor een vrouw gemakkelijker?'

'Gemakkelijker, bedoel ik, om iets voort te brengen dat een eigen leven heeft.'

'Telt het vaderschap niet?'

'Vaderschap... ik heb sterk het gevoel dat vergeleken bij moederschap, het vaderschap een tamelijk abstracte toestand is. Maar laten we zien wat ervan komt. Als er iets uitkomt, ben jij de eerste die het te horen krijgt. De eerste en waarschijnlijk de laatste.'

'Wil je zelf de muziek schrijven?'

'Ik leen de muziek voor het grootste deel. Ik heb geen scrupules over lenen. In het begin dacht ik dat het onderwerp om een heel weelderige orkestratie vroeg. Zoiets als Strauss. Dat zou mijn krachten te boven zijn gegaan. Nu hel ik naar de andere kant over, naar een heel sobere begeleiding – viool, cello, hobo of misschien fagot. Maar het bevindt zich allemaal nog in het rijk van de ideeën. Ik heb nog geen noot geschreven – ik heb andere dingen aan mijn hoofd gehad. Je zult wel van mijn problemen gehoord hebben.'

'Roz heeft er aan de telefoon iets over gezegd.'

'Nou, daar gaan we nu maar niet op in. Een andere keer.'

'Ben je voorgoed bij de universiteit weg?'

'Ik heb ontslag genomen. Er is me verzocht ontslag te nemen.'

'Zul je het missen?'

'Of ik het zal missen? Ik weet het niet. Ik was als docent geen uitblinker. Ik had steeds minder contact met mijn studenten, merkte ik. Wat ik te vertellen had, daar hadden zij geen boodschap aan. Dus misschien mis ik het niet. Misschien geniet ik van mijn bevrijding.'

Er staat een man in de deuropening, een grote man met een blauwe overall, kaplaarzen en een wollen muts. 'Petrus, kom binnen, dit is mijn vader,' zegt Lucy.

Petrus veegt zijn voeten. Ze geven elkaar een hand. Een getekend, verweerd gezicht; sluwe ogen. Veertig? Vijfenveertig?

Petrus draait zich naar Lucy. 'Het spuitmiddel,' zegt hij: 'Ik kom voor het spuitmiddel.'

'Dat heb ik in de Combi. Wacht maar, dan haal ik het even.'

Hij blijft met Petrus achter. 'Jij zorgt voor de honden,' zegt hij om de stilte te doorbreken.

'Ik zorg voor de honden en ik werk in de tuin. Ja.' Petrus glimlacht breed. 'Ik ben de tuinman en de hondenman.' Hij denkt een ogenblik na. 'De hondenman,' herhaalt hij, genietend van de uitdrukking.

'Ik ben net uit Kaapstad aangekomen. Soms maak ik me zorgen over mijn dochter, zo helemaal alleen hier. Het is erg afgelegen.'

'Ja,' zegt Petrus, 'het is gevaarlijk.' Hij zwijgt even. 'Alles is tegenwoordig gevaarlijk. Maar hier is het goed, denk ik.' En hij glimlacht opnieuw.

Lucy komt terug met een kleine fles. 'Je weet de dosis: één theelepel op tien liter water.'

'Ja, ik weet het.' En Petrus duikt onder de lage deur door naar buiten.

'Petrus lijkt me een goede kerel,' merkt hij op.

'Hij heeft ze goed op een rijtje.'

'Woont hij op het terrein?'

'Hij en zijn vrouw hebben de oude stal. Ik heb er elektriciteit laten aanleggen. Het is heel comfortabel. Hij heeft nog een vrouw in Adelaide, en kinderen, sommigen al volwassen. Daar gaat hij af en toe een tijdje heen.'

Hij laat Lucy aan haar werk en maakt een wandelingetje tot aan de weg naar Kenton. Een frisse, winterse dag, de zon is al aan het zakken boven de rode heuvels die met dun, verbleekt gras zijn bespikkeld. Arm land, arme grond, denkt hij. Uitgeput. Alleen nog goed voor geiten. Is Lucy werkelijk van plan hier haar leven te slijten? Hij hoopt dat het maar een fase is.

Een groepje kinderen passeert hem op weg van school naar huis. Hij groet ze; ze groeten hem terug. Plattelandsgewoonten. Kaapstad begint al verleden tijd te worden.

Onverwacht komt er een herinnering aan het meisje boven: aan haar fraaie borstjes met hun opgerichte tepels, aan haar gladde, strakke buik. Er gaat een rimpeling van verlangen door hem heen. Kennelijk is het, wat het ook geweest is, nog niet over.

Hij keert terug naar het huis en pakt zijn laatste spullen uit. Het is lang geleden dat hij met een vrouw heeft samengewoond. Hij zal op zijn manieren moeten letten: hij zal netjes moeten zijn.

Vol is een vriendelijk woord voor Lucy. Binnenkort zal

ze ronduit dik zijn. Ze laat zich gaan, zoals gebeurt wanneer je je van het veld der liefde terugtrekt. *Qu'est devenu ce front poli, ces cheveux blonds, sourcils voûtés?*

Het avondmaal is eenvoudig: soep met brood, daarna zoete aardappelen. Normaal houdt hij niet van zoete aardappelen, maar Lucy doet iets met citroenschil en boter en piment dat ze genietbaar, meer dan genietbaar maakt.

'Blijf je een tijdje?' vraagt ze.

'Een week? Zullen we zeggen, een week? Kun je me zo lang verdragen?'

'Je mag blijven zolang je wilt. Ik ben alleen bang dat je je gaat vervelen.'

'Ik zal me niet vervelen.'

'En na die week, waar ga je dan naartoe?'

'Ik weet het nog niet. Misschien ga ik wat zwerven, een lange zwerftocht maken.'

'Nou, je mag met alle plezier blijven.'

'Lief van je om dat te zeggen, schat, maar ik wil je vriendschap niet kwijt. Lange bezoeken zijn niet bevorderlijk voor goede vrienden.'

'En als we het nu eens geen bezoek noemen? Als we het nu eens toevlucht noemen? Zou je een toevlucht voor onbepaalde tijd acceptabel vinden?'

'Bedoel je asiel? Zo erg is het niet, Lucy. Ik ben geen vluchteling.'

'Roz zei dat de sfeer akelig was.'

'Ik heb het mezelf aangedaan. Ze hebben me een compromis aangeboden dat ik niet wilde accepteren.'

'Wat voor compromis?'

'Heropvoeding. Karakterverbetering. Het eufemisme was *therapie*.'

'En ben je zo volmaakt dat je niet wat therapie kunt gebruiken?'

'Het doet me te veel denken aan het China van Mao. Herroeping, zelfkritiek, openbare spijtbetuiging. Ik ben ouderwets, ik zou liever gewoon tegen een muur gezet en neergeknald worden. Er vanaf zijn.'

'Neergeknald? Vanwege een verhouding met een studente? Een beetje drastisch, vind je niet, David? Dat is toch aan de orde van de dag? Dat was het in ieder geval toen ik studeerde. Als ze van elk akkefietje een zaak maakten, zou de docentenstand flink uitgedund raken.'

Hij haalt zijn schouders op. 'We leven in een puriteinse tijd. Het privé-leven is een publieke zaak. Voyeurisme is respectabel, voyeurisme en sentiment. Ze wilden een spektakel: mea culpa-klopperij, wroeging, tranen als het even kon. Een tv-show, eigenlijk. Die lol gunde ik ze niet.'

Hij had er bijna aan toegevoegd, 'Eigenlijk wilden ze me gecastreerd zien,' maar die woorden kan hij niet uitspreken, niet tegen zijn dochter. Nu hij het hoort met de oren van een ander, klinkt zijn tirade nogal melodramatisch, overdreven.

'Dus jij hield jouw poot stijf en zij die van hun. Is het zo gegaan?'

'Min of meer.'

'Je moet niet zo onbuigzaam zijn, David. Het is niet heldhaftig om onbuigzaam te zijn. Heb je nog tijd om erop terug te komen?'

'Nee, het vonnis is definitief.'

'Geen beroep?'

'Geen beroep. Ik klaag niet. Je kunt geen beschuldigingen van verdorvenheid erkennen en verwachten dat er een golf van sympathie voor terugkomt. Na een bepaalde leeftijd niet meer. Na een bepaalde leeftijd ben je domweg niet meer aantrekkelijk, punt uit. Je moet gewoon je tanden op elkaar zetten en de rest van je leven zien door te komen. Je tijd uitzitten.'

'Wel triest. Blijf hier maar zolang je wilt. Om welke reden dan ook.'

Hij gaat vroeg naar bed. Midden in de nacht wordt hij wakker door hevig geblaf. Vooral één hond blaft hardnekkig, werktuigelijk, zonder ophouden; de andere vallen in, vallen af en vallen, omdat ze niet tegen hun verlies kunnen, weer in.

'Gaat dat zo elke nacht?' vraagt hij 's morgens aan Lucy.

'Je raakt eraan gewend. Het spijt me.'

Hij schudt zijn hoofd.

ACHT

Hij was vergeten hoe koud de winterochtenden in de heuvels van de Oostkaap kunnen zijn. Hij heeft niet de goede kleren meegenomen: hij moet een trui van Lucy lenen.

Met zijn handen in zijn zakken, kuiert hij tussen de bloembedden door. Onzichtbaar raast op de weg naar Kenton een auto voorbij, het geluid ijlt lang na in de stille lucht. Ganzen vliegen in een waaierformatie over. Wat gaat hij met zijn tijd doen?

'Heb je zin om een eindje te wandelen?' zegt Lucy achter hem.

Ze nemen drie honden mee: twee jonge dobermanns, die Lucy aan de lijn houdt, en de buldogteef, het verlaten dier.

Met de oren in de nek, probeert het teefje af te gaan. Er komt niets.

'Het gaat moeizaam,' zegt Lucy. 'Ik zal haar iets moeten geven.'

Het teefje blijft zich inspannen, laat haar tong hangen, kijkt schichtig om zich heen alsof ze zich schaamt voor de aanblik.

Ze verlaten de weg, lopen door een met struiken begroeid gebied, dan door een dunbeplant dennenbos.

'Het meisje waarmee je was,' zegt Lucy, 'was dat ernst?'

'Heeft Rosalind je het verhaal niet verteld?'

'Maar heel oppervlakkig.'

'Ze kwam uit deze uithoek van de wereld. Uit George. Ze zat in een van mijn werkgroepen. Een middelmatige studente, maar heel aantrekkelijk. Was het ernst? Ik weet het niet. De gevolgen waren in elk geval ernstig.'

'Maar is het nu achter de rug? Hunker je niet meer naar haar?'

Is het achter de rug. Hunkert hij nog? 'Ons contact is verbroken,' zegt hij.

'Waarom heeft ze je aangegeven?'

'Dat heeft ze niet gezegd; ik heb geen kans gehad het haar te vragen. Ze zat in een moeilijk parket. Er was een jongeman, haar vriend, of ex-vriend, die haar op de huid zat. Er waren spanningen tijdens college. En toen kregen haar ouders er lucht van en reisden spoorslags af naar Kaapstad. De druk werd te groot, denk ik.'

'En jij was er ook.'

'Ja, ik was er ook. Ik denk niet dat ik de makkelijkste was.'

Ze zijn bij een hek gekomen met een bord waarop staat 'SAPPI-bedrijven – Verboden toegang voor onbevoegden'. Ze keren om.

'Nou,' zegt Lucy, 'jij hebt je prijs betaald. Misschien denkt ze achteraf niet zo hardvochtig over je. Vrouwen kunnen verbazend vergevingsgezind zijn.'

Er valt een stilte. Wil Lucy, zijn kind, hém iets over vrouwen vertellen?

'Heb je er ooit aan gedacht weer te trouwen?' vraagt Lucy.

'Met iemand van mijn leeftijd, bedoel je? Ik ben niet geschikt voor het huwelijk, Lucy. Dat heb je zelf meegemaakt.'

'Ja, maar...'

'Maar wat? Maar het is onbehoorlijk om nog op kinderen te azen?'

'Dat bedoelde ik niet. Alleen dat je het met de jaren moeilijker, niet makkelijker zult krijgen.'

Nog nooit hebben hij en Lucy over zijn innerlijk leven gesproken. Het blijkt niet gemakkelijk. Maar als hij niet met haar kan praten, met wie dan wel?

'Herinner jij je Blake?' zegt hij. '"Smoor liever een kind in zijn wieg dan onvervulde verlangens te koesteren"?'

'Waarom citeer je dat voor mij?'

'Onvervulde verlangens kunnen voor ouderen even funest zijn als voor jongeren.'

'Dus?'

'Elke vrouw met wie ik nauw bevriend ben geweest, heeft me iets over mezelf geleerd. In die zin hebben ze een beter mens van me gemaakt.'

'Ik hoop niet dat je ook het omgekeerde wilt beweren. Dat de omgang met jou betere mensen van je vrouwen heeft gemaakt.'

Hij kijkt haar scherp aan. Ze glimlacht. 'Grapje,' zegt ze.

Ze gaan terug over de teerweg. Bij de afslag naar de boerderij staat een geschilderd bord dat hij nog niet had opgemerkt: 'SNIJBLOEMEN. PALMVARENS,' met een pijl: '1 KM'.

'Palmvarens?' zegt hij. 'Ik dacht dat palmvarens beschermd waren?'

'Het is verboden ze in het wild uit te steken. Ik kweek ze uit zaad. Ik zal het je laten zien.'

Ze lopen door, met de jonge honden die trekken om los te komen, het teefje dat hijgend achter hen aan sjokt.

'En jij? Is dit wat je met je leven wilt?' Hij zwaait met een hand naar de tuin, naar het huis waar het zonlicht van het dak spat.

'Het is genoeg,' antwoordt Lucy rustig.

Het is zaterdag, marktdag. Zoals afgesproken wekt Lucy hem om vijf uur met koffie. Ingepakt tegen de kou vinden ze Petrus in de tuin, al bezig om bij het licht van een halogeenlamp bloemen te snijden.

Hij biedt aan om het van Petrus over te nemen, maar zijn vingers zijn al gauw zo koud dat hij de bossen niet gebonden kan krijgen. Hij geeft het bindtouw aan Petrus terug en gaat verpakken en inladen.

Tegen zevenen, als het eerste licht de heuvels raakt en de honden zich beginnen te roeren, is de klus geklaard. De Combi is volgeladen met dozen bloemen, zakken met aardappelen, uien, kool. Lucy rijdt, Petrus blijft thuis. De verwarming doet het niet; turend door de beslagen voorruit, neemt ze de weg naar Grahamstown. Hij zit naast haar de boterhammen te eten die ze heeft gemaakt. Zijn neus loopt; hij hoopt dat ze het niet merkt.

Dus: een nieuw avontuur. Zijn dochter, die hij ooit in een ver verleden naar school en balletles, naar het circus en de ijsbaan bracht, neemt hem mee voor een uitje, laat hem het leven zien, laat hem deze andere, onbekende wereld zien.

Op Donkin Square zijn de kraamhouders al bezig schragentafels op te zetten en hun waren uit te stallen. Er is een geur van verbrand vlees. Een koude mist hangt over de stad; de mensen wrijven in hun handen, stampen met hun voeten, vloeken. Er is veel vertoon van jovialiteit, waarvan Lucy zich tot zijn opluchting afzijdig houdt.

Zij staan kennelijk in het boerenmarktgedeelte. Links van hen wordt door drie Afrikaanse vrouwen melk, *masa,* boter aangeboden; en ook, vanuit een emmer met een natte doek erover, soepbotten. Rechts van hen staat een oud Afrikaner echtpaar, door Lucy begroet met Tante Miems en Oom Koos, dat een met bivakmuts getooid hulpje heeft van hooguit tien jaar oud. Net als Lucy hebben ze aardappelen en uien te koop, maar ook potten jam, vruchtengelei, gedroogd fruit, pakjes buchu-thee, heuningbosthee, kruiden.

Lucy heeft twee canvas vouwstoeltjes meegenomen. Wachtend op de eerste klanten drinken ze koffie uit een thermosfles.

Twee weken geleden stond hij in een collegelokaal aan de verveelde jeugd van het land uit te leggen wat het verschil was tussen drinken en opdrinken, en brandde en verbrand. De perfectieve vorm, die een voltooide handeling uitdrukt. Wat lijkt het allemaal ver weg! Ik leef, ik leefde, ik heb geleefd.

Lucy's aardappelen, uitgestort in een tenen mand, zijn gewassen. Aan die van Koos en Miems kleeft nog aarde. In de loop van de ochtend zet Lucy voor bijna vijfhonderd rand om. Haar bloemen lopen gestadig; om elf uur laat ze haar prijzen zakken en de laatste waren gaan weg. Het is ook behoorlijk druk bij de melk- en vleeskraam; maar het oude echtpaar, dat houterig en stuurs naast elkaar zit, doet het minder goed.

Veel van Lucy's klanten kennen haar bij naam: voor het merendeel vrouwen van middelbare leeftijd met iets bezitterigs in hun houding tegenover haar, alsof haar succes ook het hunne is. Elke keer stelt ze hem voor: 'Dit is mijn vader, David Lurie, over uit Kaapstad.' 'U bent zeker wel trots op uw dochter, meneer Lurie,' zeggen ze. 'Ja, heel trots,' kaatst hij terug.

'Bev runt het dierenasiel,' zegt Lucy na een van de kennismakingen. 'Ik help haar soms een handje. We gaan even bij haar aan op de terugweg, als je dat goed vindt.'

Hij heeft weinig op met Bev Shaw, een druk tonnetje van een vrouw met zwarte sproeten, kortgeknipt weerbarstig haar en geen nek. Hij houdt niet van vrouwen die geen moeite doen om er aantrekkelijk uit te zien. Het is een weerstand die hij eerder bij Lucy's vriendinnen heeft gevoeld. Niet iets om trots op te zijn: een in zijn hoofd gehaald vooroordeel dat zich heeft vastgezet. Zijn hoofd is een asiel geworden voor oude gedachten die, armoedig en zonder emplooi, nergens anders heen kunnen. Hij zou ze eruit moeten jagen, de tent schoonvegen. Maar dat is hem te veel moeite, of te onbelangrijk.

De Dierenbescherming, ooit een actieve liefdadigheidsvereniging in Grahamstown, heeft haar deuren moeten sluiten. Maar een handvol vrijwilligers onder leiding van Bev Shaw houdt in het oude pand nog een kliniek draaiende.

Hij heeft niets tegen de dierenliefhebbers, die Lucy al zo lang hij zich kan herinneren om zich heen heeft. Zonder hen zou de wereld er ongetwijfeld een stuk slechter aan toe zijn. Dus als Bev Shaw haar voordeur opendoet, zet hij een vriendelijk gezicht, ook al walgt hij van de lucht van kattenpis, hondenschurft en ontsmettingsmiddel, die hen tegemoet slaat.

Het huis is precies zoals hij zich had voorgesteld: krakkemikkige meubels, een allegaartje van siervoorwerpen (porseleinen herderinnetjes, koebellen, een vliegenmepper van struisvogelveer), het gejengel van een radio, het gepiep van vogels in kooien, overal katten voor je voeten. Er is niet alleen een Bev Shaw, er is ook een Bill Shaw, even kort en dik, die met een kop als een biet en zilverwit haar en een trui met flodderkraag, aan de keukentafel thee zit te drinken. 'Ga zitten, Dave,' zegt Bill. 'Drink een bakkie mee, doe alsof je thuis bent.'

Het is een lange morgen geweest, hij is moe, het laatste waar hij zin in heeft is met deze mensen over koetjes en kalfjes te praten. Hij kijkt even naar Lucy. 'We blijven niet, Bill,' zegt ze, 'Ik kom alleen wat medicijnen ophalen.'

Door een raam ziet hij de achtertuin van de Shaws:

een appelboom waaruit wormstekige vruchten vallen, woekerend onkruid, een met ijzeren golfplaten, houten pallets en oude banden afgebakende plek, waar kippen rondscharrelen en een beest, dat opmerkelijk veel op een duikerbok lijkt, in een hoekje ligt te soezen.

'Wat vind je ervan?' zegt Lucy later in de auto.

'Ik wil niet onaardig zijn. Het is vast een eigen subcultuur. Hebben ze geen kinderen?'

'Nee, geen kinderen. Onderschat Bev niet. Ze is niet gek. Ze doet een enorme hoop goed werk. Ze gaat al jaren D Dorp in, vroeger voor de Dierenbescherming, nu in haar eentje.'

'Het moet een verloren strijd zijn.'

'Dat is het ook. Er komt geen geld meer binnen. Op de prioriteitenlijst van dit land komen dieren niet voor.'

'Ze moet er moedeloos van worden. Jij ook.'

'Ja. Nee. Maakt het uit? De dieren die ze helpt zijn niet moedeloos. Die zijn ontzettend opgelucht.'

'Dan is het prachtig. Het spijt me, kindje, ik kan maar met moeite belangstelling voor het onderwerp opbrengen. Het is bewonderenswaardig wat je doet, wat zij doet, maar voor mij hebben dierenbeschermingsmensen iets van christenen van een bepaald slag. Iedereen is zo vrolijk en zo vol goede wil dat je na een tijdje niets liever zou doen dan eens flink aan het plunderen en verkrachten slaan. Of een kat een schop geven.'

Hij is verbaasd over zijn uitbarsting. Hij heeft geen kwade bui, integendeel.

'Jij vindt dat ik me met belangrijker zaken zou moeten bezighouden,' zegt Lucy. Ze zitten op de buitenweg; ze rijdt zonder naar hem te kijken. 'Jij vindt dat ik, omdat ik je dochter ben, wat meer van mijn leven zou moeten maken.'

Hij schudt al met zijn hoofd. 'Nee... nee... nee,' mompelt hij.

'Jij vindt dat ik stillevens zou moeten schilderen of mezelf Russisch zou moeten leren. Je keurt vrienden als Bev en Bill Shaw af, omdat ze mijn leven niet op een hoger plan brengen.'

'Dat is niet waar, Lucy.'

'Wel waar. Ze brengen mijn leven niet op een hoger plan en de reden is dat er geen hoger plan is. Dit is het enige leven dat er is. En we delen het met de dieren. Dat voorbeeld proberen mensen als Bev te geven. Dat voorbeeld probeer ik na te volgen. Om een paar van onze menselijke voorrechten met beesten te delen. Ik zou niet als hond of varken in een volgend bestaan willen terugkeren en moeten leven zoals honden of varkens onder onze heerschappij leven.'

'Lucy, mijn liefje, niet kwaad worden. Ja, ik ben het ermee eens dat dit het enige leven is. Wat de dieren betreft, laten we vooral goed voor ze zijn. Maar laten we niet het perspectief uit het oog verliezen. We zijn in de schepping van een andere orde dan de dieren. Niet per se hoger, gewoon anders. Dus als we goed willen zijn, laat dat dan simpelweg uit onzelfzuchtigheid zijn, niet omdat we ons schuldig voelen of bang zijn voor vergelding.'

Lucy haalt diep adem. Ze lijkt op zijn preek te willen reageren, maar doet het niet. Ze komen in stilte bij het huis aan.

NEGEN

Hij zit in de voorkamer naar voetbal op de televisie te kijken. De stand is nul-nul; het lijkt of geen van beide teams wil winnen.

Het commentaar is afwisselend in het Sotho en het Xhosa, talen waarvan hij geen woord verstaat. Hij draait het geluid tot gemurmel terug. Zaterdagmiddag in Zuid-Afrika: een tijd die aan mannen en hun vermaak is gewijd. Hij dommelt weg.

Als hij wakker wordt, zit Petrus naast hem op de bank met een flesje bier in zijn hand. Hij heeft het volume hoger gezet.

'Bushbucks,' zegt Petrus. 'Mijn club. Bushbucks tegen Sundowns.'

Sundowns neemt een hoekschop. Er is een melée voor de doelmond. Petrus kreunt en grijpt naar zijn hoofd. Wanneer het stof is opgetrokken, ligt de keeper van Bushbucks op de grond met de bal onder zijn borst. 'Hij is goed! Hij is goed!' zegt Petrus. 'Hij is een goeie keeper. Ze moeten hem houden.'

De wedstrijd eindigt doelpuntloos. Petrus schakelt naar een ander net. Boksen: twee kleine mannetjes, zo klein dat ze nauwelijks tot aan de borst van de scheidsrechter komen, draaien rond, vallen uit, bewerken elkaar.

Hij staat op, dwaalt door het huis naar de achterkant.

Lucy ligt op haar bed te lezen. 'Wat lees je?' zegt hij. Ze kijkt hem vragend aan, haalt dan de oordopjes uit haar oren.

'Wat lees je?' herhaalt hij; en dan: 'Het gaat niet, hè? Zal ik maar vertrekken?'

Ze glimlacht, legt haar boek weg. *Het mysterie van Edwin Drood*: dat had hij niet verwacht. 'Ga zitten,' zegt ze.

Hij gaat op het bed zitten, streelt verstrooid haar blote voet. Een goede voet, mooi gevormd. Goed gebouwd, net als haar moeder. Een vrouw in de bloei van haar jaren, aantrekkelijk ondanks haar omvang, ondanks de onflatteuze kleren.

'Wat mij betreft gaat het prima, David. Ik ben blij dat je er bent. Je moet nog even aan het tempo van het platteland wennen, dat is alles. Zodra je iets vindt om te doen, zul je je niet zo vervelen.'

Hij knikt afwezig. Aantrekkelijk, denkt hij, maar verloren voor mannen. Moet hij dat zichzelf verwijten, of zou het anders ook zo zijn gelopen? Vanaf de dag dat zijn dochter werd geboren, heeft hij voor haar niets dan de meest spontane, de meest onbekrompen liefde gevoeld. Het bestaat niet dat ze daar geen weet van heeft gehad. Is het te veel geweest, die liefde? Heeft ze die als een last gevoeld? Heeft het haar benauwd? Heeft ze er wat achter gezocht?

Hij vraagt zich af hoe het voor Lucy is met haar geliefden, hoe het voor haar geliefden is met haar. Hij is nooit bang geweest het kronkelend spoor van een gedachte te volgen, en ook nu is hij niet bang. Heeft hij een vrouw met hartstocht verwekt? Wat heeft ze aan zinnelijkheid in huis, wat niet? Zijn hij en zij in staat om ook daarover te praten? Lucy heeft geen beschermd leven geleid. Waarom zouden zij niet open tegen elkaar zijn, waarom zouden zij grenzen trekken in een tijd waarin geen mens dat nog doet?

‘Zodra ik iets vind om te doen,’ zegt hij, terugkerend van zijn afdwaling. ‘Heb je een voorstel?’

‘Je zou met de honden kunnen helpen. Je zou het vlees voor de honden kunnen snijden. Ik heb dat altijd moeilijk gevonden. En er is Petrus nog. Petrus is druk bezig zijn eigen bedoening op te zetten. Je zou hem kunnen helpen.’

‘Petrus helpen. Dat is leuk. Leuk pikant, historisch gezien. Zou hij me loon voor mijn werk betalen, denk je?’

‘Vraag het hem. Ik denk het vast. Hij heeft eerder dit jaar genoeg subsidie van Landinrichting gekregen om ruim een hectare van me te kopen. Heb ik je dat niet verteld? De grens loopt door het reservoir. We delen het reservoir. Van daar tot aan de afrastering is alles van hem. Hij heeft een koe die in het voorjaar moet kalven. Hij heeft twee vrouwen, of een vrouw en een vriendin. Als hij het slim heeft gespeeld, krijgt hij misschien nog een subsidie voor de bouw van een huis; dan kan hij uit de schuur. Naar Oostkaapse begrippen is hij een man in bonis. Vraag maar of hij je betaalt. Hij kan het zich permitteren. Ik weet niet zeker of ik me hem nog kan permitteren.’

‘Goed, ik doe het hondenvlees, ik bied Petrus aan om te komen buffelen. Wat nog meer?’

‘Je kunt in de kliniek helpen. Ze zitten te springen om vrijwilligers.’

‘Je bedoelt Bev Shaw helpen?’

‘Ja.’

‘Ik geloof niet dat we met elkaar overweg zullen kunnen.’

‘Je hoeft niet met haar overweg te kunnen. Je moet haar gewoon helpen. Maar verwacht geen betaling. Je moet het doen omdat je er hart voor hebt.’

‘Ik weet het niet, Lucy. Het riekt naar gemeenschapswerk. Het riekt naar iemand die oude wandaden probeert goed te maken.’

'Wat je motieven aangaat, David, die zullen de dieren in de kliniek niet in twijfel trekken, dat kan ik je verzekeren. Ze zullen er niet naar vragen en het interesseert ze ook niet.'

'Goed, ik doe het. Maar alleen als ik geen beter mens hoef te worden. Ik heb geen zin om heropgevoed te worden. Ik wil gewoon mezelf blijven. Op die basis doe ik het.' Zijn hand ligt nog steeds op haar voet; nu pakt hij haar enkel stevig vast. 'Begrepen?'

Ze schenkt hem, wat hij alleen maar een lieve glimlach kan noemen. 'Dus je wilt per se slecht blijven. Gek, slecht en gevaarlijk in de omgang. Ik beloof je dat niemand je zal vragen om te veranderen.'

Ze plaagt hem zoals haar moeder hem altijd plaagde. Zo mogelijk nog geestiger. Hij heeft zich altijd aangetrokken gevoeld tot geestige vrouwen. Geest en schoonheid. Bij Meláni had hij met de beste wil van de wereld geen geestigheid kunnen ontdekken. Maar schoonheid des te meer.

Opnieuw voelt hij het: die lichte siddering van wellust. Hij weet dat Lucy hem gadeslaat. Hij schijnt niet in staat het te verbergen. Interessant.

Hij staat op, loopt naar het erf. De jongere honden zijn opgetogen dat ze hem zien: ze huppelen verlangend jankend heen en weer in hun kennels. Alleen de oude buldogteef verroert zich amper.

Hij gaat haar hok in, sluit de deur achter zich. Ze tilt haar kop op, kijkt hem aan, laat haar kop weer zakken; haar oude tepels hangen er slap bij.

Hij hurkt neer, kriebelt haar achter de oren. 'In de steek gelaten, hè?' mompelt hij.

Hij strekt zich naast haar op het kale beton uit. Boven hem is de bleekblauwe hemel. Zijn ledematen ontspannen.

Zo vindt Lucy hem. Hij moet in slaap zijn gevallen:

het eerste wat hij weet is dat ze met de waterkan in het hok staat en dat het teefje aan haar voeten staat te snuffelen.

'Vriendschap aan het sluiten?' zegt Lucy.

'Ze sluit niet makkelijk vriendschap.'

'Arme, oude Katy, ze is in de rouw. Niemand wil haar hebben en dat weet ze. Het wrange is dat ze door de hele streek nakomelingen moet hebben die hun huis graag met haar zouden delen. Maar het ligt niet in hun vermogen haar uit te nodigen. Ze horen bij het meubilair, horen bij het alarmsysteem. Ze doen ons de eer aan ons als goden te behandelen en als dank behandelen wij hen als dingen.'

Ze gaan het hok uit. Het teefje laat zich neerploffen, sluit haar ogen.

'De kerkvaders hebben er een lang debat over gevoerd en kwamen tot de conclusie dat dieren geen echte ziel hebben,' merkt hij op. 'Hun ziel is aan hun lichaam gebonden en sterft met hen.'

Lucy haalt haar schouders op. 'Ik weet niet of ik wel een ziel heb. Ik zou niet weten hoe een ziel eruitziet.'

'Dat is niet waar. Jij bent een ziel. We zijn allemaal zielen. We zijn al zielen voor onze geboorte.'

Ze kijkt hem vreemd aan.

'Wat ga je met haar doen?' vraagt hij.

'Met Katy? Ik houd haar als het moet.'

'Geef je dieren nooit een spuitje?'

'Nee, ik niet. Bev wel. Het is werk dat niemand anders wil doen, daarom heeft zij het op zich genomen. Het grijpt haar ontzettend aan. Je onderschat haar. Ze is een interessanter mens dan je denkt. Zelfs naar jouw maatstaven.'

Zijn maatstaven: wat zijn die? Dat je dikke vrouwtjes met akelige stemmen links moet laten liggen? Een schaduw van verdriet valt over hem heen: om Katy, alleen in haar kooi, om hemzelf, om iedereen. Hij zucht diep, zonder de zucht in te houden. 'Vergeef me, Lucy,' zegt hij.

'Jou vergeven? Waarvoor?' Ze glimlacht luchtig, spottend.

'Dat ik een van de twee stervelingen ben die waren aangewezen om jou de wereld binnen te leiden en dat ik niet een betere gids ben gebleken. Maar ik zal Bev Shaw gaan helpen. Op voorwaarde dat ik haar geen Bev hoef te noemen. Wie neemt nou zo'n domme naam aan? Het doet me aan koeien denken. Wanneer zal ik beginnen?'

'Ik zal haar bellen.'

TIEN

Op het bord voor de kliniek staat BOND TOT BESCHERMING VAN DIEREN W.O. 1529. Eronder zijn de openingsuren vermeld, maar die regel is overgeplakt. Bij de deur wacht een rij mensen, sommigen met dieren. Zodra hij uit de auto stapt, wordt hij omzwermd door kinderen die om geld bedelen of alleen maar staren. Hij baant zich een weg door de drom en door een plotselinge kakofonie, als twee honden, tegengehouden door hun bazen, naar elkaar grauwen en bijten.

De kleine, kale wachtkamer zit tjokvol. Hij moet over iemands benen stappen om binnen te komen.

'Mevrouw Shaw?' informeert hij.

Een oude vrouw knikt naar een deuropening die met een plastic gordijn is afgesloten. De vrouw houdt een geit aan een kort touw; met verwilderde blik houdt hij de honden in de gaten, laat zijn hoeven op de harde vloer tikken.

In de achterruimte, die scherp naar urine stinkt, staat Bev Shaw aan een lage, met metaal beklede tafel te werken. Met een penlight tuurt ze in de keel van een jonge hond die hem een kruising tussen een ridgeback en een jakhals lijkt. Knielend op de tafel heeft een blootsvoets kind, kennelijk het baasje, de hondenkop onder zijn arm geklemd en probeert de bek open te houden. Een laag, gorgelend gegrom komt uit de hondenkeel; het sterke achterlijf staat schrap. Schutterig begeeft hij zich in de strijd, drukt de achterpoten van de hond samen en dwingt hem te zitten.

'Dank u,' zegt Bev Shaw. Ze heeft een kleur. 'Er zit hier een abces van een beklemde kies. We hebben geen antibiotica, dus – hou hem stil, *boytjie!* – dus we zullen het maar moeten opensnijden en er het beste van hopen.'

Ze prikt met een lancet in de bek. De hond geeft een geweldige ruk, ontsnapt aan hem, ontsnapt bijna aan de jongen. Hij grijpt hem beet, terwijl het beest vecht om van de tafel te komen; heel even staren zijn ogen, vol angst en woede in de zijne.

'Op zijn zij – zo,' zegt Bev Shaw. Terwijl ze sussende geluidjes maakt, licht ze de hond handig pootje en keert hem op zijn zij. 'De band,' zegt ze. Hij legt een band om het lijf, die zij vastgespt. 'Zo,' zegt Bev Shaw. 'Denk aan iets opbeurends, denk aan iets sterks. Ze kunnen je gedachten ruiken.'

Hij drukt met zijn volle gewicht op de hond. Behoedzaam, met een hand in een oude lap gewikkeld, wrikt het kind de kaken weer open. De ogen van de hond rollen van doodsangst. Ze kunnen je gedachten ruiken: wat een onzin! 'Koest, maar. Koest, maar!' mompelt hij. Bev Shaw prikt weer met het lancet. De hond kokhalst, verstart en ontspant dan.

'Zo,' zegt ze, 'nu moeten we de natuur haar gang laten gaan.' Ze maakt de band los, praat tegen het kind in wat als heel gebrekkig Xhosa klinkt. De hond, weer op zijn poten, duikt onder de tafel. Er liggen wat bloedspatten en speekseldraden op het blad; Bev veegt ze weg. Het kind neemt de hond met zoete woordjes mee naar buiten.

'Dank u, meneer Lurie. U hebt een goede uitstraling. Ik merk dat u van dieren houdt.'

'Houd ik van dieren? Ik eet ze, dus ik neem aan dat ik van ze houd, van sommige stukken van ze.'

Haar haar is een woud van krulletjes. Zet ze de krullen zelf, met een tang? Onwaarschijnlijk: het zou haar elke dag uren kosten. Het zullen haar eigen krullen wel zijn. Hij heeft nog nooit zo'n *tessitura* van dichtbij gezien. De adertjes in haar oren zijn zichtbaar als een filigraan van rood en paars. Ook de adertjes op haar neus. En dan een kin die recht uit haar borst oprijst, als bij een kropduif. Als geheel, buitengewoon onaantrekkelijk.

Ze peinst over zijn woorden, waarvan de toon haar kennelijk is ontgaan.

'Ja, we eten in dit land een hoop dieren op,' zegt ze. 'Het schijnt ons maar weinig goed te doen. Ik weet niet hoe we dat tegenover hen moeten verantwoorden.' Dan: 'Zullen we met de volgende beginnen?'

Verantwoorden? Wanneer? Bij de Grote Afrekening? Hij zou daar graag meer over horen, maar dit is niet het goede moment.

De geit, een volwassen bok, kan nauwelijks lopen. Een helft van zijn scrotum is geelpaars, gezwollen als een ballon; de andere helft is één klomp gestold bloed en vuil. Hij is door honden aangevallen, zegt de oude vrouw. Maar hij lijkt levendig genoeg, opgewekt, strijdlustig. Terwijl Bev Shaw hem onderzoekt, stort hij een salvo van keutels op de vloer. De vrouw, die bij zijn kop staat, grijpt zijn hoorns en doet alsof ze hem een standje geeft.

Bev Shaw raakt het scrotum met een prop watten aan. De geit trapt. 'Kunt u zijn poten vastbinden?' vraagt ze en wijst hem hoe. Met een riem snoert hij de rechter achterpoot aan de rechter voorpoot. De geit probeert weer te trappen, wankelt. Ze wast de wond voorzichtig. De geit trilt, mekkert: een naar, laag en hees geluid.

Als het vuil loskomt ziet hij dat de wond wemelt van witte maden die met hun blinde koppen in de lucht zwaaien. Hij huivert. 'Vleesvlieg,' zegt Bev Shaw. 'Zeker een week oud.' Ze tuit haar lippen. 'U had hem veel eerder moeten brengen,' zegt ze tegen de vrouw. 'Ja,' zegt de vrouw. 'Elke nacht komen de honden. Het is erg, heel erg. Vijfhonderd rand kost zo'n man.'

Bev Shaw komt overeind. 'Ik weet niet wat we eraan kunnen doen. Ik waag me niet aan afzetten, daar heb ik geen ervaring in. Ze kan wachten tot dokter Oosthuizen donderdag komt, maar dan nog staat de oude baas castratie te wachten en wil ze dat wel? En dan is er nog de kwestie van de antibiotica. Is ze bereid om geld uit te geven aan antibiotica?'

Ze knielt weer naast de geit neer, drukt haar neus in zijn hals, streelt de nek door met haar haar omhoog te strijken. De geit trilt, maar blijft stil. Ze gebaart dat de vrouw de hoorns moet loslaten. De vrouw gehoorzaamt. De geit verroert zich niet.

Ze fluistert. 'Wat vind je er van, jongen?' hoort hij haar zeggen. 'Wat vind je ervan? Is het genoeg geweest?'

De geit staat doodstil, gebiologeerd. Bev Shaw blijft hem met haar haar strelen. Het is alsof ze zelf in trance is geraakt.

Ze vermant zich en staat op. 'Ik ben bang dat het te laat is,' zegt ze tegen de vrouw. 'Ik kan hem niet beter maken. U kunt wachten tot de dokter donderdag komt, of u kunt hem bij mij laten. Ik kan hem een vredig einde geven. Dat mag ik wel van hem doen. Zal ik dat doen? Zal ik hem hier houden?'

De vrouw aarzelt, schudt dan haar hoofd. Ze begint de geit naar de deur te trekken.

'U mag hem daarna komen halen,' zegt Bev Shaw. 'Ik zal hem er alleen doorheen helpen.' Hoewel ze haar stem in bedwang probeert te houden, hoort hij de nederlaag erin doorklinken. De geit hoort het ook: hij trapt tegen de riem, bokt en springt met de obscene uitstulping lillend achter hem. De vrouw trekt de riem los, gooit hem opzij. Dan zijn ze weg.

'Wat was dat nou allemaal?' vraagt hij.

Bev Shaw verbergt haar gezicht, snuit haar neus. 'Het is niets. Ik heb altijd wat letaal in huis voor ernstige gevallen, maar we kunnen de eigenaars niet dwingen. Het is hun dier, ze maken het liever op hun manier af. Wat jammer toch! Zo'n goeie oude baas, zo dapper en open en vol vertrouwen!'

Letaal: de naam van een middel? Hij acht de farmaceutische industrie ertoe in staat. Plotselinge duisternis, door het water van de Lethe.

'Misschien begrijpt hij meer dan u denkt,' zegt hij. Tot zijn eigen verbazing probeert hij haar te troosten. 'Misschien is hij er al doorheen. Geboren met voorkennis, zogezegd. Dit is per slot van rekening Afrika. Er zijn hier al geiten sinds het begin der tijden. Je hoeft hun niet te vertellen waar staal voor is, of vuur. Ze weten hoe een geit aan zijn eind komt. Ze zijn er bij hun geboorte al op voorbereid.'

'Denkt u?' zegt ze. 'Ik weet het niet. Ik denk dat niemand van ons op de dood is voorbereid, in ieder geval niet zonder begeleiding.'

De dingen beginnen op hun plaats te vallen. Hij heeft voor het eerst een vaag idee van de taak die deze lelijke kleine vrouw zich heeft gesteld. Dit naargeestige gebouw is geen plek voor genezing – daar is haar gedokter te amateuristisch voor – maar voor een laatste uitweg. Hij moet denken aan het verhaal van – wie was het? St.-Hubertus? – die een schuilplaats bood aan een hert dat op de vlucht voor de jagershonden hijgend en radeloos zijn kapel binnenkletterde. Bev Shaw, geen dierenarts, maar een priesteres vol new age-prietpraat, die een onzinnige poging doet de last van het lijdende dier in Afrika te verlichten. Lucy dacht dat hij haar interessant zou vinden. Maar Lucy vergist zich. Interessant is niet het woord.

Hij blijft de hele middag in de behandelkamer helpen

zoveel hij kan. Wanneer het laatste geval van de dag is afgewerkt, geeft Bev Shaw hem een rondleiding over de binnenplaats. In de volière zit maar één vogel, een jonge visarend met een gespalkte vleugel. Verder zitten er alleen honden: niet Lucy's goed verzorgde rashonden, maar een bende broodmagere bastaards, die de twee hokken blaffend, keffend, jankend, springend van opwinding tot barstens toe vullen.

Hij helpt haar de hondenbrokken uit te strooien en de waterbakken te vullen. Twee zakken van tien kilo gaan op.

'Waar betaalt u dit spul van?' vraagt hij.

'We kopen in het groot in. We houden collectes. We krijgen donaties. We verzorgen gratis sterilisatie en krijgen daar wat subsidie voor.'

'Wie doet de sterilisaties?'

'Dokter Oosthuizen, onze dierenarts. Maar hij komt maar één middag in de week.'

Hij kijkt naar de etende honden. Het verbaast hem hoe weinig er wordt gevochten. De kleintjes, de zwakkelingen houden zich koest, aanvaarden hun levenslot, wachten hun beurt af.

'Het probleem is dat er gewoon te veel zijn,' zegt Bev Shaw. 'Zij snappen dat natuurlijk niet, en wij kunnen het ze niet duidelijk maken. Te veel naar onze maatstaven, niet naar die van hun. Als het aan hen lag, zouden ze zich eindeloos voortplanten tot ze de hele aarde hadden bevolkt. Zij zien er geen kwaad in om een hoop kroost te hebben. Hoe meer volk, hoe meer vreugd. Katten idem dito.'

'En ratten.'

'En ratten. Goed dat ik eraan denk: controleer uzelf op vlooien als u thuis bent.'

Een van de honden, verzadigd, de ogen glanzend van tevredenheid, snuffelt door het gaas aan zijn vingers, likt ze.

'Ze zijn heel egalitair, hè?' merkt hij op. 'Geen klassen. Niet een die zich te goed of te machtig voelt om onder andermans staart te snuffelen.' Hij gaat op zijn hurken, laat de hond zijn gezicht, zijn adem ruiken. Het beest heeft wat hij een intelligente blik zou noemen, al slaat dat waarschijnlijk nergens op. 'Zijn ze allemaal ten dode opgeschreven?'

'Degene die niemand wil. Die laten we inslapen.'

'En u bent degene die dat doet.'

'Ja.'

'Heeft u daar geen moeite mee?'

'Jawel. Ik heb er grote moeite mee. Ik zou niet willen dat iemand het voor me deed die er geen moeite mee had. U wel?'

Hij geeft geen antwoord. Dan: 'Weet u waarom mijn dochter me naar u heeft gestuurd?'

'Ze heeft me verteld dat u in moeilijkheden zit.'

'Ik verkeer niet alleen in moeilijkheden. In staat van ongenade, zoals men dat geloof ik noemt.'

Hij neemt haar nauwlettend op. Ze lijkt niet op haar gemak; maar misschien verbeeldt hij zich dat.

'Kunt u me nog steeds gebruiken, nu u dat weet?' zegt hij.

'Als u bereid bent...' Ze slaat haar handen open, drukt ze samen, opent ze weer. Ze weet niet wat ze moet zeggen, en hij helpt haar niet.

Hij heeft voordien alleen voor korte tijd bij zijn dochter gelogeerd. Nu deelt hij haar huis, haar leven. Hij moet oppassen dat hij niet in oude gewoonten vervalt, de gewoonten van een ouder: de toiletrol op de houder hangen, de lichten uitdoen, de kat van de bank jagen. Oefening voor de oudedag, vermaant hij zichzelf. Oefening in aanpassen. Oefening voor het bejaardentehuis.

Hij doet of hij moe is en trekt zich na het avondeten

terug in zijn kamer, waar de geluiden van Lucy's eigen leven zwak tot hem doordringen: laden die open en dicht gaan, de radio, het gemurmel van een telefoongesprek. Belt ze met Johannesburg, met Helen? Houdt zijn aanwezigheid die twee uit elkaar? Zouden ze een bed durven delen, terwijl hij in huis was? Zouden ze zich opgelaten voelen als het bed 's nachts zou piepen? Zo opgelaten dat ze ophielden? Maar wat weet hij eigenlijk van wat vrouwen met elkaar doen? Misschien hoeven vrouwen hun bed niet te laten piepen. En wat weet hij nou van die twee vrouwen, Lucy en Helen? Misschien slapen ze hooguit met elkaar zoals kinderen doen, knuffelend, aaiend, giechelend, hun meisjestijd ophalend – eerder zussen dan geliefden. Een bed delen, een badkuip delen, gemberkoekjes bakken, elkaars kleren aanpassen. Saffische liefde: een excuus om zwaarder te worden.

Eerlijk gezegd stelt hij zich zijn dochter niet graag voor in een hartstochtelijk omhelzing met een andere vrouw en nog wel zo'n lelijke. Maar zou hij er ook maar iets gelukkiger mee zijn als de geliefde een man was? Wat wil hij eigenlijk voor Lucy? Niet dat ze voor altijd een kind, voor altijd onschuldig, voor altijd van hem is – dat zeker niet. Maar hij is vader, dat is zijn lot, en naarmate een vader ouder wordt, trekt hij meer en meer – daar is niets aan te doen – naar zijn dochter. Ze wordt zijn tweede verlossing, de bruid van zijn herboren jeugd. Geen wonder dat koninginnen in sprookjes hun dochters de dood in proberen te jagen!

Hij zucht. Arme Lucy! Arme dochters! Wat een lot, wat een last om te dragen! En zonen: ook die moeten hun beproevingen hebben, al weet hij daar minder vanaf.

Hij wou dat hij kon slapen. Maar hij heeft het koud en helemaal geen slaap.

Hij staat op, slaat een jasje over zijn schouders, gaat terug naar bed. Hij leest Byrons brieven uit 1820. Dik, op zijn tweeëndertigste van middelbare leeftijd, woont Byron bij de Guiccioli's in Ravenna: bij Teresa, zijn zelfingenomen, kortbenige maîtresse, en haar minzame, boze echtgenoot. Zomerse hitte, een lichte maaltijd laat op de middag, provinciaals geroddel, nauwelijks verholen gegeeuw. 'De vrouwen zitten in een kring en de mannen spelen het saaie Faro,' schrijft Byron. Alle sleur van het huwelijk herontdekt in het overspel. 'Ik heb dertig jaar altijd als laatste grens gezien om enig waarachtig of heftig genot te vinden in de hartstocht.'

Hij zucht opnieuw. Hoe kort de zomer voor de herfst, en dan de winter! Hij leest door tot na middernacht, maar kan dan nog de slaap niet vatten.

ELF

Het is woensdag. Hij staat vroeg op, maar Lucy is hem voor. Hij ziet haar staan kijken naar de wilde ganzen op de vijver.

'Zijn ze niet prachtig,' zegt ze. 'Ze komen ieder jaar terug. Dezelfde drie. Ik voel me zo'n boffer dat ze mij opzoeken. Dat ze mij uitverkoren hebben.'

Drie. Dat zou wel een oplossing zijn. Hij en Lucy en Melanie. Of hij en Melanie en Soraya.

Ze ontbijten samen, nemen dan de twee dobermanns mee uit.

'Denk je dat je hier, in deze uithoek zou kunnen leven?' vraagt Lucy onverwachts.

'Hoezo? Heb je een nieuwe hondenman nodig?'

'Nee, daar dacht ik niet aan. Maar je kunt toch wel een baan aan de Rhodes Universiteit krijgen – je hebt daar vast contacten – of anders in Port Elizabeth.'

'Ik denk het niet, Lucy. Ik ben niet meer te verkopen. Het schandaal blijft me achtervolgen, aan me kleven. Nee, als ik een baan neem, moet het zoiets obscuurs zijn als boekhoudassistent, als die nog bestaan, of kennelknecht.'

'Maar als je een eind wilt maken aan die schandaalverhalen, moet je dan niet voor jezelf opkomen? Woekert de roddel niet alleen maar weliger als je ervoor wegvlucht?'

Als kind was Lucy stil en bedeesd, had ze hem geobserveerd, maar nooit beoordeeld zover hij wist. Nu, midden twintig, is ze begonnen zich los te maken. De honden, het tuinieren, de astrologieboeken, de seksloze kleren: in dat alles herkent hij weloverwogen, doelbewuste uitingen van onafhankelijkheid. Ook haar stap weg van mannen. Ze bouwt haar eigen leven op. Komt uit zijn schaduw. Goed! Daar staat hij achter!

'Vind je dat ik dat heb gedaan?' zegt hij. 'Wegvluchten van de plek van de misdaad?'

'Nou, je hebt je teruggetrokken. Uit praktische overwegingen, wat is het verschil?'

'Daar gaat het niet om, liefje. De verdediging die jij me wilt laten voeren, is een verdediging die niet meer gevoerd kan worden, *basta*. Niet in onze tijd. Als ik het probeerde, zou ik niet gehoord worden.'

'Dat is niet waar. Zelfs als je bent wie je zegt te zijn, een morele dinosaurus, blijft er de nieuwsgierigheid om de dinosaurus te horen spreken. Ik ben in elk geval nieuwsgierig. Wat is je verdediging? Laat ons die horen.'

Hij aarzelt. Wil ze werkelijk dat hij met nog meer intimiteiten over de brug komt?

'Mijn verdediging berust op de rechten van de begeerte,' zegt hij. 'Op de god die zelfs kleine vogels aan het trillen maakt.'

Hij ziet zich weer in de flat van het meisje, in haar slaapkamer, terwijl het buiten giet van de regen en de kachel in de hoek een petroleumlucht afgeeft, en hij, over haar heen geknield, haar kleren uittrekt, waarbij haar armen neerploffen als de armen van een dode. *Ik was een dienaar van Eros*: dat is wat hij wil zeggen, maar heeft hij het lef? *Het was een god die via mij handelde.* Wat een ijdelheid! Maar niet een leugen, niet helemaal. In die hele ellendige geschiedenis zat iets grootmoedigs dat zijn best deed tot bloei te komen. Had hij maar geweten dat hij zo weinig tijd zou hebben!

Hij probeert het opnieuw, rustiger. 'Toen je klein was, toen we nog in Kenilworth woonden, hadden de mensen naast ons een hond, een golden retriever. Ik weet niet of je je dat nog herinnert.'

'Vaag.'

'Het was een reu. Telkens wanneer er een teefje in de buurt was, werd hij opgewonden en onhandelbaar, en met pavloviaanse regelmaat gaven de eigenaars hem slaag. Dat ging zo door totdat het arme beest niet meer wist wat het doen moest. Als hij een teefje rook, rende hij jankend de tuin rond met zijn oren plat en zijn staart tussen zijn poten, in een poging weg te kruipen.'

Hij zwijgt even. 'Ik zie het verband niet,' zegt Lucy. En inderdaad, wat is het verband?

'De vertoning had iets zo gemeens dat ik er wanhopig van werd. Je kunt een hond volgens mij straffen voor een vergrijp als het kapotbijten van een slof. Een hond zal de rechtvaardigheid daarvan accepteren: slaag voor een slof. Maar met begeerte is het een ander verhaal. Geen dier accepteert de rechtvaardigheid van straf voor het volgen van zijn instincten.'

'Dus mannetjes moeten ongehinderd hun instincten mogen volgen? Is dat de moraal?'

'Nee, dat is niet de moraal. Het gemene van die vertoning in Kenilworth was dat die arme hond zijn eigen aard begon te haten. Hij hoefde niet eens meer slaag te krijgen. Hij was al zover dat hij zichzelf strafte. Op dat moment was het beter geweest hem dood te schieten.'

'Of hem te laten helpen.'

'Misschien. Maar in zijn diepste wezen denk ik dat hij nog liever doodgeschoten zou worden. Dat zou hij misschien liever hebben gehad dan de keuzen die hij nu kreeg: aan de ene kant, zijn aard ontkennen, aan de andere, de rest van zijn leven door de woonkamer drentelen, zuchten, aan de kat ruiken en vadsig oud worden.'

'Heb je altijd zo gedacht, David?'

'Nee, niet altijd. Soms heb ik precies het tegenovergestelde gedacht. Dat begeerte een last is die we beter kwijt zouden kunnen zijn.'

'Ik moet zeggen,' zegt Lucy, 'dat ik zelf naar die opvatting neig.'

Hij wacht tot ze erop doorgaat, maar dat doet ze niet. 'In elk geval,' zegt ze, 'jij bent veilig verbannen. Je collega's kunnen weer rustig ademhalen, terwijl de zondebok door de wildernis dwaalt.'

Een bewering? Een vraag? Gelooft ze dat hij alleen maar een zondebok is?

'Ik vind zondebok niet de beste omschrijving,' zegt hij voorzichtig. 'Iemand tot zondebok maken werkte in de praktijk, toen het nog een religieuze lading had. Je stapelde de zonden van de stad op de rug van de bok, verdreef hem en de stad was gereinigd. Het werkte, omdat iedereen wist hoe hij het ritueel moest opvatten, de goden inbegrepen. Toen stierven de goden en plotseling moest je de stad zonder goddelijke tussenkomst reinigen. Dat vroeg om concrete daden in plaats van symboliek. De censor was geboren, in de Romeinse zin. Waakzaamheid werd het wachtwoord: de waakzaamheid van allen over allen. Reiniging van zonden werd vervangen door zuiveringsacties.'

Hij laat zich meeslepen; hij is les aan het geven. 'Maar goed,' besluit hij, 'wat zie ik mezelf in de wildernis doen, nadat ik de stad vaarwel heb gezegd? Honden snijden. De rechterhand spelen van een vrouw die gespecialiseerd is in castratie en euthanasie.'

Lucy lacht. 'Bev? Vind je Bev deel uitmaken van het repressieapparaat? Bev heeft groot ontzag voor je! Je bent een professor. Ze heeft nog nooit een ouderwetse professor ontmoet. Ze is bang dat ze in jouw bijzijn taalfouten maakt.'

Drie mannen komen hen op het pad tegemoet, of liever, twee mannen en een jongen. Ze lopen snel, met de grote stappen van buitenmensen. De hond naast Lucy houdt de pas in, zet zijn nekharen overeind.

'Moeten we zenuwachtig worden?' mompelt hij.

'Ik weet het niet.'

Ze kort de lijn van de dobermanns in. De mannen zijn hen genaderd. Een knikje, een groet en ze zijn voorbij.

'Wie zijn dat?' vraagt hij.

'Ik heb ze nog nooit gezien.'

Ze bereiken het hek van de plantage en keren terug. De vreemdelingen zijn uit het zicht verdwenen.

Als ze het huis naderen, horen ze de honden in hun hokken tekeergaan. Lucy versnelt haar pas.

De drie zijn er, wachten op hen. De twee mannen staan op enige afstand, terwijl de jongen bij de hokken naar de honden sist en bruuske, dreigende gebaren maakt. De honden blaffen en grauwen in dolle woede. De hond naast Lucy probeert zich los te rukken. Zelfs de oude buldogteef, die hij als zijn hond geadopteerd schijnt te hebben, gromt zachtjes.

'Petrus!' roept Lucy. Maar Petrus is nergens te bekennen. 'Ga bij die honden weg!' schreeuwt ze. '*Hamba!*'

De jongen slentert weg en voegt zich weer bij zijn kameraden. Hij heeft een plat, uitdrukkingsloos gezicht en varkensachtige ogen, draagt een gebloemd hemd, een wijde slobberbroek, een geel zonnehoedje. Zijn kameraden zijn beiden in overall. De grootste is knap, opvallend knap, met een hoog voorhoofd, gebeeldhouwde jukbeenderen, brede, opengesperde neusgaten.

Als Lucy naderbij komt, bedaren de honden. Ze maakt het derde hok open en laat de twee dobermanns erin los. Een moedig gebaar, denkt hij bij zichzelf; maar is het verstandig?

Tegen de mannen zegt hij: 'Wat willen jullie?'

De jongste neemt het woord. 'We moeten bellen.'

'Waarom moeten jullie bellen?'

'Zijn zuster,' hij maakt een vaag gebaar naar achteren, 'heeft een ongeluk.'

'Een ongeluk?'

'Ja, heel erg.'

'Wat voor ongeluk?'

'Een baby.'

'Krijgt zijn zuster een baby?'

'Ja.'

'Waar komen jullie vandaan?'

'Erasmuskraal.'

Hij en Lucy wisselen een blik. Erasmuskraal, in de bosbouwconcessie, is een gehucht zonder elektriciteit, zonder telefoon. Het verhaal kan kloppen.

'Waarom hebben jullie niet bij de boswachterij gebeld?'

'Is niemand.'

'Blijf buiten,' mompelt Lucy tegen hem; en daarna, tot de jongen: 'Wie van jullie wil bellen?'

Hij wijst de lange, knappe man aan.

'Kom binnen,' zegt ze. Ze ontsluit de achterdeur en gaat naar binnen. De lange man volgt. Na een ogenblik dringt de tweede man langs hem heen en gaat ook het huis in.

Er gaat iets fout, hij voelt het meteen. 'Lucy, kom naar buiten!' roept hij, een ogenblik in dubio of hij er achteraan moet of hier moet wachten om de jongen in de gaten te houden.

In het huis is het stil. 'Lucy!' roept hij weer, en net als hij naar binnen wil gaan, valt de deurklink in het slot.

'Petrus!' schreeuwt hij zo hard hij kan.

De jongen draait zich om en sprint weg naar de voordeur. Hij laat de lijn van de buldog los. 'Pak hem!' schreeuwt hij. De hond draaft log achter de jongen aan.

Voor het huis haalt hij hen in. De jongen heeft een bonenstaak opgepakt en gebruikt die om de hond van zich af te houden. 'Sjoe... sjoe... sjoe!' puft hij, priemend met de bonenstaak. Zachtjes grommend, cirkelt de hond linksom en rechtsom.

Hen aan hun lot overlatend rent hij terug naar de keuken. De onderdeur is niet vergrendeld: een paar harde trappen en hij zwaait open. Op handen en voeten kruipt hij de keuken in.

Een klap treft hem op zijn kruin. Hij heeft tijd nog om te denken, *Zolang ik bij kennis ben, is het niet ernstig,* voordat zijn ledematen verslappen en hij in elkaar zakt.

Hij beseft nog dat hij over de keukenvloer wordt gesleept. Dan wordt alles zwart.

Hij ligt voorover op koude tegels. Hij probeert op te staan, maar zijn benen weigeren op een of andere manier dienst. Hij sluit zijn ogen weer.

Hij ligt in de wc, de wc van Lucy's huis. Duizelig komt hij overeind. De deur zit op slot, de sleutel is weg.

Hij gaat op de wc-bril zitten om bij te komen. In huis is het stil; de honden blaffen, maar eerder uit plichtsbesef, lijkt het, dan uit razernij.

'Lucy!' roept hij schor en dan luider: 'Lucy!'

Hij probeert de deur in te trappen, maar hij is zichzelf niet en de ruimte is te krap, de deur te oud en te massief.

Dus hij is aangebroken, de dag van de grote proef. Zonder waarschuwing, zonder trompetgeschal is hij er, en hij zit er middenin. Zijn hart bonkt zo hard in zijn borst dat het er zich, op zijn eigen stomme manier, ook van bewust moet zijn. Hoe zullen ze de proef doorstaan, hij en zijn hart?

Zijn kind is in handen van vreemdelingen. Over een minuut, over een uur is het te laat, zal alles wat er met haar gebeurt versteend zijn, tot het verleden behoren. Maar *nu* is het nog niet te laat. *Nu* moet hij iets doen.

Hoewel hij gespannen luistert, vangt hij uit het huis geen enkel geluid op. Maar als zijn kind zou roepen, hoe zachtjes ook, zou hij het zeker horen!

Hij bonkt op de deur. 'Lucy!' schreeuwt hij. 'Lucy! Zeg wat!'

De deur gaat open, waardoor hij zijn evenwicht verliest. Voor hem staat de tweede man, de kleinere, met een lege literfles die hij bij de hals vasthoudt. 'De sleutels,' zegt de man.

'Nee.'

De man geeft hem een duw. Hij struikelt achteruit, zakt zwaar neer op de wc-bril. De man heft de fles op. Zijn gezicht staat onbewogen, geen spoor van woede. Voor hem is het gewoon werk wat hij doet: iemand ertoe brengen iets af te staan. Als hij hem daarvoor met een fles moet slaan, dan zal hij hem slaan, zal hij hem net zo vaak slaan als nodig is; als het moet ook de fles breken.

'Neem maar,' zegt hij. 'Neem alles maar. Blijf alleen van mijn dochter af.'

Zonder een woord te zeggen pakt de man de sleutels aan en sluit hem weer in.

Hij rilt. Een gevaarlijk trio. Waarom heeft hij het niet tijdig onderkend? Maar ze brengen hem geen letsel toe, nog niet. Is het mogelijk dat wat het huis te bieden heeft genoeg voor ze is? Is het mogelijk dat ze Lucy ook ongedeerd laten?

Vanachter het huis komt het geluid van stemmen. Het blaffen van de honden wordt weer luider, hysterischer. Hij staat op de wc-pot en tuurt door de tralies van het raampje.

Met Lucy's geweer en een propvolle vuilniszak bij zich verdwijnt de tweede man net om de hoek van het huis. Een autoportier slaat dicht. Hij herkent het geluid: zijn auto. De man komt met lege handen weer te voorschijn. Een ogenblik lang kijken ze elkaar recht in de ogen.

'Hai!' zegt de man met een grimmig lachje en roept iets. Er klinkt schaterend gelach. Een ogenblik later komt de jongen naast hem staan, en vanonder het raampje inspecteren ze hun gevangene en bespreken zijn lot.

Hij spreekt Italiaans, hij spreekt Frans, maar aan Italiaans en Frans heeft hij hier in donker Afrika niets. Hij is machteloos, een pispaal, een stripfiguur, een missionaris in soutane en tropenhelm, die met stijf gevouwen handen en opgeheven ogen wacht tot de wilden klaar zijn met dat gebrabbel in hun koeterwaals en hem in hun kookpot kieperen. Missiewerk: wat is ervan overgebleven, van die enorme verheffingsonderneming? Voor zover hij kan zien niets.

Nu komt de lange man vanaf de voorkant aangelopen, met het geweer bij zich. Geroutineerd stopt hij een patroon in de achterlader en steekt de loop in het hondenhok. De grootste van de Duitse herders bijt ernaar, kwijlend van razernij. Er klinkt een zware knal; het hok is met bloed en hersens bespat. Heel even houdt het geblaf op. De man vuurt nog twee keer. Een hond, door de borst geschoten, is op slag dood; een andere met een gapende keelwond, zakt zwaar op zijn achterdeel, legt zijn oren plat, volgt met zijn blik de bewegingen van dat wezen dat niet eens de moeite neemt een genadeschot te geven.

Er valt een stilte. De drie overgebleven honden trekken zich, bij gebrek aan een schuilplaats, achter in het hok terug, waar ze zachtjes jankend heen en weer lopen. Tussen de schoten ruim de tijd nemend, maakt de man ze af.

Voetstappen door de gang, de wc-deur zwaait weer open. De tweede man staat voor hem; achter hem ziet hij een glimp van de jongen in het gebloemde hemd, die ijs uit een bak eet. Hij probeert zich naar buiten te dringen, komt langs de man, maakt dan een zware smak. Geraffineerd beentje lichten: dat zullen ze wel met voetballen leren.

Terwijl hij op de grond ligt, wordt hij van top tot teen met vloeistof overgoten. Zijn ogen branden, hij probeert ze schoon te vegen. Hij herkent de geur: spiritus. Terwijl hij probeert op te krabbelen wordt hij weer in de wc teruggeduwd. Het schrapen van een lucifer en meteen baadt hij in koelblauwe vlammen.

Dus hij heeft zich vergist! Hij en zijn dochter komen er niet genadig vanaf! Hij kan branden, hij kan sterven; en als hij kan sterven, kan Lucy dat ook, vooral Lucy!

Hij slaat als een bezetene op zijn gezicht; zijn haar knettert als het vlam vat; hij werpt zich om en om, stoot vormloos gebrul uit waar geen woorden achter zitten, alleen angst. Hij probeert op te staan en wordt weer neergedrukt. Heel even klaart zijn blik op en ziet hij op een paar centimeter van zijn gezicht een blauwe overall en een schoen. De neus van de schoen krult omhoog; er steken grassprietjes tussen de zool.

Een vlam danst geluidloos over de rug van zijn hand. Hij weet op zijn knieën te komen en steekt zijn hand in de toiletpot. Achter hem gaat de deur dicht en op slot.

Hij hangt boven de toiletpot, plenst water over zijn gezicht, maakt zijn hoofd nat. Er hangt een akelige lucht van verschroeid haar. Hij staat op, slaat de laatste vlammen op zijn kleren uit.

Met proppen nat papier bet hij zijn gezicht. Zijn ogen prikken, een ooglid begint al dicht te trekken. Hij strijkt met één hand over zijn hoofd en zijn vingertoppen komen er roetzwart vandaan. Afgezien van een pluk boven een oor, schijnt hij geen haar meer te hebben; zijn hele hoofdhuid is pijnlijk. Alles is pijnlijk, alles is verbrand. Brandde, verbrand.

'Lucy!' schreeuwt hij. 'Ben je daar?'

Er komt een beeld in hem op van Lucy die met de twee in de blauwe overall vecht, tegen hen vecht. Hij krimpt ineen, probeert het van zich af te zetten.

Hij hoort zijn auto starten en het knerpen van banden op steengruis. Is het voorbij? Mag hij geloven dat ze weggaan?

'Lucy!' schreeuwt hij telkens weer, tot hij een ondertoon van waanzin in zijn stem hoort.

Eindelijk, godzijdank, draait de sleutel in het slot om. Tegen de tijd dat hij de deur uitkomt, heeft Lucy haar rug naar hem toegekeerd. Ze is in badjas, op blote voeten, heeft nat haar.

Hij strompelt achter haar aan door de keuken, waar de koelkast openstaat en etenswaren over de hele vloer verspreid liggen. Ze staat bij de achterdeur het bloedbad van de hondenkennels in ogenschouw te nemen. 'Mijn schatten, mijn schatten!' hoort hij haar mompelen.

Ze maakt het eerste hok open en gaat naar binnen. De hond met de keelwond ademt nog enigszins. Ze buigt zich over hem heen, praat tegen hem. Zwakjes kwispelt hij.

'Lucy!' roept hij weer en voor het eerst richt ze nu haar blik op hem. Er verschijnt een frons op haar gezicht. 'Wat hebben ze in godsnaam met jou gedaan?' zegt ze.

'Mijn lieve kind!' zegt hij. Hij gaat ook het hok in en probeert haar in zijn armen te nemen. Zachtjes, beslist, wringt ze zich los.

De woonkamer is een puinhoop, zijn eigen kamer ook. Er zijn dingen meegenomen: zijn jasje, zijn goede schoenen en dat is nog maar het begin.

Hij bekijkt zich in een spiegel. Bruine as, het enige dat van zijn haar over is, bedekt zijn schedel en voorhoofd. Eronder heeft de schedel een agressief roze kleur. Hij raakt de huid aan: die is pijnlijk en begint te parelen. Een ooglid is aan het dichtzwellen; zijn wenkbrauwen zijn weg, zijn wimpers ook.

Hij gaat naar de badkamer, maar de deur is dicht. 'Niet binnenkomen,' zegt Lucy's stem.

'Hoe is het met je? Ben je gewond?'

Stomme vragen; ze geeft geen antwoord.

Onder de keukenkraan probeert hij de as weg te wassen, giet hij het ene na het andere glas water over zijn hoofd. Er loopt water over zijn rug; hij begint te rillen van de kou.

Het gebeurt elke dag, elk uur, elke minuut, zegt hij bij zichzelf, in alle delen van het land. Prijs jezelf gelukkig dat je er levend vanaf bent gekomen. Prijs jezelf gelukkig dat je op dit moment niet in de vluchtende auto gevangen zit, of onder in een ravijn ligt met een kogel door je hoofd. Prijs ook Lucy gelukkig. Vooral Lucy.

Het is gevaarlijk om iets te bezitten: een auto, een paar schoenen, een pakje sigaretten. Niet genoeg in omloop, niet genoeg auto's, schoenen, sigaretten. Te veel mensen, te weinig dingen. Wat er is moet in roulatie worden gebracht, zodat iedereen een kans heeft om een dag gelukkig te zijn. Dat is de theorie; hou je vast aan de theorie en aan de troost van de theorie. Geen menselijk kwaad, slechts een omvangrijk roulatiesysteem, op het functioneren waarvan mededogen en doodsangst geen invloed hebben. Zo moet je het leven in dit land zien: van zijn schematische kant. Anders zou je gek kunnen worden. Auto's, schoenen; vrouwen ook. Er moet in dit systeem ergens een aparte plaats zijn voor vrouwen en wat er met hen gebeurt.

Lucy is achter hem komen staan. Ze draagt nu een lange broek en een regenjas; haar haar is naar achteren gekamd, haar gezicht schoon en volkomen uitdrukkingsloos. Hij kijkt in haar ogen. 'Mijn lieve, mijn lieve...' zegt hij en verslikt zich in een plotselinge opwelling van tranen.

Ze steekt geen vinger uit om hem te troosten. 'Je hoofd ziet er vreselijk uit,' merkt ze op. 'Er staat baby-olie in het badkamerkastje. Doe dat erop. Is je auto weg?'

'Ja. Ik denk dat ze de kant van Port Elizabeth zijn opgegaan. Ik moet de politie bellen.'

'Dat kan niet. De telefoon is kapotgegooid.'

Ze laat hem alleen. Hij gaat op het bed zitten wachten. Hoewel hij een deken heeft omgeslagen, blijft hij rillen. Een van zijn polsen is opgezwollen en steekt van de pijn. Hij kan zich niet herinneren hoe hij die bezeerd heeft. Het begint al donker te worden. De hele middag lijkt in een flits te zijn voorbijgegaan.

Lucy komt terug. 'Ze hebben de banden van de Combi leeg laten lopen,' zegt ze. 'Ik loop even naar Ettinger. Ik ben zo terug.' Ze wacht even. 'David, als mensen ernaar vragen, zou je je dan willen houden aan je eigen verhaal, aan wat jou is overkomen?'

Hij begrijpt haar niet.

'Jij vertelt wat jou is overkomen, ik vertel wat mij is overkomen,' herhaalt ze.

'Je maakt een vergissing,' zegt hij met een stem die snel in schorheid vervalt.

'Nee,' zegt ze.

'Mijn kind, mijn kind!' zegt hij, terwijl hij zijn armen naar haar uitstrekt. Als ze niet komt, gooit hij zijn deken opzij, staat op, neemt haar in zijn armen. In zijn omhelzing blijft ze stokstijf staan, geeft geen millimeter mee.

TWAALF

Ettinger is een kribbige oude man die Engels spreekt met een sterk Duits accent. Zijn vrouw is dood, zijn kinderen zijn naar Duitsland teruggegaan, hij is als enige in Afrika achtergebleven. Hij komt in zijn 3ltr pick-up aanrijden, met Lucy naast zich, en wacht met draaiende motor.

'Ja, ik ga nergens heen zonder mijn Beretta,' merkt hij op, zodra ze op de weg naar Grahamstown zitten. Hij beklopt de pistooltas op zijn heup. 'Men kan maar beter zichzelf redden, want de politie zal u niet redden, niet meer, dat is zeker.'

Heeft Ettinger gelijk? Zou hij Lucy hebben gered als hij een pistool had gehad? Hij vraagt het zich af. Als hij een pistool had gehad, was hij nu waarschijnlijk dood geweest, hij zowel als Lucy.

Hij merkt dat zijn handen heel licht trillen. Lucy heeft haar armen over haar borst gevouwen. Is dat omdat ze ook trilt?

Hij had verwacht dat Ettinger hen naar het politiebureau zou brengen. Maar Lucy heeft hem blijkbaar gezegd dat hij naar het ziekenhuis moet.

'Voor mij of voor jou?' vraagt hij haar.

'Voor jou.'

'Zou de politie mij ook niet willen horen?'

'Jij kunt ze niets méér vertellen dan ik,' antwoordt ze. 'Of wel?'

In het ziekenhuis loopt ze met grote passen voorop door de deur waarboven ONGEVALLEN staat, vult een formulier voor hem in, brengt hem naar de wachtkamer. Ze is een toonbeeld van kracht, van doelbewustheid, terwijl hij inmiddels over zijn hele lichaam schijnt te trillen.

'Als je weg mag, wacht dan hier,' draagt ze hem op. 'Ik kom je ophalen.'

'En jij dan?'

Ze haalt haar schouders op. Als ze al trilt, is er niets van te zien.

Hij vindt een plaatsje naast twee forse meiden die zussen zouden kunnen zijn, een ervan wiegt een kreunend kind, en een man met een bebloede wattenprop op zijn hand. Hij is nummer twaalf in de rij. De wandklok wijst 5.45 aan. Hij sluit zijn goede oog en zakt weg in een flauwte, waarin de twee zussen met elkaar blijven fluisteren, *chuchotantes*. Wanneer hij zijn oog opent, wijst de klok nog steeds 5.45 aan. Is hij kapot? Nee: de minutenwijzer schokt en komt tot stilstand op 5.46.

Twee uren verstrijken voordat een verpleegster hem roept, waarna hij weer moet wachten tot hij bij de enige dienstdoende dokter, een jonge Indiase vrouw, aan de beurt is.

De brandwonden op zijn schedel zijn niet ernstig, zegt ze, hoewel hij moet oppassen voor infectie. Ze besteedt meer tijd aan zijn oog. De twee oogleden zitten aan elkaar vast; het losmaken blijkt buitengewoon pijnlijk.

'U heeft geluk gehad,' merkt ze na het onderzoek op. 'Het oog zelf is niet beschadigd. Als ze benzine hadden gebruikt, was het een heel ander verhaal geweest.'

Hij komt naar buiten met zijn hoofd verzorgd en in het verband, een afgedekt oog en om zijn pols een ijszak gebonden. In de wachtkamer ziet hij tot zijn verrassing Bill Shaw zitten. Bill, die een kop kleiner is dan hij, pakt hem bij de schouders beet. 'Vreselijk, echt vreselijk,' zegt hij. 'Lucy zit bij ons thuis. Ze wilde u zelf gaan halen, maar Bev wou er absoluut niet van weten. Hoe is het met u?'

'Het gaat wel. Lichte brandwonden, niets ernstigs. Het spijt me dat we jullie avond hebben bedorven.'

'Onzin!' zegt Bill Shaw. 'Waar heb je anders vrienden voor? U zou hetzelfde gedaan hebben.'

Die woorden, zonder ironie uitgesproken, blijven in zijn hoofd hangen, laten hem niet los. Bill Shaw denkt dat als hij, Bill Shaw, op zijn hoofd was geslagen en in brand was gestoken, dat hij, David Lurie, dan naar het ziekenhuis was gereden en daar, zonder zelfs maar een krant om te lezen, had zitten wachten om hem thuis te brengen. Omdat hij een keer een kop thee met David Lurie heeft gedronken, denkt Bill Shaw dat David Lurie zijn vriend is en dat zij tweeën verplichtingen tegenover elkaar hebben. Heeft Bill Shaw gelijk of niet? Heeft Bill Shaw, die in Hankey, nog geen tweehonderd kilometer verderop, is geboren en hier in een ijzerwinkel werkt, zo weinig van de wereld gezien dat hij niet weet dat er mannen zijn die maar moeizaam vriendschap sluiten, wier houding tegenover vriendschap tussen mannen is aangevreten door cynisme? Het hedendaags Engelse *friend* van het Oudengelse *freond*, van *freon*, houden van. Bezegelt het drinken van thee, in de ogen van Bill Shaw, een liefdesverbond? Maar waar zou hij nu zijn zonder Bill en Bev Shaw, zonder de oude Ettinger, zonder verbonden van welke aard ook? Op de geplunderde boerderij met de kapotte telefoon tussen de dode honden.

'Een vreselijke geschiedenis,' zegt Bill Shaw weer in de auto. 'Gruwelijk. Het is erg genoeg als je erover in de krant leest, maar als het iemand overkomt die je kent'

– hij schudt zijn hoofd – 'dan dringt het pas goed tot je door. Het is alsof je weer in de oorlog zit.'

Hij heeft geen zin om te reageren. De dag is nog niet dood, maar leeft. *Oorlog, gruwel:* elk woord waarmee je deze dag probeert samen te vatten, slokt de dag door zijn zwarte keel op.

Bev Shaw komt hen bij de deur tegemoet. Lucy heeft een kalmeringsmiddel genomen, laat ze weten, en is even gaan liggen; ze kan beter niet gestoord worden.

'Is ze al naar de politie geweest?'

'Ja, er is een opsporingsbericht uitgegaan voor uw auto.'

'En is ze bij een dokter geweest?'

'Allemaal gebeurd. En u? Lucy zegt dat u erg verbrand bent.'

'Ik heb brandwonden, maar het lijkt erger dan het is.'

'Dan zou u wat moeten eten en rusten.'

'Ik heb geen honger.'

Ze laat voor hem hun grote, ouderwetse gietijzeren badkuip vollopen. Hij strekt zijn lange, bleke lijf in het dampende water uit en probeert zich te ontspannen. Maar als het tijd is om eruit te komen, slipt hij en valt bijna: hij is zo zwak als een kind en duizelig. Hij moet Bill Shaw roepen en de diepe vernedering ondergaan dat hij uit bad wordt geholpen, wordt geholpen zich af te drogen, in een geleende pyjama wordt geholpen. Later hoort hij Bill en Bev zachtjes praten, en hij weet dat ze over hém praten.

Hij is het ziekenhuis uitgekomen met een buisje pijnstillers, een pak brandwondkompressen en een aluminium steuntje om zijn hoofd op te leggen. Bev Shaw installeert hem op een bank die naar katten stinkt; verbazingwekkend vlot valt hij in slaap. Midden in de nacht wordt hij wakker in een toestand van volstrekte helderheid. Hij heeft een visioen gehad: Lucy sprak tegen hem; haar woorden – 'Kom hier, red me!' – klinken nog in zijn oren na. In het visioen staat ze met uitgestrekte handen en nat, achterover gekamd haar in een veld van wit licht.

Hij staat op, loopt tegen een stoel, die omklettert. Er gaat een licht aan en Bev Shaw staat in haar nachtjapon voor hem. 'Ik moet met Lucy praten,' mompelt hij; zijn mond is droog, zijn tong dik.

De deur van Lucy's kamer gaat open. Lucy is heel anders dan in het visioen. Haar gezicht is opgezet van de slaap, ze knoopt de ceintuur vast van een peignoir die duidelijk niet van haar is.

'Neem me niet kwalijk, ik heb gedroomd,' zegt hij. Het woord *visioen* is ineens te ouderwets, te excentriek. 'Ik dacht dat je me riep.'

Lucy schudt haar hoofd. 'Ik heb niet geroepen. Ga maar weer slapen.'

Ze heeft natuurlijk gelijk. Het is drie uur in de ochtend. Toch is het hem niet ontgaan dat ze hem voor de tweede keer op een dag als een kind heeft toegesproken – een kind of een oude man.

Hij probeert tevergeefs weer in slaap te komen. Het moet een bijwerking zijn van de pillen, houdt hij zich voor: geen visioen, zelfs geen droom, gewoon een chemische hallucinatie. Niettemin blijft hij de gestalte van de vrouw in het veld van wit licht voor zich zien. 'Red me!' schreeuwt zijn dochter, in klare, indringende, directe taal. Is het mogelijk dat Lucy's ziel werkelijk haar lichaam heeft verlaten en naar hem toe is gekomen? Kunnen mensen die niet in zielen geloven ze toch hebben, en kunnen hun zielen een eigen leven leiden?

Nog uren voor de zon opkomt. Zijn pols doet pijn, zijn ogen branden, zijn hoofdhuid schrijnt en is gevoelig. Voorzichtig knipt hij de lamp aan en staat op. Met een deken om zich heen duwt hij Lucy's deur open en gaat naar binnen. Er staat een stoel naast het bed; hij gaat zitten. Hij voelt dat ze wakker is.

Wat is hij aan het doen? Hij waakt over zijn kleine meid, behoedt haar voor kwaad, weert de boze geesten af. Na een hele tijd merkt hij dat ze begint te ontspannen. Een zacht plofje als haar lippen vaneen gaan, en vederlicht snurken.

Het is ochtend. Bev Shaw brengt hem een ontbijt van cornflakes en thee, verdwijnt daarna in Lucy's kamer.

'Hoe is het met haar?' vraagt hij als ze terugkomt.

Bev Shaw antwoordt slechts met een kort hoofdschudden. Gaat je niet aan, lijkt ze te zeggen. Menstruatie, bevalling, aanranding en de nasleep ervan: bloedzaken; de last van een vrouw, het domein van vrouwen.

Niet voor het eerst vraagt hij zich af of vrouwen niet gelukkiger zouden zijn als ze in vrouwengemeenschappen zouden leven en alleen bezoek van mannen toelieten als zij dat wensten. Misschien denkt hij ten onrechte dat Lucy homoseksueel is. Misschien geeft ze eenvoudig de voorkeur aan vrouwelijk gezelschap. Of misschien zijn lesbiennes niet meer dan dat: vrouwen die geen behoefte hebben aan mannen.

Geen wonder dat ze zo fel gebeten zijn op verkrachting, zij en Helen. Verkrachting, god van chaos en vermenging, schender van het eigene. Verkrachting van een lesbienne erger dan verkrachting van een maagd: een zwaardere klap. Wisten ze wat ze deden, die mannen? Had het gerucht de ronde gedaan?

Om negen uur, nadat Bill Shaw naar zijn werk is gegaan, tikt hij op Lucy's deur. Ze ligt met haar gezicht naar de muur. Hij gaat naast haar zitten, legt zijn hand op haar wang. Die is nat van tranen.

'Het is niet gemakkelijk om erover te praten,' zegt hij, 'maar ben je bij een dokter geweest?'

Ze gaat zitten en snuit haar neus. 'Ik ben gisteravond naar mijn huisarts geweest.'

'En heeft hij alle mogelijke risico's uitgesloten?'

'Zij,' zegt ze. 'Zij, geen hij. Nee.' – en nu breekt er kwaadheid in haar stem door – 'Hoe zou ze dat kunnen? Hoe kan een dokter alle mogelijke risico's uitsluiten? Gebruik je verstand!'

Hij staat op. Als zij geïrriteerd wil doen, kan hij het ook. 'Sorry, dat ik het heb gevraagd, hoor,' zegt hij. 'Wat zijn onze plannen voor vandaag?'

'Onze plannen? Terug naar de boerderij en opruimen.'

'En dan?'

'Dan gewoon doorgaan.'

'Op de boerderij?'

'Natuurlijk. Op de boerderij.'

'Wees redelijk, Lucy. Er is iets veranderd. We kunnen niet gewoon de draad weer oppakken.'

'Waarom niet?'

'Omdat het geen goed idee is. Omdat het niet veilig is.'

'Het is nooit veilig geweest en het is ook geen goed of slecht idee. Ik ga niet terug vanwege een idee. Ik ga gewoon terug.'

Rechtop in bed in haar geleende peignoir, trotseert ze hem, met strakke nek en fonkelende ogen. Niet haar vaders kleine meid, niet meer.

DERTIEN

Voor ze vertrekken moeten zijn kompressen verwisseld worden. In het benauwde badkamertje wikkelt Bev Shaw het verband af. Het ooglid zit nog steeds dicht en op zijn hoofd hebben zich blaren gevormd, maar de schade is minder erg dan hij had kunnen zijn. Het pijnlijkste deel is de rand van zijn rechteroorschelp: het is, zoals de jonge dokter het uitdrukte, het enige deel van zijn lichaam dat daadwerkelijk vlam heeft gevat.

Met een steriel oplosmiddel reinigt Bev de ontvelde roze onderhuid op zijn schedel, daarna legt ze er met een pincet de vette gele kompressen op. Uiterst voorzichtig smeert ze de plooien van zijn ooglid en zijn oor in. Tijdens het werk zegt ze niets. Hij denkt terug aan de geit in de kliniek, vraagt zich af of die dezelfde rust ervoer toen hij zich aan haar handen overgaf.

'Zo,' zegt ze ten slotte en neemt wat afstand.

Hij bekijkt hoe het er in de spiegel uitziet, met het keurige witte hoofdnetje en het afgeplakte oog. 'Vakwerk,' merkt hij op, maar denkt: Net een mummie.

Hij probeert het onderwerp van de verkrachting weer ter sprake te brengen. 'Lucy zegt dat ze gisteravond haar huisarts heeft gezien.'

'Klopt.'

'Er is het risico van zwangerschap,' gaat hij stug verder. 'Er is het risico van geslachtsziekte. Er is het risico van HIV. Zou ze niet ook naar een gynaecoloog moeten?'

Bev Shaw draait wat ongemakkelijk. 'Dat moet je Lucy zelf vragen.'

'Ik heb het haar gevraagd. Van haar word ik niet wijzer.'

'Vraag het nog een keer.'

Het is over elf, maar Lucy maakt geen aanstalten om naar buiten te komen. Doelloos loopt hij in de tuin rond. Een grauwe stemming daalt over hem neer. Het komt niet alleen doordat hij niet weet wat hij met zichzelf aan moet. De gebeurtenissen van gisteren hebben hem tot in zijn diepste wezen geraakt. Het beven, de slapte zijn slechts de eerste, meest oppervlakkige symptomen van die schok. Hij heeft het gevoel dat in zijn binnenste een vitaal orgaan geradbraakt, mishandeld is – misschien zelfs zijn hart. Voor het eerst krijgt hij een voorproefje van hoe het zal zijn om een oude man te zijn, moe tot op het bot, zonder hoop, zonder verlangens, onverschillig voor de toekomst. Onderuit gezakt op een plastic stoel omgeven door de stank van kippenveren en rottende appels, voelt hij zijn interesse in de wereld druppel na druppel wegvloeien. Het kan weken duren, het kan maanden duren voor hij leeggebloed is, maar bloeden doet hij. Als dat afgelopen is, zal hij lijken op een vliegenhuls in een spinnenweb, broos tussen de vingers, lichter dan rijstevlies, dat zo weg kan waaien.

Van Lucy kan hij geen hulp verwachten. Geduldig, in stilte, moet Lucy zelf haar weg uit de duisternis naar het licht terugvinden. Totdat ze weer zichzelf is, zal hij hun leven van alledag moeten regelen. Maar het is te plotseling gekomen. Het is een last waarop hij niet is voorbereid: de boerderij, de tuin, de kennel. Lucy's toekomst, zijn toekomst, de toekomst van het land als geheel – het maakt allemaal niet uit, wil hij het liefste zeggen; gooi het allemaal maar voor de honden, mij kan het niet schelen. En de mannen die hen een bezoek hebben gebracht, die wenst hij het allerergste toe, waar ze ook mogen uithangen, maar verder wil hij niet over ze nadenken.

Gewoon de nawerking, zegt hij bij zichzelf, de nawerking van de inval. Over een tijdje herstelt het organisme zich en ben ik, de geest die erin huist, weer de oude. Maar de waarheid ligt anders, dat weet hij. Zijn plezier in het leven is uitgedoofd. Als een blad op de stroom, als een pluisje op de bries, begint hij naar het einde af te drijven. Hij ziet het heel helder, en het vervult hem (het woord laat hem niet los) met wanhoop. Het levensbloed verlaat zijn lichaam en wanhoop komt er voor in de plaats, wanhoop die net als gas, reukloos, smaakloos is, verstoken van voeding. Je ademt het in, je ledematen ontspannen, niets kan je meer schelen, zelfs op het moment dat het staal je keel raakt.

Er wordt aan de deur gebeld: twee jonge politiemannen in een kek, nieuw uniform, klaar om hun onderzoek te beginnen. Lucy komt met een afgetobd gezicht uit haar kamer, in dezelfde kleren als gisteren. Ze wil geen ontbijt. Met de politie in hun busje achter hen aan, rijdt Bev hen naar de boerderij.

De lijken van de honden liggen in de kooi waar ze zijn gevallen. Katy de buldog is nog in de buurt: ze vangen een glimp van haar op bij de stal waar ze zich schuil houdt, op afstand blijft. Van Petrus geen spoor.

Binnen zetten de politiemannen hun pet af, klemmen die onder hun arm. Hij houdt zich gedeisd, laat Lucy hen het verhaal doen dat zij heeft verkozen te vertellen. Ze luisteren gedienstig, noteren elk woord, waarbij de pen gejaagd over de bladzijden van het bloknoot danst. Ze zijn van haar leeftijd, maar toch beducht voor haar, alsof ze een besmet wezen is en haar smet op hen zou kunnen overspringen, hen bezoedelen.

Het waren drie mannen, dreunt ze op, of liever twee mannen en een jongen. Met een list zijn ze het huis binnengedrongen, hebben meegenomen (ze somt de voorwerpen op) geld, kleren, een televisietoestel, een CD-speler, een geweer met munitie. Toen haar vader zich verzette, vielen ze hem aan, overgoten hem met spiritus, probeerden hem in brand te steken. Daarna schoten ze de honden dood en gingen er in zijn auto vandoor. Ze beschrijft de mannen en wat ze aan hadden; ze beschrijft de auto.

Zolang ze aan het woord is, kijkt Lucy hem ononderbroken aan, alsof ze kracht uit hem put, of om te zien of hij het waagt haar tegen te spreken. Als een van de brigadiers vraagt, 'Hoe lang heeft het hele incident geduurd?' zegt ze, 'Twintig minuten, dertig minuten.' Een onwaarheid, dat weet hij, dat weet zij. Het duurde veel langer. Hoe veel langer? Zoveel langer als de mannen nodig hadden om hun zaken met de vrouw des huizes af te maken.

Niettemin houdt hij zich erbuiten. *Het maakt allemaal niet uit*: hij luistert amper als Lucy haar verhaal afdraait. Er beginnen zich woorden te vormen die sinds gisteravond aan de rand van de herinnering hebben gezweefd. *Twee oude dames opgesloten in de wc/ Van maandag tot zaterdag zaten ze daar/ Niemand wist dat ze daar zaten.* Opgesloten in de wc terwijl zijn dochter werd gebruikt. Een versje uit zijn kinderjaren dat hem nu met een spottende vinger nawijst. *Wat kan er gebeurd zijn, o wee?* Lucy's geheim; zijn schande.

Behoedzaam lopen de politiemannen inspecterend het huis door. Geen bloed, geen omgegooid meubilair. De troep in de keuken is opgeruimd (door Lucy? wanneer?). Achter de wc-deur twee afgebrande lucifers, die ze niet eens zien.

In Lucy's kamer is het tweepersoonsbed helemaal afgehaald. *De plek van de misdaad,* denkt hij bij zichzelf; en alsof ze de gedachte lezen, wenden de politiemannen hun ogen af en lopen door.

Een rustig huis op een winterochtend, niet meer, niet minder.

'Er komt nog een inspecteur om vingerafdrukken op te nemen,' zeggen ze als ze weggaan. 'Probeert u niets aan te raken. Als u nog iets anders te binnen schiet dat ze hebben meegenomen, bel ons dan op het bureau.'

Ze zijn nog niet vertrokken of de mannen van de telefoondienst staan voor de deur, daarna de oude Ettinger. Over de afwezige Petrus merkt Ettinger dreigend op 'Je kunt ze geen van allen vertrouwen.' Hij zal een boy sturen om de Combi te repareren, zegt hij.

Vroeger heeft hij Lucy wel horen uitvaren tegen het gebruik van het woord *boy*. Nu reageert ze niet.

Hij loopt met Ettinger mee naar de deur.

'Arme Lucy,' merkt Ettinger op. 'Het moet erg voor haar zijn geweest. Maar, het had nog erger gekund.'

'O ja? Hoe?'

'Ze hadden haar mee kunnen nemen.'

Daar heeft hij niet van terug. Niet van gisteren, die Ettinger.

Eindelijk zijn hij en Lucy alleen. 'Ik zal de honden begraven als je me aangeeft waar,' biedt hij aan. 'Wat ga je tegen de eigenaren zeggen?'

'Ik vertel ze de waarheid.'

'Dekt je verzekering dit?'

'Weet ik niet. Ik weet niet of verzekeringspolissen ook slachtingen dekken. Dat moet ik uitzoeken.'

Een stilte. 'Waarom vertel je niet het hele verhaal, Lucy?'

'Ik heb het hele verhaal verteld. Het hele verhaal is wat ik heb verteld.'

Hij schudt aarzelend zijn hoofd. 'Je zult er wel je redenen voor hebben, maar weet je zeker dat dit op de lange duur de beste aanpak is?'

Ze geeft geen antwoord en hij dringt niet aan, nu niet. Maar zijn gedachten gaan naar de drie indringers, de drie overvallers, mannen die hij waarschijnlijk nooit meer zal zien en nu voorgoed deel uitmaken van zijn leven, en van dat van zijn dochter. De mannen zullen de kranten bijhouden, naar de roddel luisteren. Ze zullen lezen dat ze worden gezocht voor roof en overval en verder niets. Het zal hen duidelijk worden dat het stilzwijgen als een laken over het lichaam van de vrouw is getrokken. *Te beschaamd*, zullen ze tegen elkaar zeggen, *te beschaamd om iets te zeggen*, en ze zullen genotzuchtig grinniken bij de herinnering aan hun wapenfeit. Is Lucy bereid hen die overwinning te gunnen?

Hij graaft het gat waar Lucy hem aanwijst, vlak bij de grens van het terrein. Een graf voor zes volwassen honden: zelfs in de onlangs geploegde aarde doet hij er bijna een uur over en tegen de tijd dat hij klaar is heeft hij pijn in zijn rug, pijn in zijn armen, speelt zijn pols weer op. Hij rijdt de lijken er in een kruiwagen heen. De hond met het gat in zijn keel ontbloot nog steeds zijn bloederige tanden. Op haringen in een ton schieten, denkt hij. Laf, maar waarschijnlijk opwindend in een land waar honden worden afgericht om te grauwen zodra ze maar een zwarte man ruiken. Een welbestede middag, bedwelmend, als elke wraak. Een voor een kiept hij de honden in het gat en gooit het dicht.

Als hij terugkomt is Lucy bezig met het opzetten van een veldbed in de muffe kleine provisiekamer die ze voor opslag gebruikt.

'Voor wie doe je dat?' vraagt hij.

'Voor mezelf.'

'En de logeerkamer dan?'

'De plafondplaten zijn eraf.'

'En de grote kamer aan de achterkant?'

'De vriezer maakt te veel lawaai.'

Niet waar. De vriezer in de achterkamer snort amper. Het komt door wat er in de vriezer zit dat Lucy er niet wil slapen: slagersafval, botten, vlees voor honden die het niet meer nodig hebben.

'Neem mijn kamer,' zegt hij. 'Dan slaap ik hier.' En meteen begint hij zijn spullen uit te ruimen.

Maar wil hij wel echt naar deze cel verhuizen, met in de hoek een stapel lege jampotten en het ene kleine raam op het zuiden? Als de geesten van Lucy's aanranders nog in haar slaapkamer zweven, dan moeten die er beslist uit verjaagd worden, niet de kans krijgen er hun heiligdom van te maken. Daarom brengt hij zijn spullen naar Lucy's kamer.

De avond valt. Ze hebben geen honger, maar ze eten toch. Eten is een ritueel en rituelen maken de dingen gemakkelijker.

Zo vriendelijk als hij kan komt hij opnieuw met zijn vraag. 'Lucy, kind, waarom wil je het niet vertellen? Het was een misdaad. Het is geen schande om het slachtoffer van een misdaad te zijn. Jij hebt er niet voor gekozen er het doelwit van te zijn. Jij bent onschuldig.'

Tegenover hem aan tafel haalt Lucy diep adem, beheerst zich, ademt dan weer uit en schudt haar hoofd.

'Mag ik raden?' zegt hij. 'Probeer je me aan iets te herinneren?'

'Aan wat zou ik je proberen te herinneren?'

'Aan wat vrouwen door mannen wordt aangedaan.'

'Dat is wel het laatste waar ik aan dacht. Dit heeft niets met jou te maken, David. Je wilt weten waarom ik tegenover de politie geen specifieke aanklacht heb ingediend. Dat zal ik je zeggen, als je me belooft het onderwerp niet meer ter sprake te brengen. De reden is dat wat me is overkomen voor mij een strikt persoonlijke zaak is. In een andere tijd, op een andere plek werd het misschien als een publieke zaak beschouwd. Maar hier, en nu, is het dat niet. Het is mijn zaak, van mij alleen.'

'En wat bedoel je met hier?'

'Met hier bedoel ik Zuid-Afrika.'

'Ik ben het niet met je eens. Ik ben het niet eens met wat je doet. Denk jij dat je, door braaf te slikken wat je is overkomen, je kunt onderscheiden van boeren als Ettinger? Beschouw je wat hier is gebeurd als een examen: dat je als je slaagt een diploma en vrijgeleide naar de toekomst krijgt, of een teken om op de bovendorpel te strijken waardoor de plaag aan je voorbij zal gaan? Zo werkt wraak niet, Lucy. Wraak is als vuur. Hoe meer het verslindt hoe gulziger het wordt.'

'Hou op, David. Ik wil dat gepraat over plagen en vuur niet horen. Ik probeer niet zo maar mijn hachje te redden. Als je dat denkt, zit je er volledig naast.'

'Help me dan. Probeer je een bepaalde vorm van persoonlijke verlossing te bewerkstelligen? Hoop je dat je de misdaden uit het verleden kunt goedmaken door nu te lijden?'

'Nee. Je blijft me verkeerd begrijpen. Schuld en verlossing zijn abstracties. Ik werk niet met abstracties. Als je dat niet probeert in te zien, kan ik je niet helpen.'

Hij wil reageren, maar ze kapt hem af. 'David, wat hebben we afgesproken. Ik wil dit gesprek niet meer voortzetten.'

Nog nooit hebben ze zo schrijnend en zo ver van elkaar afgestaan. Hij is er kapot van.

VEERTIEN

Een nieuwe dag. Ettinger belt met het aanbod hun een geweer te lenen 'voor zolang'. 'Bedankt,' antwoordt hij. 'We zullen erover nadenken.'

Hij haalt Lucy's gereedschap voor de dag en repareert zo goed als hij kan de keukendeur. Ze zouden tralies, beveiligde toegangen, een terreinafzetting moeten aanbrengen zoals Ettinger heeft gedaan. Ze zouden de boerderij in een vesting moeten veranderen. Lucy zou een pistool en een zendontvangapparaat moeten kopen en schietlessen moeten nemen. Maar zal ze daar ooit mee instemmen? Ze zit hier omdat ze van het land en de ouderwetse, *ländliche* manier van leven houdt. Als dat leven ten dode is opgeschreven, waar kan ze dan nog van houden?

Katy is uit haar schuilplaats gelokt en heeft een plekje in de keuken gekregen. Ze is gedwee en bang, volgt Lucy overal op de hielen. Geen moment van het leven is nog zoals het was. Het huis voelt vreemd, geschonden aan; ze zijn steeds op hun qui vive, gespitst op geluiden.

Dan duikt Petrus weer op. Een oude vrachtwagen komt kreunend over het karrenspoor aanrijden en stopt bij de stal. Petrus stapt uit de cabine in een pak dat hem te strak zit, gevolgd door zijn vrouw en de chauffeur. Uit de bak van de vrachtwagen laden de twee mannen kartonnen dozen af, geteerde palen, ijzeren golfplaten, een rol plastic pijp en ten slotte met veel kabaal en commotie, twee halfvolwassen schapen, die Petrus aan een heiningpaal vastbindt. De vrachtwagen maakt een wijde bocht om de stal heen en davert terug de zandweg af. Petrus en zijn vrouw lopen naar binnen. Uit de asbest schoorsteenpijp begint een rookpluim op te stijgen.

Hij blijft staan kijken. Na een tijdje komt Petrus' vrouw naar buiten en gooit met een soepele zwaai een emmer vuil water leeg. Een knappe vrouw, denkt hij bij zichzelf, met haar lange rok en haar op boerse wijze hoog opgewerkte hoofddoek. Een knappe vrouw en een man die het heeft getroffen. Waar zijn ze geweest?

'Petrus is terug,' zegt hij tegen Lucy. 'Met een lading bouwmateriaal.'

'Mooi.'

'Waarom heeft hij niet tegen je gezegd dat hij weg zou gaan? Vind je het niet verdacht dat hij uitgerekend deze dagen weg is geweest?'

'Ik kan Petrus niet commanderen. Hij is zijn eigen baas.'

Een ontwijkend antwoord, maar hij laat het passeren. Hij heeft besloten om voorlopig alles van Lucy te laten passeren.

Lucy zondert zich af, uit geen gevoelens, toont geen belangstelling voor wat dan ook om haar heen. Nu moet hij, die niets van het boerenleven weet, de eenden uit hun nachthok laten, het sluizensysteem leren bedienen en het water zo leiden dat de tuin niet verdort. Lucy ligt uren aan een stuk op bed in de ruimte te staren, of te kijken in oude tijdschriften, waarvan ze een onbeperkte voorraad lijkt te bezitten. Ze bladert ze ongeduldig door, alsof ze iets zoekt dat er niet is. Van *Edwin Drood* geen spoor meer.

Hij krijgt Petrus in zijn overall bij het reservoir in het oog. Het is toch vreemd dat de man zich nog niet bij Lucy heeft gemeld. Hij kuiert erheen, wisselt een groet uit. 'Je hebt zeker wel gehoord dat we woensdag toen jij weg was een fikse roofoverval hebben gehad.'

'Ja,' zegt Petrus, 'heb ik gehoord. Het is heel erg, een heel erge zaak. Maar nu is alles goed met je.'

Is alles goed met hem? Is met Lucy alles goed? Stelt Petrus een vraag? Het klinkt niet als een vraag, maar hij kan hem met goed fatsoen niet anders opvatten. De vraag is, wat is het antwoord?

'Ik leef nog,' zegt hij. 'Zolang je nog leeft is alles goed met je, neem ik aan. Dus, ja, alles is goed met me.' Hij zwijgt, wacht, laat een stilte ontstaan, een stilte die Petrus met de volgende vraag zou moeten opvullen: *En hoe is het met Lucy?*

Hij vergist zich. 'Gaat Lucy morgen naar de markt?' vraagt Petrus.

'Weet ik niet.'

'Want als ze niet gaat verliest ze haar standplaats,' zegt Petrus. 'Misschien.'

'Petrus wil weten of je morgen naar de markt gaat,' deelt hij Lucy mee. 'Hij is bang dat je anders misschien je standplaats verliest.'

'Waarom gaan jullie twee niet,' zegt ze. 'Ik kan het nu niet aan.'

'Weet je dat zeker? Het zou jammer zijn om een week over te slaan.'

Ze geeft geen antwoord. Ze zou het liefst haar gezicht verbergen, en hij weet waarom. Vanwege de schande. Vanwege de schaamte. Dat is wat hun bezoekers hebben bereikt; dat is wat ze deze zelfverzekerde, moderne jonge vrouw hebben aangedaan. Het verhaal verspreidt zich als een vlek door de streek. Niet haar verhaal gaat, maar dat van hen: zij bezitten de rechten. Dat ze haar op haar plaats hebben gezet, dat ze haar hebben laten zien waar een vrouw goed voor is.

Zijn ene oog en zijn witte hoofdnetje bezorgen hem ook wel de nodige schroom om zich in het openbaar te vertonen. Maar omwille van Lucy zet hij het marktkarwei door, zit naast Petrus in de kraam, verdraagt de blikken van nieuwsgierigen, reageert beleefd op die vrienden van Lucy die toch hun medeleven willen laten blijken. 'Ja, we zijn een auto kwijt,' zegt hij. 'En de honden natuurlijk, op één na. Nee, met mijn dochter gaat het wel, voelt zich vandaag niet zo goed. Nee, we hebben weinig hoop, de politie heeft het al zo druk, zoals u ook wel weet. Ja, dat zal ik zeker tegen haar zeggen.'

Hij leest hun verhaal zoals het in de *Herald* wordt verslagen. *Onbekende overvallers* worden de mannen genoemd. 'Drie onbekende overvallers hebben juffrouw Lucy Lourie en haar bejaarde vader op hun kleine boerderij even buiten Salem overvallen en kleren, elektronische apparatuur en een vuurwapen gestolen. In een bizarre opwelling hebben de rovers ook zes waakhonden doodgeschoten, voor ze ervandoor zijn gegaan in een Toyota Corolla, bouwjaar 1993, nummerbord CA 507644. Meneer Lourie, die tijdens de overval lichte verwondingen heeft opgelopen, kon na behandeling uit het Settlers Ziekenhuis worden ontslagen.'

Hij is blij dat er geen verband wordt gelegd tussen de bejaarde vader van juffrouw Lourie en David Lurie, discipel van natuurdichter William Wordsworth en tot voor kort docent aan de Kaapse Technische Hogeschool.

Wat de handel zelf betreft valt er voor hem weinig te doen. Petrus is degene die snel en efficiënt hun waren uitstalt, degene die de prijzen kent, het geld aanneemt en wisselgeld teruggeeft. Petrus is in feite degene die het werk doet, terwijl hij zijn handen zit te warmen. Net als vroeger: *baas en Klaas*. Behalve dat hij zich wel wacht om Petrus te commanderen. Petrus doet wat gedaan moet worden, en daarmee uit.

Niettemin zijn hun verdiensten laag: minder dan driehonderd rand. De reden is Lucy's afwezigheid, dat lijdt geen twijfel. Dozen vol bloemen, zakken vol groenten moeten weer in de Combi worden geladen. Petrus schudt zijn hoofd. 'Niet goed,' zegt hij.

Tot dusver is Petrus niet met een uitleg over zijn afwezigheid gekomen. Petrus heeft het recht te gaan en staan waar hij wil; dat recht heeft hij laten gelden; hij mag blijven zwijgen. Maar er blijven vragen. Weet Petrus wie die vreemden waren? Kwam het omdat Petrus iets had laten vallen dat ze Lucy als doelwit kozen in plaats van, bijvoorbeeld, Ettinger? Wist Petrus vooraf wat ze van plan waren?

Vroeger had je het met Petrus kunnen uitpraten. Vroeger had je het zo kunnen uitpraten dat je zelfs uit je slof schoot, hem de laan uit stuurde en iemand anders in zijn plaats in dienst nam. Maar ook al ontvangt Petrus loon, Petrus is strikt genomen geen losse kracht meer. Het is moeilijk te zeggen wat Petrus strikt genomen is. Maar het woord dat het beste van toepassing lijkt is *buurman*. Petrus is een buurman die op het moment toevallig zijn werkkracht verkoopt, omdat hem dat goed uitkomt. Hij verkoopt zijn werkkracht op contract, een ongeschreven contract en dat contract bevat geen clausule over ontslag op grond van verdenking. Ze leven in een nieuwe wereld, hij en Lucy en Petrus. Petrus weet dat, hij weet dat en Petrus weet dat hij dat weet.

Desondanks voelt hij zich bij Petrus op zijn gemak en is zelfs, zij het schoorvoetend, bereid hem aardig te vinden. Petrus is een man van zijn eigen leeftijd. Petrus heeft ongetwijfeld een hoop meegemaakt, heeft ongetwijfeld een verhaal te vertellen. Hij zou Petrus' verhaal best eens willen horen. Maar bij voorkeur niet teruggebracht tot het Engels. Hij raakt er meer en meer van overtuigd dat het Engels geen geschikt medium is voor de waarheid over Zuid-Afrika. Stukken Engels idioom ter lengte van hele zinnen zijn ingedikt, hebben hun articulatie, hun geledingen, hun lenigheid verloren. Als een stervende dinosaurus die in de modder wegzakt, is de taal verstard. Geperst in de mal van het Engels zou het verhaal van Petrus er verkalkt, oudbakken uitkomen.

Wat hem in Petrus aantrekt is zijn gezicht, zijn gezicht en zijn handen. Als er zoiets bestaat als eerlijk zwoegen, dan draagt Petrus er de sporen van. Een man met geduld, energie, veerkracht. Een boer, een *paysan*, een man van het land. Een intrigant en een konkelaar en ongetwijfeld ook een leugenaar, zoals alle boeren overal. Eerlijk zwoegen, eerlijk sluw.

Hij heeft zo zijn eigen vermoedens van waar Petrus uiteindelijk op uit is. Petrus zal zich er niet bij neerleggen voor altijd zijn anderhalve hectare te ploegen. Lucy mag het dan langer hebben volgehouden dan haar onbespoten hippievrienden, maar voor Petrus is Lucy niet meer dan kaf: ze is een amateur, iemand die graag voor boer speelt maar het niet is. Petrus zou Lucy's land graag overnemen. Daarna zou hij ook graag dat van Ettinger erbij hebben, of in elk geval genoeg om een kudde op te houden. Ettinger zal een hardere noot zijn om te kraken. Lucy is maar een overgangsfiguur; Ettinger is ook een echte boer, een man van de aarde, vasthoudend, *ingewurzelt*. Maar vandaag of morgen gaat Ettinger dood en de zoon van Ettinger heeft de benen genomen. In dat opzicht is Ettinger stom geweest. Een goede boer zorgt ervoor dat hij veel zoons heeft.

Petrus staat een toekomstbeeld voor ogen waarin voor mensen als Lucy geen plaats is. Maar dat hoeft Petrus nog niet tot vijand te maken. Het leven op het land hangt altijd al aan elkaar van konkelende buren die elkaar de pest, een slechte oogst, financiële ondergang toewensen, maar in nood klaar staan om te helpen.

De ergste, somberste lezing zou zijn dat Petrus drie mannen heeft ingehuurd om Lucy een lesje te leren, met de buit als loon. Maar dat kan hij niet geloven, dat zou te simpel zijn. Hij vermoedt dat de waarheid op een veel – hij zoekt naar het woord – antropologischer vlak ligt, iets wat maanden zou vergen om tot op de bodem uit te zoeken, maanden van geduldige, ongehaaste gesprekken met tientallen mensen en de diensten van een tolk.

Anderzijds gelooft hij wel dat Petrus wist dat er iets in de lucht hing; hij gelooft wel dat Petrus Lucy had kunnen waarschuwen. Daarom wil hij het onderwerp niet laten rusten. Daarom blijft hij Petrus op zijn huid zitten.

Petrus heeft het betonnen waterreservoir geleegd en is het van algen aan het ontdoen. Het is een onaangename klus. Niettemin biedt hij zijn hulp aan. Met zijn voeten in Lucy's kaplaarzen geperst klautert hij in het lege reservoir en loopt voorzichtig over de glibberige bodem. Een tijdje gaan hij en Petrus gelijk op in het werk, schrapen, schrobben en scheppen ze de modder eruit. Ineens houdt hij op.

'Weet je, Petrus,' zegt hij, 'ik kan moeilijk geloven dat de mannen die hier zijn geweest vreemden waren. Ik kan moeilijk geloven dat ze uit het niets zijn opgedoken, hebben gedaan wat ze hebben gedaan en daarna in rook zijn opgegaan. En ik kan moeilijk geloven dat de reden dat ze ons eruit pikten eenvoudig was dat wij de eerste blanken waren die ze die dag tegenkwamen. Wat denk jij? Heb ik het mis?'

Petrus rookt pijp, een ouderwetse pijp met een kromme steel en een zilveren dekseltje op de kop. Nu recht hij zijn rug, haalt de pijp uit de zak van zijn overall, doet het dekseltje open, drukt de tabak in de kop aan, zuigt op de gedoofde pijp. Hij tuurt peinzend over de muur van het reservoir, over de heuvels, over het open land. Zijn uitdrukking is volmaakt rustig.

'De politie moet ze vinden,' zegt hij ten slotte. 'De politie moet ze vinden en ze in de gevangenis stoppen. Dat is het werk van de politie.'

'Maar de politie zal ze zonder hulp niet vinden. Die mannen wisten van de boswachterij. Ik ben ervan overtuigd dat ze ook van het bestaan van Lucy wisten. Hoe konden ze dat weten als ze in de streek volslagen onbekend waren?'

Petrus wil dit niet als een vraag opvatten. Hij stopt de pijp in zijn zak, verruilt de schop voor een bezem.

'Het was niet zomaar diefstal, Petrus,' houdt hij aan. 'Ze zijn niet alleen maar gekomen om te stelen. Ze zijn niet alleen maar gekomen om mij dit aan te doen.' Hij wijst op het verband, wijst op de ooglap. 'Ze kwamen ook nog iets anders doen. Je weet wat ik bedoel, en als je het niet weet kun je het wel raden. Na wat zij hebben gedaan, kun je niet verwachten dat Lucy haar gewone leven weer rustig opneemt. Ik ben Lucy's vader. Ik wil dat die mannen worden gepakt en voor de rechter gesleept en gestraft worden. Is dat verkeerd? Is het verkeerd om gerechtigheid te willen?'

Het kan hem niet schelen hoe hij nu de woorden uit Petrus krijgt, hij wil ze alleen horen.

'Nee, dat is niet verkeerd van je.'

Er gaat een golf van woede door hem heen, sterk genoeg om hem te verrassen. Hij pakt zijn schop, schraapt hele plakken modder en planten van de reservoirbodem, en smijt ze over zijn schouder over de muur. *Je zweept je op tot razernij,* vermaant hij zichzelf: *Hou op!* Toch zou hij op dit ogenblik Petrus graag naar de keel vliegen. *Als het jouw vrouw was geweest in plaats van mijn dochter,* zou hij graag tegen Petrus zeggen, *dan zou je niet zo rustig je pijpje aanstampen en je woorden zo zorgvuldig wegen. Schending*: dat is het woord dat hij graag uit Petrus zou willen persen. *Ja, het was een schending,* zou hij Petrus graag willen horen zeggen; *ja, het was een schanddaad.*

In stilte maken hij en Petrus zij aan zij het werk af.

Zijn dagen op de boerderij verlopen als volgt. Hij helpt Petrus met het schoonmaken van het irrigatiesysteem. Hij voorkomt dat de tuin naar de bliksem gaat. Hij pakt de opbrengst voor de markt in. Hij helpt Bev Shaw in de kliniek. Hij veegt de vloer, kookt de maaltijden, doet alle dingen die Lucy niet meer doet. Hij is van de vroege ochtend tot de late avond in touw.

Zijn oog geneest verrassend snel: na amper een week kan hij het weer gebruiken. De brandwonden doen er langer over. Hij draagt nog steeds het netje om zijn hoofd en het verband op zijn oor. Zonder verband ziet het oor eruit als een naakt, roze schelpdier: hij weet niet wanneer hij het lef zal hebben om het aan de blikken van anderen bloot te stellen.

Hij koopt een hoed om de zon te weren en in zekere mate zijn gezicht te verbergen. Hij probeert eraan te wennen dat hij er vreemd uitziet, erger dan vreemd, weerzinwekkend – zo'n meelijwekkend geval dat door kinderen op straat wordt aangegaapt. 'Waarom ziet die man er zo gek uit?' vragen ze aan hun moeder en ze moeten tot zwijgen gemaand worden.

Hij gaat zo min mogelijk naar de winkels in Salem en alleen op zaterdag naar Grahamstown. Ineens is hij een kluizenaar geworden, teruggetrokken op het platteland. Niet langer meer aan de zwier. Al haakt het hart nog naar vertier, bij een maan die stralend lacht. Wie had kunnen denken dat er zo spoedig en plotseling een einde aan zou komen: aan de zwier, het vertier!

Hij heeft geen reden om aan te nemen dat hun rampspoed is doorgedrongen tot het roddelcircuit in Kaapstad. Niettemin wil hij er zeker van zijn dat Rosalind het verhaal niet in een of andere verdraaide vorm verneemt.

Twee keer probeert hij haar te bellen, zonder succes. De derde keer belt hij het reisbureau waar ze werkt. Hij krijgt te horen dat Rosalind in Madagascar aan het scouten is; hij krijgt het faxnummer van een hotel in Tananarive.

Hij stelt een kort bericht op: 'Lucy en ik hebben wat tegenslag gehad. Mijn auto is gestolen en het is ook tot handgemeen gekomen waarin ik een beetje ben toegetakeld. Niets ernstigs – we maken het allebei goed, maar zijn wel erg geschrokken. Vond dat ik het je moest laten weten in verband met geruchten. Hoop dat jij een prima tijd hebt.' Hij geeft het vel ter goedkeuring aan Lucy en daarna aan Bev Shaw om het te versturen. Aan Rosalind in donker Afrika.

Lucy gaat niet vooruit. Ze blijft hele nachten op en beweert dat ze niet kan slapen; dan treft hij haar 's middags in slaap op de bank aan, als een kind met haar duim in haar mond. Ze heeft geen belangstelling meer voor eten; hij is degene die haar moet overhalen en hij kookt vreemde gerechten omdat ze weigert vlees te eten.

Hiervoor was hij niet gekomen – om ergens in een uithoek vast te zitten, demonen af te weren, zijn dochter te verplegen, een zieltogende onderneming gaande te houden. Als hij ergens voor was gekomen, was het om tot zichzelf te komen, op krachten te komen. Nu raakt hij met de dag het spoor meer bijster.

De demonen sparen hem niet. Hij heeft zelf nachtmerries waarin hij baadt in een bed van bloed of waarin hij hijgend en geluidloos schreeuwend wegholt van de man met het gezicht van een havik, als een masker uit Benin, als Thoth. Op een nacht haalt hij, half slaapwandelend, half buiten zinnen, zijn eigen bed af en draait zelfs de matras om op zoek naar vlekken.

Het Byron-project is er ook nog. Van de boeken die hij uit Kaapstad heeft meegebracht, zijn nog maar twee delen van de brieven over – de andere zaten in de kofferbak van de gestolen auto. De openbare bibliotheek in Grahamstown heeft alleen bloemlezingen uit de gedichten te bieden. Maar moet hij nog meer lezen? Wat moet hij nog meer weten over hoe Byron en zijn kennissen in het oude Ravenna hun tijd doorkwamen? Kan hij inmiddels niet een Byron bedenken die Byron recht doet, en ook een Teresa?

Eigenlijk gebiedt de eerlijkheid te zeggen dat hij het maanden voor zich uit heeft geschoven: het moment dat hij de confrontatie met het lege vel moet aangaan, de eerste noot moet aanslaan, moet zien wat hij waard is. Flarden van het duet der gelieven staan al in zijn geest gegrift, de vocale lijnen van sopraan en tenor die als slangen woordeloos om en langs elkaar heen kronkelen. Melodie zonder climax; het gefluister van reptielenschubben op marmeren traptreden; en dwingend op de achtergrond de bariton van de vernederde echtgenoot. Wordt het trio uiteindelijk hier tot leven gewekt: niet in Kaapstad maar in het oude Kafferaria?

VIJFTIEN

De twee jonge schapen staan de hele dag naast de stal op een kaal stukje grond vastgebonden. Hun aanhoudende, monotone geblaat begint hem te irriteren. Hij kuiert naar Petrus die zijn fiets ondersteboven heeft gezet en eraan sleutelt.

'Die schapen,' zegt hij, 'zouden we die niet ergens vast kunnen binden waar ze kunnen grazen?'

'Ze zijn voor het feest,' zegt Petrus. 'Ik slacht ze zaterdag voor het feest. Jij en Lucy moeten ook komen.' Hij veegt zijn handen af. 'Ik nodig jou en Lucy voor het feest uit.'

'Zaterdag?'

'Ja, ik geef zaterdag een feest. Een groot feest.'

'Dank je wel. Maar al zijn die schapen voor het feest, zouden ze dan toch niet wat kunnen grazen?'

Een uur later staan de schapen nog steeds vastgebonden, nog steeds naargeestig te blaten. Petrus is nergens te bekennen. Getergd maakt hij ze los en trekt ze mee naar het reservoir waar overvloedig gras groeit.

De schapen drinken lang en beginnen dan op hun gemak te grazen. Het zijn Persianer zwartkoppen, eender van grootte, van tekening en zelfs in hun bewegingen. Naar alle waarschijnlijkheid tweelingen, vanaf hun geboorte voorbestemd tot het slachtersmes. Ach, dat is niets bijzonders. Wanneer is er voor het laatst een schaap van ouderdom gestorven? Schapen hebben zichzelf, hebben hun leven niet in eigendom. Ze bestaan om tot de laatste gram gebruikt te worden, hun vlees om gegeten, hun botten om vermalen en aan de kippen gevoerd te worden. Niets ontkomt eraan, behalve misschien de galblaas die niemand wil eten. Daar had Descartes aan moeten denken, de ziel die huist in de donkere, bittere galblaas, waar hij zich schuilhoudt.

'Petrus heeft ons uitgenodigd voor een feest,' vertelt hij Lucy. 'Waarom geeft hij een feest?'

'Vanwege de overdracht van het land, neem ik aan. Die vindt officieel plaats op de eerste van de volgende maand. Dat is een grote dag voor hem. We moeten op zijn minst ons gezicht laten zien, een cadeau voor hen meebrengen.'

'Hij gaat twee schapen slachten. Volgens mij kom je met twee schapen niet ver.'

'Petrus is een krent. Vroeger zouden ze een os hebben geslacht.'

'Ik geloof niet dat ik de manier waarop hij de dingen aanpakt leuk vind – die slachtdieren mee naar huis brengen om ze de mensen te laten zien die hen gaan opeten.'

'Wat had je dan gewild? Dat het slachten in een abattoir gebeurde, zodat jij er niet bij stil hoeft te staan?'

'Ja.'

'Wordt eens wakker, David. We zitten hier op het platteland. Dit is Afrika.'

Lucy heeft de laatste tijd iets vinnigs, waarvoor hij geen rechtvaardiging kan vinden. Zijn gebruikelijke reactie is zich in stilte te hullen. Er zijn momenten dat ze als vreemden in hetzelfde huis rondlopen.

Hij houdt zichzelf voor dat hij geduld moet hebben, dat Lucy nog steeds door de overval wordt overschaduwd, dat er tijd overheen moet gaan voor ze weer zichzelf is.

Maar stel dat hij zich vergist? Stel dat je na zo'n overval nooit meer jezelf wordt? Stel dat je door zo'n overval een heel ander en geslotener mens wordt?

Er is een nog grimmigere verklaring voor Lucy's slechte humeur, een die hij maar niet uit zijn hoofd kan zetten. 'Lucy,' vraagt hij diezelfde dag voor zijn neus weg, 'je verbergt toch niet iets voor me? Je hebt toch niets opgelopen van die mannen?'

Ze zit in pyjama en peignoir op de bank met de kat te spelen. Het is al voorbij het middaguur. De kat is jong, alert, dartel. Lucy laat de band van de peignoir voor het beest bungelen. De kat haalt met snelle, lichte slagen van zijn poot een-twee-drie-vier naar de band uit.

'Mannen?' zegt ze. 'Welke mannen?' Ze slaat de band weg naar één kant; de kat duikt erachteraan.

Welke mannen? Zijn hart stokt. Is ze gek geworden? Weigert ze het zich te herinneren?

Maar ze plaagt hem kennelijk alleen. 'David, ik ben geen kind meer. Ik ben bij een dokter geweest, ik heb allerlei onderzoeken gehad, ik heb alles gedaan wat je redelijkerwijs kunt doen. Nu kan ik alleen afwachten.'

'O. En met *afwachten* bedoel je wachten op wat ik denk dat je bedoelt?'

'Ja.'

'Hoelang gaat dat duren?'

Ze haalt haar schouders op. 'Een maand. Drie maanden. Langer. De wetenschap heeft nog geen grens gesteld aan hoelang je moet wachten. Misschien wel voor altijd.'

De kat maakt een snelle sprong naar de band, maar het spel is inmiddels afgelopen.

Hij gaat naast zijn dochter zitten; de kat springt van de bank, sluipt weg. Hij pakt haar hand. Nu hij zo dicht bij haar zit, bereikt hem vaag de muffe geur van ongewassenheid. 'In elk geval niet voor altijd, kindje,' zegt hij. 'Dat zal je in elk geval bespaard blijven.'

De schapen blijven de rest van de dag bij het reservoir waar hij ze heeft vastgebonden De volgende ochtend staan ze weer op de kale plek naast de stal.

Ze hebben waarschijnlijk nog tot zaterdagochtend, twee dagen. Het lijkt een treurige manier om de laatste dagen van je leven te slijten. Plattelandsgewoonten – zo noemt Lucy dit soort dingen. Hij heeft er andere woorden voor: onverschilligheid, hardvochtigheid. Als het platteland een oordeel over de stad kan vellen, dan kan de stad over het platteland ook een oordeel vellen.

Hij heeft erover gedacht om de schapen van Petrus te kopen. Maar wat bereikt hij daarmee? Petrus zal het geld alleen gebruiken om nieuwe slachtdieren te kopen en de winst in zijn zak te steken. En wat moet hij trouwens met de schapen, als hij ze eenmaal uit de slavernij heeft vrijgekocht? Ze loslaten op de openbare weg? Ze opsluiten in de hondenhokken en ze hooi voeren?

Er is tussen hem en de twee zwartkoppen kennelijk een band ontstaan, hij weet niet hoe. De band heeft niets te maken met genegenheid. Het is niet eens een band met deze twee in het bijzonder, die hij er in een kudde in het veld niet eens uit zou kunnen halen. Niettemin is hun lot ineens en zonder reden voor hem van belang geworden.

Hij staat voor ze in de zon te wachten tot het gegons in zijn hoofd tot rust komt, te wachten op een teken.

Een vlieg probeert in het oor van een van hen te kruipen. Het oor flappert. De vlieg stijgt op, draait een rondje, keert terug, strijkt neer. Het oor flappert weer.

Hij doet een stap naar voren. Het schaap deinst schichtig terug tot zover de ketting het toelaat.

Hij herinnert zich hoe Bev Shaw de oude bok met de verminkte testikels besnuffelde, hem aaide, hem suste, doordrong in zijn bestaan. Hoe krijgt ze dat gedaan, die verstandhouding met dieren? Een kunst die hij niet verstaat. Daar moet je een bepaald soort iemand voor zijn, misschien iemand die minder gecompliceerd is.

De zon striemt met al zijn lentekracht zijn gezicht. Moet ik veranderen, denkt hij? Moet ik net als Bev Shaw worden?

Hij praat met Lucy. 'Ik heb eens over dat feest van Petrus nagedacht. Eigenlijk ga ik er liever niet heen. Is dat mogelijk zonder onbeleefd te zijn?'

'Heeft dat iets te maken met zijn slachtschapen?'

'Ja. Nee. Ik ben niet van inzicht veranderd, als je dat soms bedoelt. Ik geloof nog steeds niet dat dieren in strikte zin een eigen leven hebben. Wat mij betreft heeft het geen zin om te tobben over welke zullen blijven leven en welke dood moeten. Niettemin...'

'Niettemin?'

'Niettemin zit het me in dit geval dwars. Ik kan niet zeggen waarom.'

'Nou, denk maar niet dat Petrus en zijn gasten zich de schaapskoteletjes zullen ontzeggen om jou en je gevoeligheden te ontzien.'

'Daar vraag ik ook niet om. Ik zou alleen liever niet naar het feest gaan, dit keer niet. Het spijt me. Ik had nooit gedacht dat ik nog eens zo zou praten.'

'Gods wegen zijn ondoorgrondelijk, David.'

'Spot niet met me.'

Zaterdag tekent zich dreigend af, marktdag. 'Moeten we de kraam opzetten?' vraagt hij aan Lucy. Ze haalt haar schouders op. 'Beslis jij maar,' zegt ze. Hij is de baas niet.

Hij vecht haar beslissing niet aan; eigenlijk is hij opgelucht.

De voorbereidingen voor de festiviteiten bij Petrus beginnen rond het middaguur met de komst van een zestal vrouwen, gekleed in wat er voor hem uitziet als de nette kleren voor de kerk. Achter de stal leggen ze een vuur aan. Al spoedig wordt op de wind de stank van kokend slachtafval meegevoerd, waaruit hij opmaakt dat de daad is verricht, de dubbele daad, dat alles achter de rug is.

Moet hij rouwen? Past rouw over de dood van wezens die zelf niet om elkaar rouwen? Als hij diep in zijn hart kijkt, kan hij slechts een vage droefheid ontdekken.

Te dichtbij, denkt hij: we wonen te dicht bij Petrus. Het is of je een huis met vreemden deelt, geluiden deelt, geuren deelt.

Hij klopt op Lucy's deur. 'Heb je zin om een eind te gaan lopen?' vraagt hij.

'Nee, nu maar niet. Neem Katy mee.'

Hij neemt de buldog mee, maar ze is zo traag en nukkig dat hij geprikkeld raakt, haar naar de boerderij terugjaagt, alleen aan een rondwandeling van acht kilometer begint en er stevig de pas inzet om zichzelf af te matten.

Om vijf uur beginnen de gasten te arriveren, met auto's, met taxi's, te voet. Hij slaat ze vanachter het keukengordijn gade. De meesten zijn van de generatie van hun gastheer, bezadigd, onverzettelijk. Er is een oude vrouw bij die met bijzonder veel egards wordt omringd: in zijn blauwe pak en een fel roze overhemd komt Petrus helemaal het pad af om haar te verwelkomen.

Het is al donker als de jongere mensen komen opdagen. Op de bries wordt het gemurmel van gesprekken aangedragen, van gelach en muziek, muziek die hij associeert met het Johannesburg uit zijn eigen jeugd. Heel acceptabel, denkt hij bij zichzelf – zelfs best leuk.

'Tijd om te gaan,' zegt Lucy. 'Ga je mee?'

Tegen de gewoonte in draagt ze een knielange jurk en hoge hakken, met een halssnoer van beschilderde houten kralen en bijpassende oorbellen. Hij is er niet zeker van of hij het effect geslaagd vindt.

'Goed, ik kom. Ik ben klaar,' zegt hij.

'Heb je hier geen pak?'

'Nee.'

'Doe dan op zijn minst een stropdas om.'

'Ik dacht dat we op het platteland woonden.'

'Reden te meer om je op te doffen. In het leven van Petrus is dit een grote dag.'

Ze heeft een kleine zaklantaarn bij zich. Ze lopen over het pad naar het huis van Petrus, vader en dochter arm in arm, zij belicht het pad en hij draagt hun offergave.

Ze blijven glimlachend in de open deur staan. Petrus is nergens te bekennen, maar een klein meisje in een feestjurk komt aanlopen en neemt hen mee naar binnen.

De voormalige stal heeft geen plafond en geen echte vloer, maar het is er tenminste ruim en er is tenminste elektriciteit. Schemerlampen en afbeeldingen aan de muur (de zonnebloemen van Van Gogh, van Tretchikoff een dame in het blauw, Jane Fonda in haar Barbarella-pakje, Doctor Khumalo die een doelpunt maakt) maken de boel wat minder somber.

Zij zijn de enige blanken. Er wordt gedanst op de ouderwetse Afrikaanse jazz die hij al eerder hoorde. Nieuwsgierige blikken worden op hen beiden gericht, of misschien alleen op zijn hoofdnetje.

Lucy kent een paar van de vrouwen. Ze begint hen voor te stellen. Dan staat Petrus naast hen. Hij hangt niet de gretige gastheer uit, biedt hen geen drankje aan, maar zegt, 'Geen honden meer. Ik ben niet meer de hondenman,' wat Lucy voor het gemak als een grapje opvat; klaarblijkelijk is dus alles in orde.

'We hebben wat voor je meegebracht,' zegt Lucy; 'maar misschien moeten we het aan je vrouw geven. Het is voor het huis.'

Uit de keukenhoek, als je het zo mag noemen, laat Petrus zijn vrouw opdraven. Het is voor het eerst dat hij haar van dichtbij ziet. Ze is jong – jonger dan Lucy – met eerder een innemend dan een knap gezicht, verlegen, duidelijk zwanger. Ze schudt Lucy's hand, maar pakt niet de zijne en kijkt hem evenmin recht in de ogen.

Lucy zegt een paar woorden in het Xhosa en geeft haar het pakje. Inmiddels staan er een stuk of vijf mensen om hen heen.

'Ze moet het uitpakken,' zegt Petrus.

'Ja, je moet het uitpakken,' zegt Lucy.

Voorzichtig, om toch vooral niet het feestelijke papier met mandolines en lauriertakjes te verscheuren, opent de jonge vrouw het pakje. Het is een lap met een vrij aardig Ashanti dessin. 'Dank je,' fluistert ze in het Engels.

'Het is een beddensprei,' legt Lucy aan Petrus uit.

'Lucy is onze weldoener,' zegt Petrus; en daarna, tegen Lucy: 'Jij bent onze weldoener.'

Het komt hem voor als een onaangenaam, dubbelzinnig woord dat het moment verziekt. Maar kan hij dat Petrus verwijten? Als hij eens wist dat de taal waaruit hij zo zelfverzekerd put uitgeblust, brokkelig, als door termieten van binnenuit aangevreten is. Je kunt alleen nog op de eenlettergrepige woorden vertrouwen, en dan nog niet allemaal.

Wat is daaraan te doen? Niets dat hij, voormalig docent communicatie, kan bedenken. Niets, behalve weer helemaal vooraan met het ABC beginnen. Tegen de tijd dat de grote woorden herbouwd, gezuiverd, en weer betrouwbaar terugkomen, is hij al lang dood.

Hij huivert, alsof er een hond over zijn graf loopt.

'De baby – wanneer verwacht je de baby?' vraagt hij aan Petrus' vrouw.

Ze kijkt hem niet begrijpend aan.

'In oktober,' springt Petrus bij. 'De baby komt in oktober. We hopen dat het een jongen wordt.'

'O, wat heb je tegen meisjes?'

'We bidden dat het een jongen wordt,' zegt Petrus.

'Het is altijd het beste als de eerste een jongen is. Dan kan hij zijn zusters voordoen – ze laten zien hoe ze zich moeten gedragen. Ja.' Hij zwijgt even. 'Een meisje is heel duur.' Hij wrijft zijn duim en wijsvinger tegen elkaar. 'Altijd geld, geld, geld.'

Het is lang geleden dat hij dat gebaar heeft gezien. Werd vroeger altijd met joden in verband gebracht: geld-geld-geld, met hetzelfde veelzeggende hoofdknikje. Maar Petrus heeft vermoedelijk geen weet van dat snippertje Europese traditie.

'Jongens kunnen ook duur zijn,' merkt hij op om zijn steentje aan het gesprek bij te dragen.

'Je moet dit voor ze kopen, dat voor ze kopen,' gaat Petrus, die op dreef raakt en niet meer luistert, verder. 'Nu, vandaag de dag, betaalt de man niet voor de vrouw. *Ik* wel.' Hij laat zijn hand boven het hoofd van zijn vrouw zweven; bescheiden slaat ze haar ogen neer. '*Ik* betaal. Maar dat is ouderwets. Kleren, mooie dingen, het is allemaal hetzelfde: betalen, betalen, betalen.' Hij herhaalt het vingerwrijven. 'Nee, een jongen is beter. Behalve jouw dochter. Jouw dochter is anders. Jouw dochter is net zo goed als een jongen. Bijna!' Hij lacht om zijn eigen kwinkslag. 'Hè, Lucy!'

Lucy glimlacht, maar hij weet dat ze zich opgelaten voelt. 'Ik ga dansen,' mompelt ze en loopt weg.

Op de vloer danst ze in haar eentje op de eenzelvige manier die tegenwoordig in zwang schijnt te zijn. Al gauw krijgt ze gezelschap van een lange jongeman met soepele ledematen, chic gekleed. Hij danst tegenover haar, knipt met zijn vingers, glimlacht naar haar, maakt haar het hof.

Vrouwen beginnen schalen vol geroosterd vlees van buiten naar binnen te dragen. Overal hangen smakelijke geuren. Er komt een nieuwe stroom gasten binnen, jong, druk, levendig, helemaal niet ouderwets. Het feest begint goed op gang te komen.

Een bord eten raakt in zijn handen verzeild. Hij geeft het door aan Petrus. 'Nee,' zegt Petrus, 'is voor jou. Anders geven we de hele avond alleen borden door.'

Petrus en zijn vrouw besteden veel aandacht aan hem, zodat hij zich thuis zal voelen. Aardige mensen, denkt hij. Plattelandsmensen.

Hij werpt een blik op Lucy. De jongeman danst maar een paar centimeter van haar af, tilt zijn voeten hoog op en laat ze neerdreunen, maait met zijn armen, heeft veel plezier.

Op het bord dat hij vasthoudt liggen twee schaapskoteletten, een geroosterde aardappel, een schep rijst die zwemt in de jus, een plak pompoen. Hij zoekt een plek om te zitten en deelt een stoel met een magere, oude man met druipogen. Ik eet dit gewoon op, zegt hij bij zichzelf. Ik eet het op en vraag straks om vergiffenis.

Dan staat Lucy naast hem, ze ademt snel en haar gezicht staat gespannen. 'Kunnen we weg?' zegt ze. 'Zij zijn hier.'

'Wie zijn hier?'

'Een van hen heb ik achter de stal gezien. Ik wil geen heisa, David, maar kunnen we wel meteen weg?'

'Houd dit eens vast.' Hij geeft haar het bord aan en loopt door de achterdeur naar buiten.

Buiten staan ongeveer even veel gasten als binnen in groepjes bij het vuur te praten, te drinken, te lachen. Aan de andere kant van het vuur staat iemand hem aan te gapen. Ineens vallen de dingen op hun plaats. Hij kent dat gezicht, kent het van heel nabij. Hij wringt zich een weg langs de lichamen. *Ik ga wel heisa maken,* denkt hij. *Pech, uitgerekend op deze dag. Maar sommige dingen kunnen niet wachten.*

Hij posteert zich voor de jongen. Het is de derde van de drie, de beginneling met de botte blik in zijn ogen, de meeloper. 'Ik ken jou,' zegt hij nors.

De jongen lijkt niet geschrokken. Integendeel, het is of de jongen op dit moment heeft gewacht, zich ervoor heeft opgeladen. De stem die uit zijn keel opstijgt stikt bijna van woede. 'Wie ben jij,' zegt hij, maar de woorden betekenen iets anders: *Met welk recht ben jij hier?* Zijn hele lichaam straalt gewelddadigheid uit.

Dan staat Petrus naast hen en praat snel in het Xhosa.

Hij legt een hand op Petrus' mouw. Petrus schudt zich los en werpt hem een ongeduldige blik toe. 'Weet jij wie dit is?' vraagt hij aan Petrus.

'Nee, ik weet niet wat dit is,' zegt Petrus boos. 'Ik weet niet wat het probleem is. Wat is het probleem?'

'Hij – dit stuk vreten – is hier eerder geweest, met zijn kornuiten. Hij is een van hen. Maar laat *hem* maar vertellen wat er is. Laat *hem* vertellen waarom hij door de politie wordt gezocht.'

'Dat is niet waar!' schreeuwt de jongen. Hij praat weer met Petrus, een stortvloed van boze woorden. Muziek blijft de nacht in waaieren, maar niemand danst meer: Petrus' gasten drommen om hen heen, duwen, dringen voor, roepen van alles. De sfeer is te snijden.

Petrus neemt het woord. 'Hij zegt dat hij niet weet waar je het over hebt.'

'Hij liegt. Dat weet hij verdomd goed. Lucy kan het bevestigen.'

Maar natuurlijk zal Lucy het niet bevestigen. Hoe kan hij verwachten dat Lucy ten overstaan van deze vreemden naar voren komt, de jongen aankijkt, met een vinger wijst en zegt, *Ja, hij is er een van. Hij was een van degenen die de daad hebben begaan*?

'Ik ga de politie bellen,' zegt hij.

Onder de omstanders stijgt een afkeurend gemompel op.

'Ik ga de politie bellen,' herhaalt hij tegen Petrus. Petrus staat er met een stalen gezicht bij.

In een wolk van stilzwijgen loopt hij terug naar binnen waar Lucy staat te wachten. 'Laten we gaan,' zegt hij.

De gasten maken ruim baan voor hen. Ze vertonen geen enkele vriendelijkheid meer. Lucy heeft de zaklantaarn vergeten: in het donker raken ze de weg kwijt; Lucy moet haar schoenen uittrekken; ze stuntelen door aardappelbedden voor ze weer bij de boerderij komen.

Hij heeft de telefoon in zijn hand als Lucy hem tegenhoudt. 'Nee, David, niet doen. Het is niet de schuld van Petrus. Als jij de politie belt, is zijn hele avond verpest. Wees nou verstandig.'

Hij is verbijsterd, zo verbijsterd dat hij tegen zijn dochter uitvalt. 'Waarom is het godver niet de schuld van Petrus? Om te beginnen is hij degene die die mannen op een of andere manier heeft binnengehaald. En nu nodigt hij ze schaamteloos opnieuw uit. Waarom zou ik verstandig moeten zijn? Echt hoor, Lucy, het is me van begin tot eind een raadsel. Het is me een raadsel waarom je geen *echte* aanklacht tegen hen hebt ingediend en nu is het me een raadsel waarom je Petrus in bescherming neemt. Petrus is er niet vreemd aan. Petrus hoort bij *hun*.'

'Schreeuw niet zo tegen me, David. Dit is mijn leven. Ik moet hier wonen. Wat mij is overkomen, is mijn zaak, alleen van mij, niet van jou, en als ik ergens recht op heb is het het recht om niet op deze manier terecht te hoeven staan, mezelf niet te hoeven rechtvaardigen – niet tegenover jou, niet tegenover wie dan ook. En wat Petrus betreft, hij is niet zo maar een losse werkkracht die ik op straat kan gooien omdat hij volgens mij met de verkeerde mensen omgaat. Dat is allemaal verleden tijd, voltooid verleden tijd. Als jij het met Petrus aan de stok wilt krijgen, moet je wel stevig in je schoenen staan. Je kunt de politie er niet bij halen. Ik wil het niet hebben. Wacht tot morgen. Wacht tot je Petrus' kant van de zaak hebt gehoord.'

'Maar in de tussentijd verdwijnt die jongen spoorloos!'

'Die verdwijnt heus niet. Petrus kent hem. In de Oostkaap verdwijnt niemand zomaar. Daar is het de plek niet naar.'

'Lucy, Lucy, ik smeek je! Jij wilt het onrecht van vroeger goedmaken, maar zo moet je dat niet doen. Als je nu niet voor jezelf opkomt, kun je nooit meer het hoofd geheven houden. Dan kun je net zo goed je koffers pakken en vertrekken. En wat de politie aangaat, als je nu te fijngevoelig bent om ze erbij te halen, dan had je ze er helemaal nooit in moeten betrekken. Dan hadden we ons gewoon gedeisd moeten houden en de volgende overval af moeten wachten. Of zelf onze hals moeten doorsnijden.'

'Hou op, David! Ik hoef mezelf tegenover jou niet te verdedigen. *Jij weet niet wat er is gebeurd.*'

'Weet ik dat niet?'

'Nee, je hebt geen flauw benul. Denk daar eerst maar eens over na. En laat ik je er, wat de politie betreft, aan herinneren waarom we ze eigenlijk hebben gebeld: vanwege de verzekering. We hebben een proces-verbaal laten opmaken omdat de verzekering anders niet over de brug zou komen.'

'Lucy, ik sta versteld van je. Dat is domweg niet waar, en dat weet je best. En over Petrus zeg ik je nog eens: als je nu door de knieën gaat, als je het laat afweten, zul je jezelf niet meer onder ogen durven komen. Je hebt een verplichting tegenover jezelf, tegenover de toekomst, tegenover je zelfrespect. Laat me de politie bellen. Of bel ze anders zelf.'

'Nee.'

Nee, dat is Lucy's laatste woord tegen hem. Ze verdwijnt naar haar kamer, doet de deur voor zijn neus dicht, sluit hem buiten. Stap voor stap, even onontkoombaar alsof ze man en vrouw zijn, worden ze uit elkaar gedreven en hij kan er niets aan veranderen. Zelfs hun ruzies lijken inmiddels op het gekibbel van een getrouwd stel dat met elkaar opgescheept zit en geen kant op kan. Wat moet ze de dag berouwen dat hij bij haar is komen wonen! Ze moet hem liever kwijt dan rijk zijn, hoe eerder hoe beter.

Toch zal zij op de langere duur ook moeten vertrekken. Als vrouw alleen op een boerderij is er voor haar geen toekomst, dat is duidelijk. Zelfs de dagen van Ettinger, met zijn geweren en prikkeldraad en alarminstallaties, zijn geteld. Als Lucy haar verstand gebruikt, legt ze het bijltje erbij neer voor haar een noodlot treft dat erger is dan een noodlot, erger dan de dood. Maar natuurlijk doet dat ze niet. Ze is koppig en ook vergroeid met het leven waarvoor ze heeft gekozen.

Hij glipt het huis uit. In het donker loopt hij met omzichtige passen naar de achterkant van de stal.

Het grote vuur is uitgegaan, de muziek is stilgevallen. Er staat een groepje mensen bij de achterdeur, een deur die breed genoeg is om een tractor door te laten. Hij tuurt over de hoofden heen.

Midden op de vloer staat een van de gasten, een man van middelbare leeftijd. Hij heeft een kaalgeschoren hoofd en een stierennek; hij draagt een donker pak en om zijn nek een gouden ketting waaraan een vuistgrote medaille hangt van het soort dat hoofdmannen vroeger kregen uitgereikt als symbool van hun ambt. Symbolen die met dozen tegelijk in een gieterij in Coventry of Birmingham werden geslagen; aan de ene kant voorzien van het hoofd van de norse Victoria, *regina et imperatrix*, aan de andere kant van klimmende gnoes of ibissen. Medailles, Hoofdmannen, ten behoeve van. Over het hele imperium verscheept: naar Nagpur, Fiji, de Goudkust, en Kafferaria.

De man voert het woord, oreert in afgeronde volzinnen die stijgen en dalen. Hij heeft geen benul van wat de man zegt, maar op gezette tijden valt er een pauze en volgt er een instemmend gemompel van zijn gehoor, waaronder van jong tot oud een stemming van gelaten tevredenheid lijkt te heersen.

Hij kijkt om zich heen. De jongen staat niet ver weg, net binnen de deuropening. De ogen van de jongen schieten zenuwachtig in zijn richting. Ook andere ogen richten zich op hem: op de vreemdeling, de buitenbeen. De man met de medaille fronst zijn voorhoofd, aarzelt een ogenblik, verheft dan zijn stem.

En hij, hem kan de aandacht niet schelen. Laat ze maar weten dat ik nog steeds hier ben, denkt hij, laat ze maar weten dat ik niet in het grote huis zit te mokken. En als dat hun bijeenkomst verstoort, dan moet dat maar. Hij brengt zijn hand omhoog naar het hoofdnetje. Voor het eerst is hij blij dat hij het heeft, het draagt als iets wat bij hem hoort.

ZESTIEN

De hele volgende ochtend ontloopt Lucy hem. De ontmoeting met Petrus die ze in het vooruitzicht heeft gesteld, vindt niet plaats. Dan klopt Petrus in de namiddag zelf op de achterdeur, bedrijvig als altijd, gekleed in laarzen en overall. Het is tijd om de pijpen te leggen, zegt hij. Hij wil PVC-leidingen van het waterreservoir naar de plek van zijn nieuwe huis aanleggen, een afstand van tweehonderd meter. Of hij gereedschap kan lenen en of David hem kan helpen de drukregelaar aan te sluiten?

'Ik weet niets van drukregelaars. Ik weet niets van loodgieten.' Hij is niet in de stemming om Petrus behulpzaam te zijn.

'Het gaat niet om loodgieten,' zegt Petrus. 'Het gaat om leidingen aansluiten. We hoeven alleen leidingen te leggen.'

Onderweg naar het reservoir praat Petrus over drukregelaars in maten en soorten, over kleppen, over koppelingen; hij dist de woorden met verve op, loopt te koop met zijn kennis. De nieuwe leiding zal over Lucy's land moeten lopen, zegt hij; het is goed dat ze daarvoor toestemming heeft gegeven. Ze is 'vooruitziend'. 'Ze is een vooruitziende dame, geen terugziende dame.'

Over het feest, over de jongen met de schichtige ogen zegt Petrus niets. Het is alsof het allemaal niet is gebeurd.

Bij het reservoir wordt zijn eigen rol snel duidelijk. Petrus heeft hem niet nodig voor advies over leidingen leggen of loodgieterswerk, maar om dingen vast te houden, gereedschap aan te geven – eigenlijk om zijn *handlanger* te zijn. Hij heeft niets tegen die rol. Petrus is een goede werker en het is leerzaam om hem gade te slaan. Hij begint een hekel aan Petrus zelf te krijgen. Terwijl Petrus doorzeurt over zijn plannen, wordt hij steeds ijziger tegenover hem. Hij zou met Petrus niet graag op een onbewoond eiland aanspoelen. Hij zou zeker niet graag met hem getrouwd zijn. Een dominante persoonlijkheid. De jonge vrouw lijkt gelukkig, maar hij vraagt zich af wat voor verhalen de oude vrouw te vertellen heeft.

Als hij er ten slotte genoeg van heeft, kapt hij de woordenstroom af. 'Petrus,' zegt hij, 'die jongeman die gisterenavond bij jullie was – hoe heet die en waar is hij nu?'

Petrus zet zijn pet af en wist zijn voorhoofd. Vandaag draagt hij een pet met een klep en een zilveren insigne van de Zuid-Afrikaanse Spoorwegen- en Havendienst. Kennelijk heeft hij een hele verzameling hoofddeksels.

'Weet je, David,' zegt Petrus fronsend, 'wat jij zegt is hard, dat die jongen een dief is. Hij is heel boos dat je hem een dief noemt. Dat zegt hij tegen iedereen. En ik, ik ben degene die de vrede moet bewaren. Daarom is het voor mij ook hard.'

'Het is niet mijn bedoeling jou in de zaak te betrekken, Petrus. Vertel me hoe de jongen heet en waar hij uithangt, dan geef ik de informatie door aan de politie. Dan kunnen we het aan de politie overlaten om de zaak uit te zoeken en hem en zijn kornuiten te laten berechten. Jij zult er niet bij betrokken raken, ik zal er niet bij betrokken raken, het is een zaak van de rechter.'

Petrus rekt zich uit en baadt zijn gezicht in de gloed van de zon. 'Maar de verzekering zal je een nieuwe auto geven.'

Is dat een vraag? Een verklaring? Welk spelletje speelt Petrus? 'De verzekering zal me helemaal geen nieuwe auto geven,' legt hij uit en probeert zijn geduld te bewaren. 'Gesteld dat ze inmiddels niet failliet zijn vanwege alle autodiefstallen in dit land, zal de verzekering me alleen een percentage geven van wat zij denken dat de oude auto waard was. Dat zal niet genoeg zijn om een nieuwe auto te kopen. Hoe dan ook, het gaat hier om het principe. We kunnen het niet aan de verzekeringsmaatschappijen overlaten om recht te spreken. Daar zijn ze niet voor.'

'Maar van deze jongen krijg je je auto niet terug. Hij kan je je auto niet teruggeven. Hij weet niet waar je auto is. Jouw auto is weg. Het beste is dat je van de verzekering een andere auto koopt, dan heb je weer een auto.'

Hoe is hij op dit dode spoor verzeild geraakt? Hij gooit het over een andere boeg. 'Petrus, mag ik je vragen of die jongen familie van je is?'

'En waarom,' gaat Petrus verder zonder acht te slaan op de vraag, 'wil je die jongen meenemen naar de politie? Hij is te jong, je kunt hem niet in de gevangenis stoppen.'

'Als hij achttien is, kan hij berecht worden. Als hij zestien is, kan hij niet berecht worden.'

'Nee, nee, hij is niet achttien.'

'Hoe weet je dat? Voor mij ziet hij eruit als achttien, hij ziet er ouder uit dan achttien.'

'Ik weet het, ik weet het! Hij is nog een jongen, hij kan niet de gevangenis in, dat is de wet, je kunt een jongen niet in de gevangenis stoppen, je moet hem laten gaan!'

Voor Petrus lijkt de discussie daarmee gesloten. Hij laat zich zwaar op een knie zakken en begint aan het koppelen van de overlooppijp.

'Petrus, mijn dochter wil een goede buurvrouw zijn – een goede burger en een goede buurvrouw. Ze houdt van de Oostkaap. Hier wil ze haar leven opbouwen, ze wil met iedereen goed kunnen opschieten. Maar hoe kan ze dat doen als ze elk moment de kans loopt door tuig te worden aangevallen dat vervolgens ongestraft weg kan komen? Dat begrijp je toch wel?'

Petrus heeft moeite om de koppeling passend te krijgen. De huid op zijn handen vertoont diepe, ruwe kloven; onder het werk stoot hij korte grommen uit; uit niets blijkt dat hij er ook maar iets van heeft gehoord.

'Lucy is hier veilig,' kondigt hij ineens aan. 'Het is in orde. Je kunt haar alleen laten, ze is veilig.'

'Maar ze is niet veilig, Petrus! Ze is duidelijk niet veilig! Je weet wat hier op de eenentwintigste is gebeurd.'

'Ja, ik weet wat er is gebeurd. Maar nu is alles in orde.'

'Wie zegt dat alles in orde is?'

'Dat zeg ik.'

'Dat zeg jij? Zul jij haar beschermen?'

'Ik zal haar beschermen.'

'Je hebt haar de vorige keer niet beschermd.'

Petrus smeert nog wat vet op de pijp.

'Je zegt dat je weet wat er is gebeurd, maar je hebt haar de vorige keer niet beschermd,' herhaalt hij. 'Je bent weggegaan, en toen kwamen die drie schoften opdagen en nu schijn jij met een van hen bevriend te zijn. Wat moet ik daaruit opmaken?'

Hij beschuldigt Petrus nu bijna openlijk. En waarom niet?

'De jongen is niet schuldig,' zegt Petrus. 'Hij is geen misdadiger. Hij is geen dief.'

'Ik heb het niet alleen over diefstal. Er is nog een misdaad gepleegd, een veel ernstiger misdaad. Jij zegt dat je weet wat er is gebeurd. Je moet dus weten wat ik bedoel.'

'Hij is niet schuldig. Hij is te jong. Het is gewoon een grote vergissing.'

'Dat weet jij?'

'Ik weet het.' De pijp zit erin. Petrus sluit de klamp, draait hem aan, komt overeind, recht zijn rug. 'Ik weet het. Dat zeg ik toch. Ik weet het.'

'Jij weet het. Jij kent de toekomst. Wat kan ik daarop zeggen? Jij hebt gesproken. Heb je me hier nog nodig?'

'Nee, nu is het gemakkelijk, nu moet ik alleen de pijp ingraven.'

Ondanks Petrus' vertrouwen in het verzekeringswezen, hoort hij niets op zijn schadeclaim. Zonder auto voelt hij zich op de boerderij opgesloten.

Op een middag in de kliniek stort hij tegenover Bev Shaw zijn hart uit. 'Lucy en ik kunnen niet met elkaar overweg,' zegt hij. 'Dat is neem ik aan niets bijzonders. Het is niet de bedoeling dat ouders en kinderen samenwonen. Onder normale omstandigheden zou ik al lang zijn vertrokken, terug naar Kaapstad. Maar ik kan Lucy niet op de boerderij alleen laten. Ze is daar niet veilig. Ik probeer haar over te halen de bedoening aan Petrus in handen te geven en ertussenuit te gaan. Maar ze wil niet naar me luisteren.'

'Je moet je kinderen loslaten, David. Je kunt niet eeuwig op Lucy blijven passen.'

'Ik heb Lucy lang geleden al losgelaten. Ik ben allesbehalve een beschermende vader geweest. Maar de huidige situatie ligt anders. Lucy verkeert concreet in gevaar. Dat is ons duidelijk gemaakt.'

'Het komt wel goed. Petrus neemt haar wel onder zijn hoede.'

'Petrus? Wat voor belang heeft Petrus erbij om haar onder zijn hoede te nemen?'

'Je onderschat Petrus. Petrus heeft gebeuld om voor Lucy de tuinderij op te zetten. Zonder Petrus zou Lucy er nu niet zo bij zitten. Ik zeg niet dat ze alles aan hem te danken heeft, maar wel veel.'

'Dat kan wel zo zijn. Maar wat heeft Petrus aan haar te danken?'

'Petrus is een goede kerel. Je kunt je op hem bouwen.'

'Op hem bouwen? Omdat Petrus een baard draagt, een pijp rookt en een stok bij zich heeft, denk jij dat Petrus een ouderwetse kaffer is. Maar zo is het helemaal niet. Petrus is geen ouderwetse kaffer, en nog minder een goede kerel. Volgens mij zit Petrus erop te vlassen dat Lucy haar biezen pakt. Als je daar bewijs van wilt, kijk dan alleen maar naar wat Lucy en mij is overkomen. Het komt misschien niet allemaal uit Petrus' koker, maar hij heeft beslist een oogje dichtgeknepen, ons beslist niet gewaarschuwd, hij heeft beslist alle moeite gedaan om niet in de buurt te zijn.'

Bev Shaw is verrast door zijn felheid. 'Arme Lucy,' fluistert ze, 'ze heeft zoveel doorgemaakt!'

'Ik weet wat Lucy heeft doorgemaakt. Ik ben erbij geweest.'

Ze kijkt hem met grote ogen aan. 'Maar je was er niet bij, David. Dat heeft ze me verteld. Je was er niet bij.'

Je was er niet bij. Je weet niet wat er is gebeurd. Hij is verbijsterd. Waar is hij volgens Bev Shaw, volgens Lucy, niet bij geweest? In de kamer waarin de indringers hun schanddaden pleegden? Denken ze soms dat hij niet weet wat verkrachting is? Denken ze soms dat hij niet om zijn dochter geleden heeft? Van wat had hij meer getuige kunnen zijn geweest dan de voorstelling die hij er zich van kan maken? Of denken ze dat, als het op verkrachting aankomt, geen enkele man zich in de vrouw kan verplaatsen? Wat het antwoord ook zijn mag, hij is des duivels, des duivels dat hij als een buitenstaander wordt behandeld.

Hij koopt een klein televisietoestel om het oude dat gestolen is te vervangen. 's Avonds na het eten zitten hij en

Lucy naast elkaar op de bank om naar het nieuws te kijken en daarna, als ze ertegen kunnen, naar het amusement.

Het is waar, het bezoek is volgens hem en ook volgens Lucy te lang uitgelopen. Hij is het beu om uit een koffer te leven, beu om de hele tijd naar het geknerp van steenslag op het pad te luisteren. Hij wil weer aan zijn eigen bureau kunnen zitten, in zijn eigen bed kunnen slapen. Maar Kaapstad is ver weg, bijna een ander land. Ondanks Bev Shaws goede raad, ondanks Petrus' stellige verzekeringen, ondanks Lucy's koppigheid is hij niet bereid zijn dochter in de steek te laten. Voor het ogenblik woont hij hier: nu en hier.

Hij heeft het gebruik van zijn oog weer geheel terug. Zijn hoofdhuid geneest goed; de vette kompressen kunnen achterwege blijven. Alleen het oor moet nog dagelijks behandeld worden. Dus de tijd geneest inderdaad alle wonden. Lucy is waarschijnlijk ook aan het genezen, en als ze niet aan het genezen is dan begint ze te vergeten, littekenweefsel om de herinnering van die dag te ontwikkelen, haar te omhullen, af te sluiten. Zodat ze op een dag misschien kan zeggen, 'De dag dat we zijn beroofd,' en er dan gewoon aan denken als aan de dag dat ze werden beroofd.

Overdag probeert hij buitenshuis door te brengen, zodat Lucy in huis vrij kan ademen. Hij werkt in de tuin; als hij moe is gaat hij bij de vijver zitten en slaat het wel en wee van de eendenfamilie gade, terwijl hij over het Byron-project piekert.

Er zit geen schot in het project. Alles wat hij ervan kan overzien, zijn flarden. De eerste woorden van de eerste acte willen nog steeds niet komen; de eerste noten blijven even ongrijpbaar als rookpluimen. Soms vreest hij dat de personages in het verhaal, die hem al meer dan een jaar als spoken vergezellen, beginnen te vervagen.

Zelfs de meest aantrekkelijke onder hen, Margarita Cogni, wier altstem, waarmee ze Byrons teef Teresa Guiccioli hartstochtelijke aanvallen naar het hoofd slingert, hij dolgraag zou horen, ontglipt hem langzaam. Hun verlies vervult hem met wanhoop, wanhoop die in het grotere plan zo grauw en vlak en nietig is als een hoofdpijn.

Zo vaak hij kan gaat hij naar de dierenkliniek en biedt zich aan voor alle mogelijke klusjes die geen vakbekwaamheid vereisen: eten geven, schoonmaken, dweilen.

De dieren die ze in de kliniek verzorgen, zijn voornamelijk honden en minder vaak katten: voor vee blijkt D Dorp zijn eigen veterinaire tradities, zijn eigen apotheek, zijn eigen genezers te hebben. De honden die binnen worden gebracht, lijden aan kwalen, aan gebroken ledematen, aan ontstoken beten, aan schurft, aan goedaardige of kwaadaardige verwaarlozing, aan ouderdom, aan ondervoeding, aan darmparasieten, maar vooral aan hun eigen vruchtbaarheid. Er zijn er gewoon te veel. Als mensen een hond komen brengen, zeggen ze niet ronduit, 'ik heb deze hond gebracht om hem af te laten maken,' maar dat wordt wel van hen verwacht: dat zij zich ervan zullen ontdoen, hem laten verdwijnen, hem afvoeren naar de vergetelheid. Waar in wezen om wordt gevraagd is *Lösung* (het Duits schiet altijd te hulp met een toepasselijk neutrale abstractie): vervluchtiging, zoals alcohol uit water vervluchtigt, zonder residu, zonder nasmaak.

Daarom is op zondagmiddag de kliniek dicht en de deur op slot en helpt hij Bev Shaw het wekelijks bestand aan overtollige honden te *lösen*. Een voor een haalt hij ze uit het hok achter en voert of draagt ze naar de behandelkamer. Bev schenkt aan ieder van hen in wat de laatste minuten zullen worden haar volle aandacht, aait, praat en vergemakkelijkt de overgang. Als de hond niet te paaien blijkt, komt dat meestal door zijn aanwezigheid: hij geeft de verkeerde geur af (*Ze kunnen je gedachten ruiken*), de geur van schaamte. Toch is hij degene die de hond vasthoudt als de naald de ader zoekt en het serum het hart raakt en de poten verstijven en de ogen doven.

Hij had gedacht dat hij eraan zou wennen. Maar dat gebeurt niet. Hoe vaker hij helpt met het afmaken, hoe zenuwachtiger hij wordt. Als hij op een zondagavond in Lucy's Combi naar huis rijdt, moet hij zelfs aan de kant van de weg stoppen om bij te komen. Zonder dat hij ze kan tegenhouden, stromen de tranen over zijn gezicht; zijn handen beven.

Hij begrijpt niet wat hem overkomt. Tot dusver lieten dieren hem min of meer koud. Hoewel hij op een abstracte manier wreedheid afkeurt, kan hij niet zeggen of hij van nature wreed of aardig is. Hij is gewoon niets. Hij neemt aan dat mensen wier beroep wreedheid vereist, bijvoorbeeld mensen die in slachthuizen werken, eelt op hun ziel krijgen. Gewoonte maakt hard: zo moet het in de meeste gevallen gaan, maar in het zijne schijnt dat niet zo te zijn. Hij schijnt de gave van hardheid niet te bezitten.

Met zijn hele wezen wordt hij gegrepen door wat er in de behandelkamer gebeurt. Hij is ervan overtuigd dat de honden weten dat hun tijd is gekomen. Ondanks de geruisloosheid en de pijnloosheid van de behandeling, ondanks de goede dingen waaraan Bev Shaw denkt en hij probeert te denken, ondanks de luchtdichte zakken waarin ze de verse lijken verpakken, ruiken de honden op de binnenplaats wat er binnen aan de gang is. Ze leggen hun oren plat, laten hun staart hangen, alsof ook zij de schande van het sterven voelen; omdat ze hun poten schrap zetten, moeten ze over de drempel worden getrokken of geduwd of gedragen. Op de tafel bijten sommige wild om zich heen, sommige janken klaaglijk; geen van alle kijken ze naar de naald in Bevs hand, waarvan ze aanvoelen dat die hen vreselijk kwaad zal doen.

De ergste zijn de honden die hem besnuffelen en zijn hand proberen te likken. Hij heeft het nooit prettig gevonden gelikt te worden en zijn eerste opwelling is zijn hand terug te trekken. Waarom net doen of je een maatje bent als je in wezen een moordenaar bent? Maar dan geeft hij toe. Waarom moet een schepsel in de schaduw van de dood voelen dat hij terugdeinst alsof de aanraking weerzinwekkend is? Daarom laat hij zich likken als ze dat willen, net zoals Bev hen aait en hen kust als ze dat toelaten.

Hij hoopt dat hij geen sentimentalist is. Hij wil over de dieren die hij doodt, of over Bev Shaw niet sentimenteel worden. Hij wacht zich wel om tegen haar te zeggen: 'Ik weet niet hoe jij het klaarspeelt,' om te voorkomen dat zij dan zegt: 'Iemand moet het doen.' Hij sluit de mogelijkheid niet uit dat Bev Shaw in diepste wezen geen verlossende engel maar een duivel is, dat achter haar vertoon van medeleven een hart schuilgaat dat net zo gelooid is als dat van een slager. Hij probeert objectief te blijven.

Aangezien Bev Shaw degene is die de naald inbrengt, is hij degene die zich met de taak belast de stoffelijke resten weg te werken. De ochtend na iedere afmaaksessie rijdt hij met de volgeladen Combi naar het terrein van het Settlers Ziekenhuis, naar de verbrandingsoven, waar hij de lijken in de zwarte zakken aan de vlammen toevertrouwt.

Het zou eenvoudiger zijn de zakken onmiddellijk na elke sessie naar de verbrandingsoven te rijden en ze daar door de verbrandingsploeg te laten wegwerken. Maar dat zou betekenen dat hij ze moet achterlaten op de berg met de rest van het weekendafval: vuilnis afkomstig van de ziekenhuiszalen, kadavers die langs de weg zijn opgeschept, stinkende restproducten van de leerlooierij – een mengsel van het alledaagse en het gruwelijke. Hij is niet bereid ze zo oneervol te behandelen.

Daarom neemt hij op zondagavond de zakken in Lucy's Combi mee terug naar de boerderij, stalt ze daar 's nachts en rijdt ze op maandagochtend naar het ziekenhuisterrein. Daar legt hij ze zelf een voor een op de aanvoertrolley, zwengelt aan het mechanisme dat de trolley door de ijzeren poort naar de vlammen trekt, haalt de hendel over om de inhoud te legen en zwengelt hem weer terug, terwijl de arbeiders die dit doorgaans doen staan toe te kijken.

Op de eerste maandag liet hij de verbranding aan hen over. Door de rigor mortis waren de lijken 's nachts verstijfd. De dode poten bleven tussen de spijlen van de trolley vastzitten en als de trolley terugkwam van het ritje naar de oven, kwam de hond meestal ook mee terug, geblakerd en grijnzend, stinkend naar verschroeide vacht, het plastic omhulsel weggebrand. Na een tijdje begonnen de werklieden met de achterkant van hun schop op de zakken te slaan voor ze werden opgeladen om de stijve botten te breken. Op dat moment greep hij in en nam zelf de taak op zich.

De verbrandingsoven wordt met antraciet gestookt en een elektrische ventilator zuigt lucht door de vlampijp; hij schat dat hij dateert uit de jaren vijftig, toen het ziekenhuis zelf werd gebouwd. Zes dagen per week is hij in bedrijf, van maandag tot zaterdag. Op de zevende dag rust hij. Als de ploeg op het werk komt, harken ze er eerst de as van de vorige dag uit en stoken dan het vuur op. Rond 9 uur 's ochtends worden in de binnenste kamer temperaturen van rond de duizend graden bereikt, genoeg om botten in kalk om te zetten. Het vuur wordt tot midden op de ochtend gestookt; de oven doet er de hele middag over om af te koelen.

Hij kent de namen van de arbeiders niet en zij weten niet hoe hij heet. Voor hen is hij domweg de man die ineens op maandagen met de zakken van de Dierenbescherming kwam en sindsdien steeds vroeger opdaagt. Hij komt, hij doet zijn werk, hij gaat; hij maakt geen deel uit van de gemeenschap waarvan de verbrandingsoven, ondanks de omheining van gaas en de poort met het hangslot en het opschrift in drie talen, het middelpunt is.

Want de omheining is lang geleden al opengeknipt; de poort en de opschriften worden gewoon genegeerd. Tegen de tijd dat de zaalhulpen 's ochtends met de eerste zakken ziekenhuisafval komen, staan er al talloze vrouwen en kinderen te wachten om ze te doorzoeken op injectienaalden, spelden, verband dat nog gewassen kan worden, alles waarvoor een markt is, maar vooral op pillen die ze aan *muti*-winkels verkopen of op straat verhandelen. Je vindt er ook zwervers die overdag op het terrein van het ziekenhuis rondhangen en 's nachts tegen de wanden van de verbrandingsoven slapen, of misschien wel in de tunnel, om warm te blijven.

Het is geen genootschap waarvan hij lid probeert te worden. Maar als hij er is, zijn zij er ook; en als ze geen belangstelling hebben voor wat hij naar de stortplaats brengt, komt dat alleen omdat delen van een dode hond verkocht noch gegeten kunnen worden.

Waarom heeft hij deze taak op zich genomen? Om Bev Shaws last te verlichten? Dan zou hij kunnen volstaan met de zakken op de stortplaats te dumpen en weg te rijden. Voor de honden? Maar de honden zijn dood; en wat voor benul hebben honden nou van eer en ontering?

Voor zichzelf dan. Voor zijn idee van de wereld, een wereld waarin mensen geen schop gebruiken om lijken in een vorm te slaan die ze voor verwerking handzamer maakt.

De honden worden naar de kliniek gebracht omdat ze niet gewenst zijn: *Omdat we te veel zijn.* Op dat moment komt hij in hun leven. Hij is misschien niet hun heiland, degene voor wie ze niet te veel zijn, maar hij is bereid om voor hen te zorgen als ze niet meer, absoluut niet meer in staat zijn voor zichzelf te zorgen, als zelfs Bev Shaw haar handen van hen heeft afgetrokken. Petrus noemde zichzelf ooit een hondenman. Nu is hij een hondenman geworden: een begrafenisondernemer voor honden; een stervensbegeleider voor honden; een *harijan*.

Wonderlijk dat een man die zo egoïstisch is als hij zich ten dienste stelt van dode honden. Er moeten andere, productievere manieren zijn om zich in te zetten voor de wereld, of voor een visie op de wereld. Je zou bijvoorbeeld meer uren in de kliniek kunnen maken. Je zou kunnen proberen de kinderen op de stortplaats over te halen hun lichaam niet vol te stoppen met vergif. Zelfs doelgerichter aan het Byron-libretto gaan zitten, zou desnoods als een dienst aan de mensheid kunnen worden opgevat.

Maar er zijn andere mensen om die dingen te doen – dat van de dierenbescherming, dat van maatschappelijk werk, zelfs dat van Byron. Hij redt de eer van lijken omdat niemand anders stom genoeg is om het te doen. Dat begint hij te worden: stom, maf, niet goed bij zijn hoofd.

ZEVENTIEN

Voor die zondag zit hun werk in de kliniek erop. De Combi is geladen met zijn dode vracht. Als laatste klus dweilt hij de vloer van de behandelkamer.

'Laat mij dat doen,' zegt Bev Shaw, die van de binnenplaats komt. 'Je zult wel naar huis willen.'

'Ik heb geen haast.'

'Dan nog, je moet een ander soort leven gewend zijn.'

'Een ander soort leven? Ik wist niet dat je het leven in soorten kon krijgen.'

'Ik bedoel dat je het leven hier maar saai moet vinden. Je moet je eigen kennissenkring missen. Je moet je vriendinnen missen.'

'Vriendinnen, zeg je. Lucy heeft je vast verteld waarom ik uit Kaapstad ben vertrokken. De vriendinnen daar hebben me niet veel geluk gebracht.'

'Je moet niet kwaad op haar zijn.'

'Kwaad op Lucy? Ik kan met de beste wil van de wereld niet kwaad zijn op Lucy.'

'Niet op Lucy – de jonge vrouw in Kaapstad. Volgens Lucy was er een jonge vrouw die je een hoop last heeft bezorgd.'

'Er was inderdaad sprake van een jonge vrouw. Maar in dit geval was ik de lastpak. Ik heb de jonge vrouw in kwestie minstens zoveel last bezorgd als zij mij.'

‘Lucy zegt dat je je betrekking aan de universiteit hebt moeten opgeven. Dat moet moeilijk zijn geweest. Vind je het erg?’

Wat een nieuwsgierigheid! Wonderlijk hoe de reuk van schandaal vrouwen opwindt. Denkt dit lelijke mensje soms dat hij haar niet kan shockeren? Of is geshockeerd worden ook een van de taken die ze op zich neemt – als een non die gaat liggen om aangerand te worden, teneinde het aanrandingsquotum in de wereld te verlagen?

‘Of ik het erg vind? Ik weet het niet. Door wat er in Kaapstad is gebeurd, ben ik hier gekomen. Ik ben hier niet ongelukkig.’

‘Maar toen – vond je het toen erg?’

‘Toen? Bedoel je in het vuur van de daad? Natuurlijk niet. In het vuur van de daad bestaan er geen twijfels. Dat weet je zelf vast ook wel.’

Ze bloost. Het is lang geleden dat hij voor het laatst een vrouw van middelbare leeftijd zo diep heeft zien blozen. Tot aan haar haarwortels.

‘Maar toch moet je Grahamstown heel stil vinden,’ mompelt ze. ‘In vergelijking.’

‘Ik heb niets tegen Grahamstown. Ik word in elk geval niet in verleiding gebracht. Bovendien woon ik niet in Grahamstown. Ik woon bij mijn dochter op een boerderij.’

Niet in verleiding gebracht: wat hardvochtig om zoiets tegen een vrouw te zeggen, ook al is ze niet knap. Zij het niet onknap in ieders ogen. Er moet een tijd zijn geweest dat Bill Shaw iets in de jonge Bev zag. Andere mannen misschien ook.

Hij probeert zich haar twintig jaar jonger voor te stellen, toen het opgeheven gezicht op de korte nek iets parmantigs en de sproetige huid iets opens en gezonds moet hebben gehad. Impulsief steekt hij een hand uit en laat een vinger over haar lippen glijden.

Ze slaat haar ogen neer, maar deinst niet terug. Integendeel, ze reageert, strijkt haar lippen tegen zijn hand – je zou zelfs kunnen zeggen dat ze hem kust – terwijl ze aldoor hevig bloost.

Meer gebeurt er niet. Verder gaan ze niet. Zonder iets te zeggen verlaat hij de kliniek. Achter zich hoort hij haar het licht uitdoen.

De volgende middag belt ze hem op. 'Kunnen we elkaar om vier uur in de kliniek ontmoeten,' zegt ze. Geen vraag maar een mededeling, met een hoge, gespannen stem. Bijna vraagt hij 'Waarom?', maar is zo wijs dat niet te doen. Niettemin is hij verrast. Hij zou erom durven wedden dat ze dit nog nooit bij de hand heeft gehad. In haar onschuld neemt ze waarschijnlijk aan dat overspel zo in zijn werk gaat: met de vrouw die haar versierder belt en zich bereid verklaart.

's Maandags is de kliniek niet open. Hij laat zichzelf binnen en draait de sleutel achter zich in het slot. Bev Shaw is in de behandelkamer en staat met haar rug naar hem toe. Hij slaat zijn armen om haar heen; ze vlijt haar oor tegen zijn kin; zijn lippen strijken langs de stijve krulletjes in haar haar. 'Er liggen dekens,' zegt ze. 'In de kast. Op de onderste plank.'

Twee dekens, een roze en een grijze, van huis meegesmokkeld door een vrouw die zich het afgelopen uur waarschijnlijk ter voorbereiding heeft gebaad, zich heeft gepoederd en ingewreven; die zich, wie weet, zelfs iedere zondag heeft gepoederd en ingewreven en dekens in de kast heeft klaargelegd, voor het geval dat. Die, omdat hij uit de stad komt, omdat er schandaal aan hem kleeft, denkt dat hij met veel vrouwen naar bed gaat en verwacht dat elke vrouw die zijn pad kruist met hem naar bed gaat.

Ze hebben de keuze tussen de operatietafel en de grond. Hij spreidt de dekens op de grond uit, de grijze deken onderop en daarop de roze. Hij doet het licht uit, verlaat het vertrek, controleert of de achterdeur op slot zit en wacht. Hij hoort het geruis van kleren terwijl ze zich uitkleedt. Bev. Hij had nooit kunnen dromen dat hij nog eens met een Bev naar bed zou gaan.

Ze ligt onder de deken met alleen haar hoofd erbovenuit. Zelfs in het schemerlicht heeft de aanblik niets verleidelijks. Hij trekt zijn onderbroek uit en glijdt naast haar en laat zijn handen over haar lichaam gaan. Ze heeft geen noemenswaardige borsten. Robuust, vrijwel zonder taille, als een gedrongen tonnetje.

Ze grijpt zijn hand en geeft hem iets aan. Een condoom. Alles van het begin tot het einde overdacht.

Over hun gemeenschap kan hij op zijn minst zeggen dat hij zijn plicht doet. Zonder hartstocht maar evenmin zonder afkeer. Zodat Bev Shaw uiteindelijk tevreden over zichzelf kan zijn. Alles wat ze zich had voorgenomen, is volbracht. Hij, David Lurie, is geholpen, zoals een vrouw een man helpt; haar vriendin Lucy Lurie is geholpen bij een lastig bezoek.

Laat ik deze dag niet vergeten, houdt hij zichzelf voor als hij naast haar ligt en ze tot rust gekomen zijn. Na het smakelijke, jonge vlees van Melanie Isaacs, ben ik hier aangeland. Hier zal ik aan moeten wennen, aan dit en zelfs nog minder dan dit.

'Het is laat,' zegt Bev Shaw. 'Ik moet gaan.'

Hij slaat de deken weg en staat op, zonder moeite te doen zich te bedekken. Laat haar ogen zich maar te goed doen aan haar Romeo, denkt hij, aan zijn gebogen schouders en schriele benen.

Het is inderdaad laat. Aan de horizon ligt een laatste karmozijnen gloed; boven hen doemt de maan op; er hangt rook in de lucht; aan de andere kant van een strook braakland komt uit de eerste rij krotten het kabaal van stemmen. Bij de deur drukt Bev zich nog een laatste keer tegen hem aan en legt haar hoofd op zijn borst. Hij laat haar begaan, zoals hij haar in alles waartoe ze zich geroepen voelde, heeft laten begaan. Zijn gedachten gaan naar Emma Bovary die na haar eerste grote middag voor de spiegel pronkt. *Ik heb een minnaar! Ik heb een minnaar!* zingt Emma in zichzelf. Nou, laat de arme Bev Shaw thuis ook maar wat gaan zingen. En hij moet eens ophouden met haar de arme Bev Shaw te noemen. Als zij arm is, dan is hij bankroet.

ACHTTIEN

Petrus heeft een tractor geleend – hij heeft geen flauw idee van wie – waaraan hij de oude roterende ploeg heeft gekoppeld die nog van voor Lucy's tijd achter de stal lag te roesten. In een paar uur heeft hij zijn hele land geploegd. Allemaal heel snel en efficiënt; allemaal erg on-Afrikaans. In vroeger dagen, dat wil zeggen tien jaar geleden, zou hij er met een handploeg en ossen dagen over hebben gedaan.

Wat voor kans maakt Lucy tegen deze nieuwe Petrus? Petrus kwam binnen als de graafman, de sjouwman, de waterman. Nu heeft hij het voor dat soort dingen te druk. Waar kan Lucy iemand vinden om te graven, te sjouwen, water te geven? Als dit een schaakspel was, zou hij zeggen dat Lucy op alle fronten overspeeld is. Als ze een beetje haar verstand gebruikte, zou ze het opgeven: de Land-Bank benaderen, een regeling treffen, de boerderij aan Petrus toevertrouwen, terugkeren naar de beschaving. Ze zou in de buitenwijken een hondenpension kunnen openen; ze zou kunnen uitbreiden met katten. Ze zou zelfs terug kunnen vallen op wat zij en haar vrienden in hun hippietijd deden: etnisch weven, etnische vaasdecoratie, etnisch mandenvlechten; kralen aan toeristen verkopen.

Verslagen. Het is niet moeilijk om je Lucy over tien

jaar voor te stellen: een gezette vrouw met droevige rimpels in haar gezicht, die in al lang uit de mode geraakte kleren loopt, met haar huisdieren praat en alleen eet. Wat een leven. Maar beter dan haar dagen te slijten met angst voor de volgende overval, als honden niet meer volstaan om haar te beschermen en niemand meer de telefoon aanneemt.

Hij loopt naar Petrus op de plek die hij heeft uitgekozen voor zijn nieuwe woonstee, op een flauwe helling met uitzicht op de boerderij. De landmeter is al geweest, de piketten zijn al in de grond geslagen.

'Je gaat toch niet zelf bouwen, wel?' vraagt hij.

Petrus grinnikt. 'Nee, bouwen is vakwerk,' zegt hij. 'Metselen, pleisteren, dat allemaal, daarvoor moet je vakman zijn. Nee, ik ga de geulen voor de fundering graven. Dat kan ik zelf. Dat is niet zo'n vakwerk, dat is gewoon werk voor een boy. Om te graven hoef je maar een boy te zijn.'

Petrus zegt het woord met waar genoegen. Hij was vroeger een boy, nu niet meer. Nu kan hij spelen dat hij er een is, zoals Marie Antoinette kon spelen dat ze een melkmeisje was.

Hij draait er niet omheen. 'Als ik en Lucy naar Kaapstad terug zouden gaan, zou jij dan haar deel van de boerderij in bedrijf kunnen houden? We zouden je een salaris betalen, of je zou het op basis van een percentage kunnen doen. Een percentage van de winst.'

'Ik moet Lucy's boerderij in bedrijf houden,' zegt Petrus. 'Ik moet de *bedrijfsleider* zijn.' Hij spreekt de woorden uit alsof hij ze nog nooit eerder heeft gehoord, alsof ze voor zijn neus opduiken als een konijn uit een hoed.

'Ja, we zouden je de bedrijfsleider kunnen noemen als je dat wilt.'

'En Lucy komt op een dag terug?'

'Ik weet zeker dat ze terug zal komen. Ze is erg aan

deze boerderij gehecht. Ze is niet van plan hem op te geven. Maar ze heeft een zware tijd achter de rug. Ze moet er eens uit. Op vakantie.'

'Naar zee,' zegt Petrus en glimlacht tanden bloot die geel zijn van het roken.

'Ja, aan zee, als ze dat wil.' Petrus' gewoonte om woorden in de lucht te laten hangen irriteert hem. Er was een tijd dat hij dacht dat hij met Petrus bevriend kon raken. Nu heeft hij een hekel aan hem. Als je met Petrus praat, is het of je tegen een zandzak stompt. 'Ik geloof niet dat een van ons het recht heeft Lucy naar het hoe en waarom te vragen als ze besluit er een tijdje tussenuit te trekken,' zegt hij. 'Jij noch ik.'

'Hoelang moet ik bedrijfsleider zijn?'

'Dat weet ik nog niet, Petrus. Ik heb het nog niet met Lucy besproken, ik onderzoek alleen de mogelijkheid, kijk of jij ervoor zou voelen.'

'En ik moet alle dingen doen – ik moet de honden voeren, ik moet de groenten planten, ik moet naar de markt...'

'Het heeft geen zin om een lijst op te stellen, Petrus. Honden zullen er niet zijn. Ik vraag alleen vrijblijvend of jij, als Lucy op vakantie zou gaan, bereid zou zijn voor de boerderij te zorgen?'

'Hoe moet ik naar de markt als ik de Combi niet heb?'

'Dat is een detail. De details kunnen we later bespreken. Ik wil alleen een globaal antwoord, ja of nee.'

Petrus schudt zijn hoofd. 'Het is te veel, te veel,' zegt hij.

Onverwacht komt er een telefoontje van de politie, van ene brigadier Esterhuyse in Port Elizabeth. Zijn auto is teruggevonden. Hij staat op het parkeerterrein van het bureau in New Brighton, waar hij hem kan identificeren en hem weer in bezit kan nemen. Er zijn twee mannen gearresteerd.

'Dat is prachtig,' zegt hij. 'Ik had de hoop al bijna opgegeven.'

'Nee meneer, de zaak blijft twee jaar op de rol staan.

'In wat voor staat verkeert de auto? Rijdt hij nog?'

'Ja, u kunt erin rijden.'

In een ongewoon uitgelaten toestand rijdt hij met Lucy naar Port Elizabeth en vandaar naar New Brighton, waar ze de aanwijzingen volgen via Van Deventer Street, naar een plat, vestingachtig politiebureau omgeven door een twee meter hoge omheining met prikkeldraad erbovenop. Borden verbieden uitdrukkelijk het parkeren voor het politiebureau. Ze parkeren een heel eind verderop in de straat.

'Ik wacht wel in de auto,' zegt Lucy.

'Weet je het zeker?'

'Ik heb het niet op deze plek. Ik wacht wel.'

Hij meldt zich aan de balie, wordt door een doolhof van gangen naar de Afdeling Autodiefstal verwezen. Brigadier Esterhuyse, een vlezig, blond mannetje, zoekt in zijn dossiers en gaat hem daarna voor naar een terrein, waar talloze voertuigen bumper aan bumper geparkeerd staan. Ze lopen de rijen af.

'Waar hebben jullie hem gevonden?' vraagt hij aan Esterhuyse.

'Hier in New Brighton. U heeft geluk gehad. Meestal onttakelen de rotzakken de oude Corolla's voor onderdelen.'

'U zei dat u arrestaties heeft verricht.'

'Twee kerels. We hebben ze na een tip aangehouden. We troffen een huis barstensvol gestolen goederen aan. Tv's, video's, ijskasten, je kunt het zo gek niet bedenken.'

'Waar zijn die mannen nu?'

'Op borgtocht vrij.'

'Was het niet verstandiger geweest om me te laten komen voor jullie ze lieten gaan, zodat ik ze kon identificeren? Nu ze op borgtocht vrij zijn, verdwijnen ze gewoon. Dat weet u.'

De brigadier zwijgt stug.

Ze blijven voor een witte Corolla staan. 'Dat is mijn auto niet,' zegt hij. 'Mijn auto had een CA-nummerbord. Dat staat in de aangifte.' Hij wijst op het nummer op het formulier: CA 507644.

'Ze spuiten ze over. Ze zetten er valse nummerborden op. Ze verwisselen de nummerplaten.'

'Dan nog, dit is niet mijn auto. Kunt u hem openmaken?'

De brigadier maakt de auto open. Binnen ruikt het naar natte kranten en gebakken kip.

'Ik heb geen autoradio,' zegt hij. 'Dit is mijn auto niet. Weet u zeker dat mijn auto niet ergens anders op het terrein staat?

Ze maken de rondgang over het terrein af. Zijn auto staat er niet bij. Esterhuyse krabt zich op zijn hoofd. 'Ik zal het uitzoeken,' zegt hij. 'Er moet een verwisseling hebben plaatsgevonden. Geef me uw telefoonnummer maar, dan bel ik u op.'

Lucy zit achter het stuur van de Combi, met haar ogen dicht. Hij tikt op de ruit en ze doet het portier van het slot. 'Het is allemaal een vergissing,' zegt hij, terwijl hij instapt. 'Ze hebben wel een Corolla, maar het is niet de mijne.'

'Heb je de mannen gezien?'

'De mannen?'

'Jij zei dat er twee mannen waren gearresteerd.'

'Die zijn weer op borgtocht vrij. In elk geval is het mijn auto niet, dus wie ze ook hebben aangehouden kan niet degene zijn die mijn auto heeft gestolen.'

Er valt een lange stilte. 'Is dat een logische conclusie?' zegt ze.

Ze start de motor, geeft een felle ruk aan het stuur.

‘Ik wist niet dat je erop gebrand was dat ze gepakt zouden worden,’ zegt hij. Hij hoort de irritatie in zijn stem, maar doet niets om die te verbergen. ‘Als ze worden opgepakt, betekent dat een rechtszaak en alles wat een rechtszaak met zich meebrengt. Je zult moeten getuigen. Ben je daar tegen opgewassen?’

Lucy zet de motor af. Haar gezicht staat gespannen, terwijl ze tegen tranen vecht.

‘Hoe dan ook, dat spoor loopt dood. Onze vrienden worden niet gepakt, niet in de toestand waarin de politie nu verkeert. Dus laten we dat vergeten.’

Hij vermant zich. Hij begint een vervelende zeurpiet te worden, maar dat moet dan maar.

‘Lucy, het wordt echt tijd dat je je keuzes onder ogen ziet. Of je blijft wonen in een huis vol nare herinneringen en blijft piekeren over wat je is overkomen, of je laat de hele episode achter je en begint elders een nieuw hoofdstuk. Dat zijn de alternatieven die ik zie. Ik weet dat je graag zou blijven, maar zou je de andere mogelijkheid niet eens overwegen? Kunnen we er niet als redelijke mensen over praten?’

Ze schudt haar hoofd. ‘Ik kan niet meer praten, David, ik kan het gewoon niet meer,’ zegt ze zacht en snel sprekend, alsof ze bang is dat de woorden zullen opdrogen.

‘Ik weet dat ik niet duidelijk ben. Ik wou dat ik het kon uitleggen. Maar dat kan ik niet. En het spijt me van de auto. Het spijt me van de tegenvaller.’

Ze laat haar hoofd op haar armen rusten; haar schouders schokken als ze zich laat gaan.

Weer overspoelt het gevoel hem: lusteloosheid, onverschilligheid, maar ook gewichtloosheid, alsof hij van binnenuit is weggevreten en alleen nog de uitgeholde huls van zijn hart is overgebleven. Hoe, denkt hij bij zichzelf, kan een man in zijn toestand woorden vinden, muziek vinden die de doden tot leven zullen wekken?

Nog geen twee meter van hen vandaan zit een vrouw met slippers en een rafelige jurk hen woest aan te staren. Hij legt beschermend een hand om Lucy's schouder. *Mijn dochter*, denkt hij; *mijn lieve dochter. Mij is de taak toebedeeld haar de weg te wijzen. Mij zal zij op een goede dag de weg moeten wijzen.*

Kan ze zijn gedachten ruiken?

Hij neemt in elk geval het stuur over. Halverwege de rit naar huis begint Lucy tot zijn verrassing te praten.

'Het was zo persoonlijk,' zegt ze. 'Het werd met zo'n persoonlijk gerichte haat gedaan. Dat verbijsterde me meer dan wat ook. De rest viel... te verwachten. Maar waarom haatten ze me zo? Ik had ze nog nooit gezien.'

Hij wacht op meer, maar er komt voorlopig niets meer. 'Het was de geschiedenis die uit hen sprak,' oppert hij ten slotte. 'Een geschiedenis van onrecht. Probeer het zo te bekijken, als dat helpt. Het leek misschien persoonlijk gericht, maar dat was het niet. Het is door de voorvaderen overgedragen.'

'Dat maakt het er niet gemakkelijker op. De schok wil maar niet overgaan. De schok dat je gehaat wordt, bedoel ik. Met de daad.'

Met de daad. Bedoelt ze wat hij denkt dat ze bedoelt?

'Ben je nog steeds bang?' vraagt hij.

'Ja.'

'Bang dat ze terug zullen komen?'

'Ja.'

'Dacht je dat ze niet terug zouden komen als je bij de politie geen aanklacht tegen ze indiende? Heb je zo gedacht?'

'Nee.'

'Hoe dan wel?'

Ze zwijgt.

'Lucy, het zou zo simpel kunnen zijn. Sluit de kennel. Doe het meteen. Sluit het huis af, betaal Petrus om het te bewaken. Ga er voor zes maanden of een jaar tussenuit, tot de zaken er in dit land beter voor staan. Ga naar het buitenland. Ga naar Nederland. Ik betaal. Als je terugkomt kun je de balans opmaken, en opnieuw beginnen.'

'Als ik nu wegga, kom ik niet terug, David. Bedankt voor het aanbod, maar het lost niets op. Alles wat jij kunt bedenken, heb ik zelf al honderd keer bedacht.'

'Wat stel je dan voor te doen?'

'Dat weet ik niet. Maar wat ik ook besluit, ik wil het zelf besluiten, zonder op mijn nek te worden gezeten. Er zijn dingen die je gewoon niet begrijpt.'

'Wat begrijp ik niet?'

'Om te beginnen begrijp je niet wat er die dag met me is gebeurd. Je maakt je zorgen om me, wat ik waardeer, je denkt dat je het begrijpt, maar het blijkt dat het niet zo is. Omdat je dat niet kunt.'

Hij mindert vaart en rijdt naar de kant van de weg. 'Niet doen,' zegt Lucy. 'Niet hier. Dit is een slecht stuk, te riskant om te stoppen.'

Hij geeft weer gas. 'Integendeel, ik begrijp het maar al te goed,' zegt hij. 'Ik zal het woord uitspreken dat we tot dusver hebben vermeden. Je bent verkracht. Meerdere malen. Door drie mannen.'

'En?'

'Je vreesde voor je leven. Je vreesde dat je, nadat je was misbruikt, vermoord zou worden. Afgedankt. Omdat jij voor hen niets betekende.'

'En?' Haar stem is nu niet meer dan gefluister.

'En ik heb niets gedaan. Ik heb je niet gered.'

Dit is zijn eigen bekentenis.

Ze maakt even een ongeduldig wuivend handgebaar.

'Je moet jezelf niet de schuld geven, David. Niemand had van je kunnen verwachten dat je me zou redden. Als ze een week eerder waren gekomen, was ik alleen in huis geweest. Maar je hebt gelijk, ik betekende niets voor hen, helemaal niets. Dat voelde ik.'

Ze zwijgt even. 'Ik denk dat ze het al eerder hebben gedaan,' hervat ze nu met vastere stem. 'De twee oudsten in elk geval. Ik denk dat ze in de allereerste plaats verkrachters zijn. Stelen is maar een bijkomstigheid. Een bijverdienste. Ik denk dat ze in verkrachting *doen*.'

'Denk je dat ze terug zullen komen?'

'Ik denk dat ik me in hun territorium bevind. Ze hebben me gemarkeerd. Ze zullen voor me terugkomen.'

'Dan kun je onmogelijk blijven.'

'Waarom niet?'

'Omdat dat voor hen een uitnodiging zou zijn om terug te komen.'

Ze piekert er lang over voor ze antwoord geeft. 'Maar kun je het ook niet op een andere manier bekijken, David? Stel dat... stel dat *dat* de prijs is die je moet betalen om te blijven? Misschien bekijken zij het zo; misschien zou ik het ook zo moeten bekijken. Ze zien mij als iemand die iets schuldig is. Ze zien zichzelf als schuldinners, belastinginners. Waarom zou ik hier mogen wonen zonder te betalen? Misschien denken ze er zo over.'

'Ze zullen vast van alles bedenken. Het is in hun belang om verhaaltjes op te hangen waarmee ze zich goedpraten. Maar ga af op je gevoel. Jij zei dat je alleen haat van hen voelde.'

'Haat... Als het over mannen en seks gaat, David, verbaas ik me nergens meer over. Misschien dat voor mannen seks opwindender wordt als ze de vrouw haten. Jij bent een man, jij zou het moeten weten. Als je seks hebt met een onbekende – als je haar strikt, haar neerdrukt, haar onder je hebt, haar je volle gewicht laat voelen – lijkt dat niet een beetje op vermoorden? Het mes erin zetten; daarna het toneel verlaten, het lichaam overdekt met bloed achterlaten – voelt dat niet als moord, ongestraft een moord begaan?'

Jij bent een man, jij zou het moeten weten: is dat een manier om tegen je vader te spreken? Staan zij en hij aan dezelfde kant?

'Misschien wel,' zegt hij. 'Soms. Voor sommige mannen.' En daarna snel, zonder het overdacht te hebben: 'Was het met allebei hetzelfde? Als een gevecht met de dood?'

'Ze jutten elkaar op. Daarom doen ze het waarschijnlijk samen. Als honden in een meute.'

'En de derde, de jongen?'

'Hij was erbij om te leren.'

Ze zijn het Palmvarens-bord voorbij. De tijd is bijna op.

'Als het blanken waren geweest zou je zo niet over hen praten,' zegt hij. 'Als het bijvoorbeeld blank tuig was geweest uit Despatch.'

'O nee?'

'Nee, niet zo. Ik neem het je niet kwalijk, daar gaat het niet om. Maar je hebt het over iets nieuws. Over slavernij. Ze willen jou als slaaf.'

'Geen slavernij. Overheersing. Onderwerping.'

Hij schudt zijn hoofd. 'Het is te gek, Lucy. Verkoop de boel. Verkoop de boerderij aan Petrus en ga met me mee.'

'Nee.'

Daar eindigt het gesprek. Maar Lucy's woorden klinken in zijn hoofd na. *Overdekt met bloed.* Wat bedoelt ze daarmee? Had hij toch gelijk toen hij over een bed van bloed, een bad van bloed droomde?

Ze doen in verkrachting. Hij denkt aan de drie bezoekers die wegrijden in de niet-al-te-oude Toyota, de achterbank volgestouwd met huisraad, hun penissen, hun wapens, warm en voldaan tussen hun benen weggestopt – *spinnend* is het woord dat bij hem opkomt. Ze moeten alle reden hebben gehad om ingenomen te zijn met hun werk van die middag; ze moeten zich gelukkig hebben gevoeld in hun rol.

Hij herinnert zich dat hij als kind in krantenartikelen over het woord *verkrachting* piekerde, probeerde uit te vinden wat het precies betekende, zich afvroeg wat het edele 'kracht' deed midden in een woord dat men zo afgrijselijk vond dat niemand het hardop durfde uit te spreken. In een kunstboek in de bibliotheek stond een schilderij met als titel *De Verkrachting van de Sabijnse Maagden*: mannen te paard, schaars gekleed in Romeinse wapenrusting, vrouwen in gazen sluiers die jammerend hun armen ophieven. Wat had al die aanstellerij te maken met wat hij vermoedde dat verkrachting was: de man boven op de vrouw terwijl hij zich bij haar naar binnen duwt?

Hij denkt aan Byron. Onder de schare gravinnen en keukenmeiden bij wie Byron zich naar binnen duwde, waren er ongetwijfeld die het verkrachting noemden. Maar toch, geen van hen had reden bang te zijn dat de sessie zou eindigen met het afsnijden van haar hals. Gezien vanuit zijn positie, vanuit Lucy's positie, heeft Byron wel iets heel ouderwets.

Lucy was bang, zo bang dat ze er bijna in bleef. Haar stem verstikte, ze kreeg geen lucht meer, haar ledematen verlamden. *Dit gebeurt niet*, zei ze bij zichzelf, terwijl de mannen haar neer drukten; *het is maar een droom, een nachtmerrie*. Terwijl de mannen van hun kant haar angst indronken, erin zwolgen, alles deden om haar pijn te doen, haar te bedreigen, haar paniek op te voeren. *Roep je honden!* zeiden ze tegen haar. *Vooruit, roep je honden dan! Geen honden? Dan zullen we je laten zien wat honden zijn!*

Je begrijpt het niet, je was er niet bij, zegt Bev Shaw. Nou, ze vergist zich. Lucy's vermoedens zijn toch juist: hij begrijpt het wel; als hij zich concentreert, als hij zichzelf kan vergeten, kan hij erbij zijn, de mannen zijn, in hun huid kruipen, hen vullen met de geest van zichzelf. De vraag is of hij bij machte is om de vrouw te zijn?

In de eenzaamheid van zijn kamer schrijft hij zijn dochter een brief:

'Liefste Lucy, Met alle liefde van de wereld moet ik je het volgende zeggen. Je staat aan de rand van een gevaarlijke vergissing. Je wilt tegenover de geschiedenis in het stof kruipen. Maar de weg die je volgt is de verkeerde. Hij zal je beroven van alle eer; je zult niet met jezelf kunnen leven. Ik smeek je, luister naar me.

Je vader.'

Een half uur later wordt een envelop onder zijn deur door geschoven.

'Beste David, Je hebt niet naar me geluisterd. Ik ben niet degene die jij kent. Ik ben iemand die dood is en ik weet nog niet wat me weer tot leven kan wekken. Ik weet alleen dat ik niet weg kan gaan.

Dat zie jij niet in en ik weet niet wat ik verder nog kan doen om het je te laten inzien. Het is of je met opzet hebt verkozen in een hoek te gaan zitten waar de stralen van de zon niet komen. Ik denk aan jou als een van de drie aapjes, dat met zijn poten voor zijn ogen.

Ja. De weg die ik volg, is misschien de verkeerde. Maar als ik de boerderij nu verlaat, vertrek ik verslagen en zal ik de rest van mijn leven die nederlaag proeven.

Ik kan niet eeuwig een kind blijven. Jij kunt niet eeuwig een vader blijven. Ik weet dat je het goed bedoelt, maar jij bent niet de aangewezen persoon om mij de weg te wijzen, niet nu.

Je Lucy.'

Dat is wat ze uitwisselen; dat is Lucy's laatste woord.

Het afmaken van de honden zit er voor die dag op, de zwarte zakken liggen opgestapeld bij de deur, elk met een lichaam en een ziel erin. Hij en Bev Shaw liggen in elkaars armen op de grond van de behandelkamer. Over een half uur gaat Bev terug naar haar Bill en begint hij de zakken in te laden.

'Je hebt me nooit over je eerste vrouw verteld,' zegt Bev Shaw. 'Lucy praat ook niet over haar.'

'Lucy's moeder was Nederlandse. Dat heeft ze je vast wel eens verteld. Evelina. Evie. Na de scheiding is ze naar Nederland teruggegaan. Later is ze hertrouwd. Lucy kon niet met de nieuwe stiefvader overweg. Ze heeft gevraagd of ze terug mocht naar Zuid-Afrika.'

'Dus ze heeft voor jou gekozen.'

'In zekere zin. Ze heeft ook voor een bepaalde omgeving, een bepaalde horizon gekozen. Nu probeer ik haar over te halen weer te vertrekken, al is het maar om op verhaal te komen. Ze heeft familie in Nederland, vrienden. Nederland is misschien niet de meest opwindende plek om te wonen, maar je krijgt er in elk geval geen nachtmerries van.'

'En?'

Hij haalt zijn schouders op. 'Vooralsnog is Lucy niet van zins om enige raad aan te nemen die van mij afkomt. Ze zegt dat ik niet geschikt ben haar de weg te wijzen.'

'Maar je bent leraar geweest.'

'Van een hoogst secundair soort. Voor mij is lesgeven nooit een roeping geweest. Ik heb al helemaal nooit aspiraties gehad om mensen te leren hoe ze moeten leven. Ik was wat je vroeger een wetenschapper noemde. Ik schreef boeken over dode mensen. Daar lag mijn hart. Ik heb alleen lesgegeven als broodwinning.'

Ze wacht op meer, maar hij is niet in de stemming om verder te gaan.

De zon gaat onder, het wordt koud. Ze hebben niet de liefde bedreven; ze doen zelfs niet meer alsof dat het is waarvoor ze bij elkaar zijn.

In zijn hoofd haalt Byron, alleen op het toneel, adem om te gaan zingen. Hij staat op het punt naar Griekenland te vertrekken. Op zijn vijfendertigste begint hij in te zien dat het leven kostbaar is.

Sunt lacrimae rerum, et mentem mortalia tangunt; dat zullen Byrons woorden zijn, daar is hij zeker van. En de muziek, die ergens aan de horizon zweeft, die heeft zich nog niet aangediend.

'Je moet je geen zorgen maken,' zegt Bev Shaw. Haar hoofd rust op zijn borst: waarschijnlijk kan ze zijn hart horen, waarvan het ritme door de hexameter wordt overgenomen. 'Bill en ik zullen haar in de gaten houden. We zullen vaak naar de boerderij gaan. En Petrus is er ook nog. Petrus houdt wel een oogje in het zeil.'

'Petrus de vaderfiguur.'

'Ja.'

'Lucy zegt dat ik niet voor eeuwig vader kan blijven. Ik kan me dit leven niet voorstellen zonder de vader van Lucy te zijn.'

Ze laat haar vingers door de stoppels van zijn haar gaan. 'Het komt wel goed,' fluistert ze. 'Dat zul je zien.'

NEGENTIEN

Het huis staat in een woonwijk die er vijftien of twintig jaar geleden, toen hij nieuw was, nogal naargeestig moet hebben uitgezien, maar die sindsdien is opgefleurd met gras langs de trottoirs, bomen en klimop die de muren van trilbeton overdekt. Rustholme Crescent nummer 8 is voorzien van een geschilderd tuinhek en een intercom.

Hij drukt op de knop. Een jonge stem zegt: 'Hallo?'

'Ik kom voor meneer Isaacs. Mijn naam is Lurie.'

'Hij is nog niet thuis.'

'Wanneer verwacht je hem thuis?'

'Zo meteen.' Gezoem; het slot klikt; hij duwt het hek open.

Het pad leidt naar de voordeur waar een slank meisje naar hem staat te kijken. Ze is gekleed in een schooluniform: marineblauwe rok, witte kniekousen, blouse met open kraag. Ze heeft de ogen van Melanie, de brede jukbeenderen van Melanie, het donkere haar van Melanie; ze is zo mogelijk nog mooier. De jongere zus over wie Melanie het heeft gehad, wier naam hem niet te binnen wil schieten.

'Goede middag. Wanneer verwacht je dat je vader thuiskomt?'

'De school gaat om drie uur uit, maar hij werkt meestal lang door. Het geeft niet, u mag wel binnenkomen.'

Ze houdt de deur voor hem open, drukt zich tegen de post als hij langs loopt. Ze eet een plakje cake dat ze bevallig tussen twee vingers houdt. Op haar onderlip zitten kruimels. Hij krijgt een opwelling om een hand uit te steken, ze weg te vegen; op hetzelfde ogenblik spoelt als een warme golf de herinnering aan haar zus over hem heen. *God bewaar me,* denkt hij – *wat doe ik hier?*

'Gaat u gerust zitten als u wilt.'

Hij gaat zitten. Het meubilair glanst, de kamer is verstikkend netjes.

'Hoe heet je?' vraagt hij.

'Desiree.'

Desiree: nu weet hij het weer. Melanie de eerstgeborene, het donkere kind, daarna Desiree, het begeerde kind. Ze hebben de goden wel verzocht door haar zo'n naam te geven!

'Ik ben David Lurie.' Hij kijkt haar nauwlettend aan, maar ze vertoont geen teken van herkenning. 'Ik kom uit Kaapstad.'

'Mijn zus zit in Kaapstad. Ze studeert daar.'

Hij knikt. Hij zegt niet, ik ken je zus, ik ken haar goed. Maar hij denkt: vrucht van dezelfde boom, waarschijnlijk tot in het intiemste detail. Toch anders: andere klop van het bloed, andere opwellingen van hartstocht. Die twee in hetzelfde bed: een vorstelijke ervaring.

Hij huivert een beetje, kijkt op zijn horloge. 'Weet je wat ik zal doen, Desiree? Ik denk dat ik je vader op school probeer te bereiken, als jij me kunt vertellen hoe ik daar moet komen.'

De school is van hetzelfde slag als de woonwijk: een laag gebouw van kale baksteen met stalen ramen en een asbestdak op een stoffig, met prikkeldraad afgezet vierkant plein. F.S. MARAIS staat er op de ene zuil van de ingang, MIDDENSCHOOL staat er op de andere.

Het schoolplein is verlaten. Hij loopt om het gebouw tot hij een bordje ADMINISTRATIE ziet. Binnen zit een mollige secretaresse van middelbare leeftijd haar nagels te lakken. 'Ik kom voor meneer Isaacs,' zegt hij.

'Meneer Isaacs!' roept ze. 'Er is iemand voor u!' Ze wendt zich tot hem. 'Loopt u maar door.'

Achter zijn bureau komt Isaacs half overeind, stokt, kijkt hem verbaasd aan.

'Kent u me nog? David Lurie, uit Kaapstad.'

'O,' zegt Isaacs en gaat weer zitten. Hij draagt hetzelfde te ruime pak: zijn nek verdwijnt in het jasje, van waaruit hij de wereld in tuurt als een vogel met een spitse snavel die in een zak gevangen zit. De ramen zijn dicht, er hangt een zure rooklucht.

'Als u me niet wilt spreken, vertrek ik onmiddellijk,' zegt hij.

'Nee,' zegt Isaacs. 'Gaat u zitten. Ik ben alleen presentielijsten aan het doornemen. Vindt u het erg als ik dat eerst afmaak?'

'Ga uw gang.'

Op het bureau staat een ingelijste foto. Vanaf zijn plek kan hij hem niet zien, maar hij weet wie erop staan: Melanie en Desiree, de oogappels van hun vader, met de moeder die hen heeft gebaard.

'Zo,' zegt Isaacs en slaat het laatste klassenboek dicht. 'Waar heb ik dit genoegen aan te danken?'

Hij had verwacht dat hij gespannen zou zijn, maar eigenlijk voelt hij zich heel kalm.

'Nadat Melanie haar klacht heeft ingediend,' zegt hij, 'heeft de universiteit een officieel onderzoek ingesteld. Als gevolg daarvan heb ik ontslag genomen. Zo is het gegaan; daarvan bent u ongetwijfeld op de hoogte.'

Isaacs staart hem nieuwsgierig aan zonder iets prijs te geven.

'Sindsdien heb ik niets omhanden. Vandaag was ik op

doorreis in George en bedacht dat ik zou kunnen stoppen om met u te praten. Ik herinner me onze laatste ontmoeting als... verhit. Ik bedacht echter dat ik toch even langs moest gaan om te zeggen wat ik op mijn hart heb.'

Dat laatste is in elk geval waar. Hij wil zijn hart uitstorten. De vraag is, wat heeft hij op zijn hart?

Isaacs houdt een goedkope Bic-balpen in zijn hand. Hij laat zijn vingers langs de schacht glijden, draait hem om, laat zijn vingers langs de schacht glijden, steeds maar weer, met een gebaar dat eerder werktuiglijk dan ongeduldig is.

Hij gaat verder. 'U heeft Melanies kant van het verhaal gehoord. Ik wil u graag mijn kant vertellen, als u bereid bent ernaar te luisteren.

Het is van mij uit zonder vooropgezet plan begonnen. Het begon als een avontuur, een van die kortstondige avontuurtjes die sommige mannen wel hebben, die ik heb, die me op de been houden. Neemt u me niet kwalijk dat ik zo praat. Ik probeer openhartig te zijn.

In het geval van Melanie gebeurde er echter iets onverwachts. Ik zie het als een vuur. Ze heeft een vuur in me ontstoken.'

Hij zwijgt even. De pen blijft op en neer dansen. *Een plotseling avontuurtje. Sommige mannen.* Beleeft de man achter het bureau avonturen? Hoe meer hij van hem ziet, hoe meer hij dat betwijfelt. Het zou hem niet verbazen als Isaacs iets in de kerk was, diaken of acoliet, wat een acoliet dan ook mag zijn.

'Een vuur: wat is daar zo bijzonder aan? Als een vuur uitgaat, strijk je een lucifer af en steekt een ander aan. Zo heb ik altijd gedacht. Toch waren de mensen vroeger vuuraanbidders. Ze lieten een vlam, een goddelijke vlam, waarachtig niet zomaar uitgaan. Zo'n soort vlam heeft uw dochter in me aangewakkerd. Niet heet genoeg om me op te branden, maar wel echt: echt vuur.'

Brandde – verbrand – opgebrand.

De pen beweegt niet meer. 'Meneer Lurie,' zegt de vader van het meisje en er ligt een vertrokken, smartelijke glimlach op zijn gezicht, 'ik vraag me af wat u in 's hemelsnaam bezielt om naar mijn school te komen met verhalen, die...'

'Het spijt me, het is ongehoord, ik weet het. Dat was het. Meer wilde ik niet zeggen om mezelf te verdedigen. Hoe gaat het met Melanie?'

'Met Melanie gaat het goed, als u dat wilt weten. Ze belt iedere week op. Ze heeft haar studie hervat, ze hebben haar daarvoor een speciale dispensatie gegeven, wat u wel zult begrijpen, gezien de omstandigheden. In haar vrije tijd doet ze nog steeds aan toneel en dat gaat behoorlijk. Dus met Melanie is alles in orde. En met u? Wat zijn uw plannen nu u uit het vak gestapt bent?'

'Ik heb zelf ook een dochter, moet u weten. Ze heeft een boerderij; ik denk dat ik een deel van mijn tijd bij haar zal zijn, om een handje te helpen. Ik moet ook nog een boek afmaken, een soort boek. Al met al zal ik me niet hoeven vervelen.'

Hij zwijgt. Isaacs zit hem aan te kijken met wat hij borende aandacht zou noemen.

'Zo dus,' zegt Isaacs zachtjes en de woorden komen als een zucht over zijn lippen: 'Hoe diep zijn de helden gevallen!'

Gevallen? Jazeker, er is sprake geweest van een val, dat lijdt geen twijfel. Maar een *held*? Is *held* een goede beschrijving voor hem? Hij vindt zichzelf anoniem, iemand die steeds anoniemer wordt. Een figuur in de marge van de geschiedenis.

'Misschien is het goed voor ons,' zegt hij, 'om af en toe te vallen. Zolang we maar niet breken.'

'Mooi. Mooi. Mooi,' zegt Isaacs, terwijl hij hem nog steeds met die borende blik opneemt. Voor het eerst ontwaart hij in hem een spoor van Melanie: de goed gevormde mond en lippen. Impulsief steekt hij zijn hand over het bureau uit, wil de man de hand schudden, maar komt niet verder dan erover te strijken. Koele, onbehaarde huid.

'Meneer Lurie,' zegt Isaacs, 'was er nog iets anders dat u me wilde vertellen, behalve het verhaal over uzelf en Melanie? U had het erover dat u iets op uw hart had.'

'Iets op mijn hart? Nee. Nee, ik kwam alleen even langs om te horen hoe het met Melanie gaat.' Hij staat op. 'Bedankt dat u me heeft willen ontvangen, dat stel ik erg op prijs.' Hij steekt een hand uit, dit keer kordaat.

'Tot ziens.'

'Tot ziens.'

Hij is bij de deur – eigenlijk bevindt hij zich al in het kantoortje dat inmiddels leeg is – als Isaacs roept: 'Meneer Lurie! Een ogenblikje!'

Hij loopt terug.

'Wat zijn uw plannen voor vanavond?'

'Vanavond? Ik heb een kamer in een hotel genomen. Ik heb geen plannen.'

'Kom bij ons de maaltijd gebruiken. Kom bij ons eten.'

'Ik denk niet dat uw vrouw dat op prijs zal stellen.'

'Misschien. Misschien niet. Komt u toch. Schuif mee aan. We eten om zeven uur. Ik zal het adres voor u opschrijven.'

'Dat hoeft niet. Ik ben al bij uw huis geweest en heb uw dochter ontmoet. Zij heeft me verteld hoe ik hier moest komen.'

Isaacs knippert niet eens met zijn ogen. 'Mooi,' zegt hij.

De voordeur wordt door Isaacs zelf opengedaan. 'Kom binnen, kom binnen,' zegt hij en loodst hem mee naar de zitkamer. Van de echtgenote geen spoor, noch van de tweede dochter.

'Ik heb een kleine gave meegebracht,' zegt hij en houdt een fles wijn op. Isaacs bedankt hem, maar lijkt niet goed te weten wat hij met de wijn moet doen. 'Kan ik u er wat van aanbieden? Ik ga hem even openmaken.' Hij loopt de kamer uit; in de keuken wordt gefluisterd. Hij komt terug. 'Ik geloof dat we de kurkentrekker kwijt zijn. Maar Dezzy leent er wel een bij de buren.'

Ze zijn geheelonthouders, dat is duidelijk. Hij had het kunnen weten. Een eng, kleinburgerlijk gezinnetje, zuinig, spaarzaam. De auto gewassen, het gazon gemaaid, spaarcentjes op de bank. Al hun middelen ingezet om de twee juwelen van dochters een goede toekomst te bezorgen: pientere Melanie, met haar toneelambities; Desiree, de schoonheid.

Hij herinnert zich Melanie op de eerste avond dat ze elkaar wat beter leerden kennen, toen ze naast hem op de bank koffie zat te drinken met een scheut whisky erin die was bedoeld als – het woord komt met tegenzin bij hem op – *smeermiddel*. Haar goed verzorgde figuurtje; haar sexy kleren; haar ogen glinsterend van opwinding. Haar eerste schreden in het bos waar de boze wolf loert.

Desiree de schoonheid komt met de fles en een kurkentrekker binnen. Als ze door de kamer naar hen toe loopt, aarzelt ze een ogenblik, zich ervan bewust dat er gegroet moet worden. 'Pa?' mompelt ze met iets van verwarring terwijl ze de fles aanreikt.

Dus: ze is er achter wie hij is. Ze hebben het over hem gehad, hebben misschien strijd over hem gehad: de ongewenste bezoeker, de man wiens naam duisternis is.

Haar vader heeft haar hand in de zijne geklampt. 'Desiree,' zegt hij, 'dit is meneer Lurie.'

'Dag, Desiree.'

Het haar dat voor haar gezicht is gevallen, wordt achterover gezwaaid. Ze ontmoet zijn blik, nog steeds verlegen, maar sterker nu ze onder de hoede van haar vader is. 'Dag,' mompelt ze; en hij denkt, *Mijn God, mijn God!*

En zij, ze kan voor hem niet verbergen wat er door haar hoofd gaat: *Dus dit is de man met wie mijn zuster naakt is geweest! Dus dit is de man met wie ze het heeft gedaan! Deze oude man!*

Er is een aparte kleine eetkamer met een doorgeefluik naar de keuken. Er is met het beste bestek voor vier gedekt; er branden kaarsen. 'Ga zitten, ga zitten,' zegt Isaacs. Nog steeds geen spoor van zijn vrouw. 'Excuseert u me even.' Isaacs verdwijnt in de keuken. Hij wordt alleen gelaten met Desiree tegenover zich aan tafel. Ze laat haar hoofd hangen, nu niet meer zo dapper.

Dan komen ze terug, de beide ouders samen. Hij staat op. 'U heeft mijn vrouw nog niet ontmoet. Doreen, onze gast, meneer Lurie.'

'Dank u dat u me in uw huis wilt ontvangen, mevrouw Isaacs.'

Mevrouw Isaacs is een kleine vrouw die op middelbare leeftijd gezet begint te worden, haar o-benen geven haar een wat schommelende gang. Maar hij kan zien van wie de zusjes het knappe uiterlijk hebben. In haar tijd moet ze echt een schoonheid zijn geweest.

Haar trekken blijven star, ze mijdt zijn blik, maar geeft wel een zuinig knikje. Gehoorzaam; een goede echtgenote, een steun en toeverlaat. *En gij zult tot een vlees zijn*. Zullen de dochters op haar gaan lijken?

'Desiree,' beveelt ze, 'kom eens helpen dragen.'

Dankbaar springt het kind op van haar stoel.

'Meneer Isaacs, ik veroorzaak verwarring in uw huisgezin,' zegt hij. 'Het was aardig van u om me uit te nodigen, dat stel ik op prijs, maar het is beter als ik wegga.'

Op Isaacs gezicht verschijnt een glimlach waarin tot zijn verbazing een spoor van opgewektheid ligt. 'Blijft u zitten, blijft u zitten! Maakt u zich om ons geen zorgen! We slaan ons er wel doorheen!' Hij buigt zich voorover. 'U moet sterk zijn!'

Dan komen Desiree en haar moeder terug met schalen: kip in een borrelende tomatensaus waarvan de geur van gember en komijn opstijgt, rijst en allerlei salades en augurken. Precies het soort eten dat hij het meest heeft gemist toen hij bij Lucy woonde.

De fles wijn wordt voor hem neergezet, met een enkel wijnglas.

'Ben ik de enige die drinkt?' zegt hij.

'Toe,' zegt Isaacs. 'Ga uw gang.'

Hij schenkt een glas in. Hij houdt niet van zoete wijn, hij heeft een Late Harvest gekocht in de veronderstelling dat die in de smaak zou vallen. Nou, dan heeft hij dubbele pech.

Dan moet er nog gebeden worden. De Isaacs houden elkaars handen vast; hij kan niet anders dan ook zijn handen uitstrekken, links naar de vader van het meisje, rechts naar haar moeder. 'Moge de Heer ons oprecht dankbaar maken voor wat wij gaan ontvangen,' zegt Isaacs. 'Amen,' zeggen zijn vrouw en dochter; en hij, David Lurie, mompelt ook 'Amen' en laat de twee handen los, die van de vader koel als zijde, die van de moeder klein, vlezig en warm van het werk.

Mevrouw Isaacs schept op. 'Voorzichtig, het is heet,' zegt ze als ze hem zijn bord aangeeft. Dat zijn de enige woorden die ze tot hem richt.

Tijdens de maaltijd probeert hij een goede gast te zijn, onderhoudend te praten, de stiltes op te vullen. Hij praat over Lucy, over het dierenpension, over de bijen die ze houdt en haar tuinbouwprojecten, over zijn aandeel in de marktkraam op zaterdagochtend. Hij verdoezelt de overval, vermeldt alleen dat zijn auto is gestolen. Hij praat over de Dierenbescherming, maar niet over de verbrandingsoven op het ziekenhuisterrein of zijn heimelijke middagen met Bev Shaw.

Op deze manier aan elkaar geregen, ontvouwt het verhaal zich zonder schaduwkanten. Het plattelandsleven in al zijn stompzinnige eenvoud. Wat zou hij graag willen dat het waar was! Hij is de schaduwen, de complicaties, de gecompliceerde mensen beu. Hij houdt van zijn dochter, maar er zijn momenten dat hij zou willen dat ze een eenvoudiger wezen was: eenvoudiger, puurder. De man die haar verkracht heeft, de leider van de bende, is zo iemand. Als een mes dat door de wind snijdt.

Hij ziet zichzelf languit op een operatietafel liggen. Er flitst een ontleedmes; van keel tot kruis wordt hij opengelegd; hij ziet alles, maar voelt geen pijn. Een chirurg, met een baard, buigt zich fronsend over hem heen. *Wat is dit allemaal voor spul?* grauwt de chirurg. Hij prikt in de galblaas. *Wat is dit?* Hij snijdt hem eruit, gooit hem weg. Hij prikt in het hart. *Wat is dit?*

'Uw dochter – doet zij de boerderij helemaal alleen?' vraagt Isaacs.

'Er is een man die haar soms helpt. Petrus. Een Afrikaan.' En hij praat over Petrus, de degelijke, betrouwbare Petrus, met zijn twee vrouwen en zijn bescheiden ambities.

Hij heeft minder honger dan hij dacht. Het gesprek zakt af, maar op een of andere manier worstelen ze zich door de maaltijd. Desiree verontschuldigt zich, gaat haar huiswerk maken. Mevrouw Isaacs ruimt de tafel af.

'Ik moet echt gaan,' zegt hij. 'Het is de bedoeling dat ik morgenochtend vroeg vertrek.'

'Wacht, blijf nog wat,' zegt Isaacs.

Ze zijn alleen. Hij kan er niet meer onderuit.

'Over Melanie,' zegt hij.

'Ja?'

'Nog een opmerking, dan ben ik uitgepraat. Ik geloof

dat het anders had kunnen lopen tussen ons twee, ondanks het leeftijdsverschil. Maar er was iets wat ik niet heb kunnen bieden, iets' – hij zoekt naar het woord – 'lyrisch. Het ontbrak me aan lyriek. Ik heb de liefde te goed in de hand. Zelfs als ik in vuur en vlam sta, zing ik niet, als u begrijpt wat ik bedoel. En dat spijt me. Het spijt me dat uw dochter door mij zoveel heeft moeten doormaken. Jullie vormen een geweldig gezin. Ik bied mijn verontschuldigingen aan voor het verdriet dat ik u en uw vrouw heb berokkend. Ik vraag u vergiffenis.'

Geweldig is het woord niet. *Voorbeeldig* zou beter zijn.

'Zo,' zegt Isaacs, 'eindelijk heeft u uw verontschuldigingen aangeboden. Ik vroeg me al af wanneer het zou komen.' Hij denkt na. Hij is niet gaan zitten; nu begint hij op en neer te lopen. 'U heeft spijt. Het ontbreekt u aan lyriek, zegt u. Als u lyrischer was geweest, zou alles er heel anders uit gezien hebben. Maar dan zeg ik bij mezelf dat we allemaal spijt hebben als we zijn betrapt. Dan hebben we grote spijt. De vraag is niet, hebben we spijt? De vraag is, welke les hebben we geleerd? De vraag is, wat gaan we *doen* nu we er spijt van hebben?'

Hij wil antwoorden, maar Isaacs steekt een hand op.

'Mag ik in uw bijzijn het woord *God* uitspreken? U bent niet zo iemand die van streek raakt als Gods naam valt? De vraag is, wat wil God van u, behalve dat u diepe spijt heeft? Heeft u daar ideeën over, meneer Lurie?'

Hoewel hij wordt afgeleid door het geijsbeer van Isaacs, probeert hij zijn woorden zorgvuldig te kiezen.

'Ik zou geneigd zijn te zeggen,' zegt hij, 'dat je na een bepaalde leeftijd te oud bent om te leren. Je kunt alleen nog maar gestraft en nog eens gestraft worden. Maar misschien is dat niet waar, niet altijd. Ik wacht het af. En wat God aangaat, ik ben niet gelovig, dus ik zal wat u God en Gods wensen noemt, moeten vertalen naar mijn eigen zienswijze. In mijn zienswijze word ik gestraft voor wat er tussen mij en uw dochter is voorgevallen. Ik ben in een staat van ongenade gevallen waaruit ik mezelf niet gemakkelijk zal kunnen oprichten. Het is niet een straf die ik heb geweigerd. Ik klaag er niet over. Integendeel, ik onderga hem dag na dag en probeer die schande als mijn lot te aanvaarden. Denkt u dat het voor God voldoende is dat ik voor onbepaalde tijd in ongenade leef?'

'Dat weet ik niet, meneer Lurie. Meestal zeg ik, dat moet u mij niet vragen, vraag het aan God. Maar aangezien u niet bidt, kunt u het God niet vragen. En dus moet God zijn eigen wegen vinden om het u te vertellen. Waarom denkt u dat u hier bent, meneer Lurie?'

Hij zwijgt.

'Dan zal ik het u vertellen. U kwam door George en het schoot u te binnen dat de familie van uw studente uit George kwam en u dacht bij uzelf, *Waarom niet?* Het was geen vooropgezet idee en toch bevindt u zich nu in ons huis. Dat moet een verrassing voor u zijn. Heb ik gelijk?'

'Niet echt. Ik heb u niet de waarheid verteld. Ik was niet zomaar in de buurt. Ik ben slechts om één reden naar George gekomen: om met u te praten. Ik liep er al een tijdje over te denken.'

'Ja, u kwam om met mij praten, zegt u, maar waarom ik? Met mij kun je makkelijk praten, te gemakkelijk. Alle kinderen op school weten dat. Bij Isaacs kom je gemakkelijk weg – dat zeggen ze.' Hij glimlacht weer, diezelfde scheve glimlach als voorheen. 'Maar met wie kwam u nu werkelijk praten?'

Nu weet hij het zeker: hij mag deze man niet, hij houdt niet van zijn trucjes.

Hij staat op, stommelt door de lege eetkamer en door de gang. Achter een half dichtgetrokken deur hoort hij zachte stemmen. Hij duwt de deur open. Op het bed zitten Desiree en haar moeder iets met een streng wol te doen. Verbaasd door zijn aanblik zwijgen ze.

Plechtstatig zakt hij op zijn knieën en buigt zich tot zijn voorhoofd de grond raakt.

Is het zo voldoende? denkt hij. Volstaat dit? Zo niet, wat dan nog meer?

Hij tilt zijn hoofd op. Ze zitten er allebei nog steeds als versteend bij. Hij ontmoet de blik van de moeder, dan die van de dochter en opnieuw springt de vonk over, de vonk van begeerte.

Hij komt overeind, wat krakender dan hij had gewild.

'Goede avond,' zegt hij. 'Bedankt voor uw vriendelijkheid. Bedankt voor de maaltijd.'

Om elf uur komt er voor hem een telefoontje op zijn hotelkamer. Het is Isaacs. 'Ik bel om u sterkte voor de toekomst te wensen.' Een stilte. 'Er is een vraag waar ik niet aan toegekomen ben, meneer Lurie. U hoopt toch niet dat we voor u bemiddelen, hè, bij de universiteit?'

'Bemiddelen?'

'Ja. Om weer aangesteld te worden, bijvoorbeeld.'

'De gedachte is geen moment bij me opgekomen. Ik heb met de universiteit afgedaan.'

'Want het pad dat u volgt, is er een dat God voor u heeft uitgezet. Daar mogen wij niet tussen komen.

'Begrepen.'

TWINTIG

Hij rijdt via de N2 Kaapstad weer binnen. Hij is nog geen drie maanden weggeweest, toch hebben de krottenwijken zich in de tussentijd over de snelweg naar de oostkant van het vliegveld uitgebreid. De stroom auto's moet vaart minderen om een kind met een stok een afgedwaalde koe van de weg te laten jagen. Het land rukt onherroepelijk op naar de stad, denkt hij. Spoedig zal er op Rondebosch Common weer vee grazen; spoedig zal de cirkel van de geschiedenis rond zijn.

Dus hij is weer thuis. Het voelt niet als een thuiskomst. Hij kan zich niet voorstellen dat hij weer zijn intrek zal nemen in het huis aan Torrance Road, onder de rook van de universiteit, als een misdadiger rondsluipend om vroegere collega's te ontlopen. Hij zal het huis moeten verkopen, naar een goedkopere flat moeten verhuizen.

Zijn financiële situatie is een puinhoop. Sinds hij is vertrokken, heeft hij geen rekening meer betaald. Hij leeft op krediet; het kan niet lang meer duren voor zijn krediet is opgebruikt.

Het is gedaan met het zwerven. Wat komt er na het zwerven? Hij ziet zich al met grijs haar, krom, naar de winkel op de hoek schuifelen voor zijn half litertje melk en een half brood; hij ziet zich al wezenloos aan een bureau in een kamer vol vergelend papier zitten wachten tot de namiddag op zijn einde loopt, zodat hij zijn avondmaaltijd kan bereiden en naar bed kan. Het leven van een uitgerangeerde wetenschapper zonder hoop, zonder vooruitzichten: is hij bereid daar genoegen mee te nemen?

Hij ontsluit het toegangshek. De tuin is overwoekerd, de brievenbus zit propvol met folders en reclame. Hoewel naar de meeste maatstaven goed beveiligd, heeft het huis maanden leeggestaan: het zou te optimistisch zijn om te verwachten dat er geen bezoek is geweest. En ja hoor, zodra hij de voordeur opendoet en de lucht ruikt, weet hij dat er iets niet in de haak is. Zijn hart begint met weemakende opwinding te bonzen.

Er is niets te horen. Wie er ook geweest mag zijn, is vertrokken. Maar hoe zijn ze binnengekomen? Als hij op zijn tenen van de ene naar de andere kamer loopt, komt hij er al gauw achter. De tralies voor een van de ramen aan de achterkant zijn uit de muur gerukt en teruggebogen, de ruitjes zijn ingeslagen, waardoor er een gat is ontstaan, groot genoeg voor een kind of zelfs een kleine man om doorheen te kruipen. Een tapijt van door de wind naar binnen geblazen bladeren en zand is op de grond vastgekoekt.

Hij dwaalt door het huis en neemt de schade op. Zijn slaapkamer is geplunderd, de kasten staan gapend leeg. Zijn geluidsinstallatie is verdwenen, zijn cassettes en platen, zijn computer. In zijn werkkamer zijn het bureau en de archiefkast opengebroken; papieren liggen overal in het rond. De keuken is grondig leeggehaald: bestek, servies, kleine huishoudapparaten. Zijn drankvoorraad is verdwenen. Zelfs de kast waarin conservenblikken stonden, is leeg.

Geen gewone inbraak. Een overvalploeg die is binnengedrongen, de plek heeft leeggehaald en beladen met tassen, dozen, koffers is vertrokken. Buit; herstelbetaling;

het zoveelste incident in de grote herverdelingscampagne. Wie draagt er op dit moment zijn schoenen? Hebben Beethoven en Janáček ergens onderdak gevonden of zijn ze op de vuilnisbelt gegooid?

Uit de badkamer komt een kwalijke stank. Een in het huis verstrikt geraakte duif heeft in de wasbak de geest gegeven. Behoedzaam tilt hij de troep van botjes en veren in een plastic zakje en knoopt het dicht.

Het licht is afgesneden, de telefoonlijn is dood. Als hij er niets aan doet, zal hij de nacht in het donker moeten doorbrengen. Maar hij is te ontmoedigd om te handelen. Laat het allemaal naar de verdommenis gaan, denkt hij en zakt in een stoel en sluit zijn ogen.

Als de schemering valt, schudt hij zich wakker en verlaat het huis. De eerste sterren staan aan de hemel. Door lege straten, door de tuinen zwanger van de geur van ijzerkruid en narcissen, loopt hij naar de campus van de universiteit.

Hij heeft nog altijd zijn sleutel van het Communicatiegebouw. Een goed uur om te komen spoken: de gangen zijn verlaten. Hij neemt de lift naar zijn kamer op de vijfde etage. Het naamplaatje op zijn deur is verwijderd. Op het nieuwe plaatje staat DR. S. OTTO. Er valt een zwak schijnsel onder de deur door.

Hij klopt. Niets te horen. Hij maakt de deur open en gaat naar binnen.

De kamer is onherkenbaar veranderd. Zijn boeken en prenten zijn verdwenen en de muren zijn kaal op een tot posterformaat uitvergroot stripplaatje na: Superman die zijn hoofd laat hangen, terwijl hij van Lois Lane een uitbrander krijgt.

Achter de computer zit in het schemerlicht een jongeman die hij nog nooit heeft gezien. De jongeman kijkt bedenkelijk. 'Wie bent u?' vraagt hij.

'Ik ben David Lurie.'

'Ja? En?'

'Ik kom mijn post ophalen. Dit is mijn kamer geweest.' *In het verleden*, zegt hij er bijna bij.

'O, natuurlijk, David Lurie. Neem me niet kwalijk, ik was met mijn hoofd ergens anders. Ik heb alles in een doos gestopt. Met nog wat andere spulletjes die ik heb gevonden.' Hij zwaait. 'Daar.'

'En mijn boeken?'

'Die staan allemaal beneden in de opslagruimte.'

Hij tilt de doos op. 'Dank u,' zegt hij.

'Geen punt,' zegt de jonge dr. Otto. 'Lukt het zo?'

Hij neemt de zware doos mee naar de bibliotheek met de bedoeling zijn post uit te zoeken. Maar als hij bij de toegangscontrole komt, wil het apparaat zijn kaart niet meer accepteren. Hij moet het uitzoeken op een bank in de hal.

Hij is te rusteloos om te slapen. Tegen de ochtend rijdt hij naar de berghelling en begint aan een stevige wandeling. Het heeft geregend, de beken zijn gezwollen. Hij ademt de zware dennengeur in. Vanaf vandaag is hij een vrij man, met verplichtingen aan niemand dan alleen zichzelf. De tijd strekt zich voor hem uit, hij kan hem besteden zoals hij wil. Het gevoel is verwarrend, maar hij neemt aan dat hij eraan zal wennen.

Zijn korte verblijf bij Lucy heeft van hem geen buitenmens gemaakt. Toch zijn er dingen die hij mist – de eendenfamilie bijvoorbeeld: Moeder Eend die op de vijver laveert, haar borst trots opgezet, terwijl Iene, Miene, Mutte en Grutte driftig achter haar aan peddelen, vol vertrouwen dat hen niets kan overkomen zolang zij er is.

En de honden, daarover wil hij niet nadenken. Vanaf maandag zullen de honden die binnen de muren van de kliniek van het leven verlost zijn, onopgemerkt, onbetreurd in het vuur worden geworpen. Zal dat verraad hem ooit vergeven worden?

Hij gaat bij de bank langs, brengt een lading was naar de wasserij. In het winkeltje waar hij sinds jaar en dag zijn koffie koopt, doet de hulp of hij hem niet herkent. Zijn buurvrouw blijft onder het sproeien van haar tuin angstvallig met haar rug naar hem toe staan.

Hij moet aan William Wordsworth denken tijdens diens eerste verblijf in Londen, waar hij in de pantomimevoorstelling Jack de Reuzendoder vrolijk met zijn zwaard zwaaiend over het toneel zag struinen, beschermd door het woord *Onzichtbaar* dat op zijn borst geschreven stond.

’s Avonds belt hij Lucy vanuit een cel. ‘Ik denk, ik bel maar even voor het geval je je zorgen over me maakt,’ zegt hij. ‘Met mij gaat het best. Ik denk dat het even zal duren voor ik mijn draai heb gevonden. In huis weet ik niet waar ik het zoeken moet. Ik mis de eenden.’

Hij praat niet over de plundering van het huis. Wat heeft het voor zin om Lucy met zijn problemen op te zadelen?

‘En Petrus?’ vraagt hij. ‘Zorgt Petrus een beetje voor je, of heeft hij het nog te druk met de huizenbouwerij?’

‘Petrus heeft me geholpen. Iedereen is erg behulpzaam.’

‘Nou, ik kan terugkomen zodra je me nodig hebt. Je hoeft het maar te zeggen.’

‘Dank je, David. Op het ogenblik misschien maar niet, maar je weet nooit.’

Wie had, toen zijn kind werd geboren, kunnen denken dat hij haar nog eens op zijn knieën zou komen vragen om binnen te mogen?

Tijdens het winkelen in de supermarkt staat hij in een rij toevallig achter Elaine Winter, hoofd van zijn vroegere vakgroep. Ze heeft een hele kar vol inkopen, hij niet meer dan een mandje. Zenuwachtig beantwoordt ze zijn groet.

'En hoe loopt de vakgroep zonder mij?' vraagt hij zo opgewekt als hij kan.

Uitstekend hoor – dat zou het meest oprechte antwoord zijn: *We kunnen het prima zonder jou af.* Maar ze is te beleefd om die woorden uit te spreken. 'Ach, het blijft ploeteren,' antwoordt ze vaag.

'Hebben jullie iemand anders kunnen aannemen?'

'We hebben een nieuwe kracht aangetrokken, op contractbasis. Een jongeman.'

Ik heb hem ontmoet, zou hij kunnen antwoorden. *Wat een lul, zeg,* had hij er nog bij kunnen zeggen. Maar hij is te netjes opgevoed. 'Wat is zijn specialisme?' informeert hij in plaats daarvan.

'Toegepaste taalstudies. Hij is gespecialiseerd in taalbeheersing.'

Het is gedaan met de dichters, gedaan met de dode meesters. Die voor hem geen goede leidraad zijn geweest, moet hij toegeven. Of anders, naar wie hij niet goed heeft geluisterd.

De vrouw voor hen in de rij neemt rustig haar tijd om af te rekenen. Elaine kan nog aan de volgende vraag toekomen, die zou moeten luiden, *En hoe gaat het met jou, David?*, waarop hij nog kan antwoorden, *Heel goed, Elaine, prima.*

In plaats daarvan vraagt ze: 'Wil je niet voor mij?' wijzend op zijn mandje. 'Je hebt zo weinig.'

'Geen denken aan, Elaine,' antwoordt hij, kijkt vervolgens met enig genoegen toe als ze haar inkopen op de band zet: niet alleen de alledaagse dingen, maar ook de kleine traktaties die een alleenstaande vrouw zich gunt – extra roomijs (met echte amandelen en echte rozijnen), geïmporteerde Italiaanse koekjes, repen chocola – en tevens een pak maandverband.

Ze rekent af met een pinpas. Aan de andere kant van het controlepoortje zwaait ze even gedag. Haar opluchting is zichtbaar. 'Dag hoor!' roept hij over het hoofd van de caissière. 'Doe iedereen de groeten van me!' Ze kijkt niet om.

In de aanvankelijke opzet stonden lord Byron en zijn maîtresse Contessa Guiccioli in de opera centraal. In de verstikkende zomerhitte van Ravenna, opgesloten in de Villa Guiccioli, bespioneerd door Teresa's jaloerse echtgenoot, zouden ze samen door de sombere salons dwalen en zingen over hun gedwarsboomde liefde. Teresa voelt zich een gevangene; ze zindert van verontwaardiging en zeurt tegen Byron dat hij haar naar een ander leven moet meevoeren. Byron zelf is vervuld van twijfel, maar te tactvol om er lucht aan te geven. Hij vreest dat hun vroegere extase zich nooit meer zal voordoen. Zijn leven is tot bedaren gekomen; vaag begint hij te verlangen naar een rustig teruggetrokken bestaan; en bij ontstentenis daaraan, naar een apotheose, naar de dood. Teresa's bevlogen aria's ontsteken in hem geen vonk; zijn eigen sombere, omspelende melodielijn gaat langs, door en over haar heen.

Zo had hij het opgezet: als een kameropera over liefde en dood, met een hartstochtelijke jonge vrouw en een voorheen alleszins, maar inmiddels allesbehalve hartstochtelijke oudere man; als een intrige ondersteund door complexe, rusteloze muziek, gezongen in een Engels dat voortdurend naar een denkbeeldig Italiaans neigt.

Op papier ziet het concept er niet slecht uit. De personages houden elkaar goed in evenwicht: het verstrikte koppel, de afgedankte maîtresse die op de ramen trommelt, de jaloerse echtgenoot. Ook de villa, waar Byrons tamme apen lusteloos in de kroonluchters hangen en pauwen ongedurig tussen het barokke Napolitaanse meubilair scharrelen, bezit het juiste mengsel van tijdloosheid en verval.

En toch wordt hij, aanvankelijk op Lucy's boerderij en hier nu weer, niet wezenlijk door het project gegrepen. In de opzet zit iets scheef, iets wat niet uit het hart komt. Een vrouw die zich tegenover de sterren beklaagt dat zij en haar geliefde vanwege de spiedende bedienden gedwongen zijn hun lusten te bevredigen in een bezemkast – wie kan dat wat schelen? Voor Byron kan hij woorden vinden, maar de Teresa die de geschiedenis hem heeft overgeleverd – jong, begerig, weerspannig, bruisend – past niet bij de muziek waarvan hij heeft gedroomd, muziek waarvan hij de weelderig herfstige, zij het ironisch getinte klankkleuren vaag in zijn innerlijke oor kan horen.

Hij probeert een ander spoor. Hij laat de bladzijden vol aantekeningen voor wat ze zijn, laat de pronte, pretentieuze jonggehuwde vrouw met haar betoverde Engelse Milord voor wie ze is, en probeert Teresa op middelbare leeftijd neer te zetten. De nieuwe Teresa is een gezette, kleine weduwe die met haar oude vader in de Villa Gamba woont, waar ze het huishouden bestiert, de touwtjes van de geldbuidel strak houdt, erop toeziet dat de bedienden geen suiker stelen. In de nieuwe versie is Byron al lang dood; Teresa's enige aanspraak op onsterfelijkheid en de vertroosting in haar eenzame nachten is de kist vol brieven en memorabilia die ze onder haar bed bewaart, wat zij haar *reliquie* noemt, die haar achternichten geacht worden na haar dood te openen om met ontzag de inhoud te doorzoeken.

Is dit de heldin naar wie hij al die tijd op zoek is geweest? Kan zijn hart, zoals het nu is, door een oudere Teresa worden gegrepen?

Teresa is door de tijd niet vriendelijk bejegend. Met haar zware boezem, haar gedrongen lijf, haar gekrompen benen heeft ze meer weg van een boerin, een *contadina*, dan van een aristocrate. De teint die Byron eens zo bewonderde, heeft iets koortsigs gekregen; in de zomer is ze ten prooi aan astmatische aanvallen die haar naar adem doen snakken.

In de brieven die hij aan haar schreef, noemt Byron haar *Mijn vriendin*, vervolgens *Mijn lief*, daarna *Mijn eeuwige liefde*. Maar er bestaan rivaliserende brieven, brieven waar zij niet bij kan om ze te verbranden. In die brieven, gericht aan Engelse vrienden, rangschikt Byron haar luchthartig onder zijn andere Italiaanse veroveringen, maakt grapjes over haar echtgenoot, maakt gewag van vrouwen in haar kring met wie hij naar bed is geweest. In de jaren na Byrons dood hebben zijn vrienden, puttend uit zijn brieven, het ene gedenkschrift na het andere geschreven. Nadat Byron de jonge Teresa op haar echtgenoot had veroverd, zo gaat hun verhaal, kreeg hij al gauw genoeg van haar; hij vond haar een leeghoofd; hij bleef alleen uit plichtsbesef bij haar; om aan haar te ontkomen zette hij koers naar Griekenland en naar zijn dood.

Hun laster raakt haar tot op het bot. Haar jaren met Byron vormen het hoogtepunt van haar leven. Byrons liefde is het enige dat haar onderscheidt. Zonder hem is ze niets: een vrouw die haar beste tijd heeft gehad, verstoken is van vooruitzichten, haar dagen slijt in een saaie provinciestad, bezoekjes met vriendinnen uitwisselt, de benen van haar vader masseert als hij er last van heeft, alleen slaapt.

Heeft hij zoveel hart dat hij van deze onaantrekkelijke, doorsnee vrouw kan houden? Kan hij voldoende van haar houden om muziek voor haar te componeren? Als hij dat niet kan, wat rest hem dan nog?

Hij komt terug op wat nu de openingsscène moet worden. Het staartje van de zoveelste drukkende dag. Teresa staat voor een raam op de tweede verdieping van haar vaders huis over de moerassen en parasoldennenbossen van de Romagna te kijken naar de glinstering van de zon op de Adriatische Zee. Het einde van de prelude; een korte stilte, ze haalt adem. *Mio Byron,* zingt ze, met een van droefenis doortrokken stem. Een eenzame klarinet antwoordt, sterft weg, valt stil. *Mio Byron* roept ze opnieuw, nu krachtiger.

Waar is hij, haar Byron? Byron bestaat niet meer, dat is het antwoord. Byron waart rond tussen de schimmen. En ook zij bestaat niet meer, de Teresa van wie hij hield, het meisje van negentien met de blonde krulletjes dat zich zo vreugdevol overgaf aan de aanmatigende Engelsman en achteraf zijn voorhoofd streelde als hij na zijn vurige hartstocht zwaar ademend op haar naakte borst lag te sluimeren.

Mio Byron, zingt ze voor een derde keer; en ergens vandaan, uit de spelonken van de onderwereld, zingt een stem terug, weifelend en onstoffelijk, de stem van een geest, de stem van Byron. *Waar ben je?* zingt hij; en dan een woord dat ze niet wil horen: *secca,* droog. *Opgedroogd, de bron van alles is opgedroogd.*

Zo zacht, zo haperend is de stem van Byron, dat Teresa zijn woorden naar hem terug moet zingen, hem ademtocht na ademtocht helpt, hem naar het leven teughaalt: haar kind, haar jongen. *Ik ben hier,* zingt ze om hem te ondersteunen, om te voorkomen dat hij ten onder gaat. *Ik ben je bron. Weet je nog dat we samen de bron van Arquà hebben bezocht? Wij samen, jij en ik. Ik was jouw Laura. Weet je nog?*

Zo moet het van nu af aan worden: Teresa die haar stem leent aan haar geliefde en hij, de man in het geplunderde huis, zijn stem aan Teresa. De kreupele die de lamme helpt, bij gebrek aan beter.

Door zo snel als hij kan te werken, zich stevig aan Teresa vast te klampen, probeert hij in grove lijnen de eerste bladzijden van een libretto op te zetten. Zorg dat je de woorden op papier krijgt, maant hij zichzelf. Zodra dat is gebeurd, wordt het allemaal gemakkelijker. Dan is er tijd om bij de meesters je licht op te steken – bij Gluck, bijvoorbeeld – er eventueel thema's uit te pikken – wie weet? – misschien ook ideeën.

Maar stap voor stap, naarmate zijn dagen meer en meer van Teresa en de dode Byron vervuld raken, wordt het duidelijk dat ontvreemde melodieën niet goed genoeg zijn, dat dit tweetal om een heel eigen muziek vraagt. En tot zijn verbazing dient de muziek zich bij stukjes en beetjes aan. Soms dringt de vorm van een frase zich aan hem op voor hij een benul heeft hoe de woorden zelf zullen luiden; soms roepen de woorden de cadens op; soms breekt de belofte van een melodie, die dagen lang aan de rand van het gehoor heeft gezweefd, open en geeft zich als een weldaad prijs. Naarmate de handeling zich begint te ontvouwen, roept ze uit eigener beweging weer stembuigingen en overgangen op die hij in zijn bloed kan voelen, ook al ontbeert hij de muzikale middelen om ze vorm te geven.

Aan de piano begint hij de aanzetten van een partituur in elkaar te passen en op te schrijven. Maar iets aan het geluid van de piano stoort hem: te bepaald, te aards, te vol. Op zolder diept hij uit een krat vol oude boeken en speelgoed van Lucy de vreemde, kleine banjo met zeven snaren op, die hij voor haar op straat in KwaMashu kocht toen ze nog een kind was. Met behulp van de banjo begint hij aan de notatie van de muziek die Teresa, nu eens verdrietig, dan weer boos, voor haar dode geliefde zal zingen en die door Byron met een fletse stem vanuit het land van de schaduwen als een echo zal worden teruggezongen.

Hoe verder hij de Contessa in haar onderwereld volgt, door woorden voor haar te zingen of haar partij te neuriën, hoe onafscheidelijker het malle geplink-plonk van de speelgoedbanjo tot zijn verbazing bij haar gaat horen. De weelderige aria's die hij in zijn dromen aan haar had toebedeeld, laat hij zoetjes aan varen; van daar is het maar een kleine stap om haar het instrument in handen te geven. In plaats van over het toneel te schrijden, zit Teresa nu over de moerassen naar de poorten van de hel te staren, met op haar schoot de mandoline waarop ze zichzelf in haar lyrische uitbarstingen begeleidt; terwijl terzijde een discreet trio in kniebroek (cello, fluit, fagot) de pauzes opvult of tussen strofen door spaarzaam commentaar geeft.

Terwijl hij aan zijn eigen bureau over de overwoekerde tuin uit zit te kijken, verwondert hij zich over wat hij van de kleine banjo leert. Zes maanden geleden dacht hij dat zijn eigen schimmige plaats in *Byron in Italië* ergens tussen die van Teresa en Byron in zou liggen: tussen een verlangen de zomer van het hartstochtelijke lichaam te lengen en een schoorvoetende opwekking uit de diepe slaap van de vergetelheid. Maar hij heeft zich vergist. Het is uiteindelijk niet het erotische, noch het weemoedige, maar het komische aspect dat hem aantrekt. Hij is in de opera als Teresa noch als Byron aanwezig en zelfs niet als een versmelting van beiden: hij zit in de muziek zelf, in de vlakke, blikkerige aanslag van de banjosnaren, de stem die met alle geweld aan het mallotige instrument wil ontvluchten, maar steeds weer, als een vis aan een lijn, terug wordt gehaald.

Dus dit is kunst, denkt hij, en zo gaat ze te werk! Wat vreemd! Wat fascinerend!

Hele dagen brengt hij in de greep van Byron en Teresa door, leeft op zwarte koffie en cornflakes. De koelkast is leeg, zijn bed onopgemaakt; door het kapotte raam jagen bladeren over de grond. Geeft niet, denkt hij: laat de doden hun doden begraven.

Van de dichters heb ik geleerd lief te hebben, zingt Byron in zijn gebarsten monotonie, twaalf lettergrepen in C; *maar het leven is, merk ik,* (chromatisch dalend naar F), *een ander verhaal. Plink – plunk – plonk* klinken de snaren van de banjo. *Waarom, o waarom praat je zo?* zingt Teresa met een lange verwijtende uithaal. *Plunk – plink – plonk* klinken de snaren.

Teresa wil bemind worden, tot in de onsterfelijkheid bemind worden; ze wil verheven worden tot het gezelschap van de Laura's en Flora's van vroeger. En Byron? Byron zal trouw zijn tot de dood, meer belooft hij niet. *Laat beiden verbonden zijn tot de een verscheiden is.*

Mijn lief, zingt Teresa en laat die ene indringende lettergreep, die ze in het bed van de dichter heeft geleerd, aanzwellen. *Plink,* echoën de snaren. Een verliefde vrouw die zwelgt in liefde; een kat die op een dak zit te janken; proteïnen die in het bloed kolken, de geslachtsorganen doen opzetten, het zweet in de handpalmen brengen en de stem verstikken als de ziel zijn verlangen de hoogten in slingert. Daar waren Soraya en de anderen voor: om de proteïnen als slangengif uit zijn bloed te zuigen, zodat hij een helder hoofd en een droog lichaam kreeg. In het huis van haar vader in Ravenna heeft Teresa het ongeluk dat er niemand is om het gif uit haar te zuigen. *Kom tot me, mio Byron,* roept ze: *kom tot me, heb me lief!* En Byron, die uit het leven is verbannen, zingt haar bleek als een spook spottend na: *Laat me, lief, laat me, laat me!*

Jaren geleden, toen hij in Italië woonde, bezocht hij hetzelfde bos tussen Ravenna en de Adriatische kust waarin Byron en Teresa anderhalve eeuw tevoren uit rijden gingen. Ergens tussen de bomen moet de plek zijn waar de Engelsman voor het eerst de rokken optilde van zijn achttienjarige hartedief, bruid van een andere man. Hij zou morgen naar Venetië kunnen vliegen, de trein naar Ravenna kunnen nemen, de oude rijpaden af kunnen lopen en langs diezelfde plek komen. Hij bedenkt de muziek (of de muziek bedenkt hem), maar het verhaal bedenkt hij niet. Op die dennennaalden bezat Byron zijn Teresa – 'schuchter als een gazelle' noemde hij haar –, verkreukelden haar kleren en kroop er zand in haar ondergoed (terwijl de paarden er ongeïnteresseerd bij stonden) en uit dat moment werd een hartstocht geboren die Teresa de rest van haar ondermaanse bestaan hemeltergend deed jammeren met een koortsachtigheid die hem, op zijn manier, ook aan het jammeren heeft gebracht.

Teresa gaat voor; bladzijde na bladzijde volgt hij haar. Dan duikt er op een dag uit de duisternis een andere stem op, een stem die hij nog niet eerder heeft gehoord, die hij niet had verwacht te horen. Uit de woorden weet hij dat het de stem van Byrons dochter Allegra is; maar waar uit zijn binnenste komt die vandaan? *Waarom heb je me verlaten? Kom me halen!* roept Allegra. *Zo warm, zo warm, zo warm!* klaagt ze op haar eigen ritme dat hardnekkig de stemmen van de geliefden doorkruist.

Op de roep van het onwelkome vijf jaar oude kind komt geen antwoord. Afstotelijk, verstoten, verwaarloosd door haar beroemde vader, wordt ze steeds aan anderen en ten slotte aan de zorg van nonnen toevertrouwd. *Zo warm, zo warm!* weeklaagt ze vanaf haar bed in het klooster waar ze stervende is aan *la mal'aria. Waarom ben je me vergeten?*

Waarom weigert haar vader antwoord te geven? Omdat hij genoeg heeft van het leven; omdat hij liever terug wil naar de plek waar hij thuishoort, op de andere oever van de dood, verzonken in zijn oude slaap. *Mijn arme kleine meid!* zingt Byron aarzelend, met tegenzin, te zacht voor haar oren. Terzijde in de schaduw gezeten speelt het instrumentale trio het gespiegelde motief, waarin de ene lijn stijgt en de andere daalt, het motief van Byron.

EENENTWINTIG

Rosalind belt op. 'Lucy zegt dat je weer in de stad bent. Waarom heb je niets van je laten horen?' 'Ik kan de mensheid nog niet aan,' antwoordt hij. 'Heb je dat ooit wel gekund?' is Rosalinds droge commentaar.

Ze spreken af in een koffieshop in Claremont. 'Je bent afgevallen,' merkt ze op. 'Wat is er met je oor gebeurd?' 'Niets bijzonders,' antwoordt hij en wil er verder niet op ingaan.

Terwijl ze zitten te praten dwaalt haar blik steeds weer naar zijn misvormde oor. Hij weet zeker dat ze zou huiveren als ze het zou moeten aanraken. Niet het zorgzame type. De beste herinneringen heeft hij nog altijd aan hun eerste maanden samen: geile zomernachten in Durban, lakens klam van het zweet, Rosalinds lange, bleke lichaam dat alle kanten op worstelde in de krampen van een genot dat moeilijk van pijn te onderscheiden was. Twee wellustelingen: dat was wat hen verbond, voor zo lang het duurde.

Ze praten over Lucy, over de boerderij. 'Ik dacht dat ze met een vriendin samenwoonde,' zegt Rosalind. 'Grace.'

'Helen. Helen zit weer in Johannesburg. Ik denk dat ze voorgoed uit elkaar zijn.'

'Is het voor Lucy veilig, alleen op die eenzame plek?'

'Nee, het is niet veilig, ze zou gek zijn als ze zich veilig voelde. Maar niettemin wil ze er blijven zitten. Voor haar is het een erezaak geworden.'

'Je zei dat je auto was gestolen.'

'Dat was mijn eigen schuld. Ik had voorzichtiger moeten zijn.'

'O, dat vergat ik nog: Ik heb het verhaal over je proces gehoord. Van achter de schermen.'

'Mijn proces?'

'Je hoorzitting, je verhoor, of hoe noem je dat. Ik heb me laten vertellen dat je het er niet goed afgebracht hebt.'

'O? Van wie heb je dat? Ik dacht dat het vertrouwelijk was.'

'Dat doet er niet toe. Ik heb gehoord dat je geen beste indruk hebt gemaakt. Je was te star en te defensief.'

'Ik heb niet geprobeerd om indruk te maken. Ik kwam op voor een principe.'

'Dat kan wel zijn, David, maar je weet toch onderhand wel dat een proces niet draait om principes, het gaat erom hoe je overkomt. Volgens mijn bron kwam je slecht over. Wat was het principe waarvoor je opkwam?'

'Vrijheid om te spreken. Vrijheid om te zwijgen.'

'Dat klinkt heel fraai. Maar je hebt jezelf altijd al geweldig voor de gek gehouden, David. Je hebt anderen en jezelf altijd geweldig voor de gek gehouden. Weet je zeker dat je niet doodordinair voor schut stond?'

Hij hapt niet.

'Hoe dan ook, wat het principe ook geweest mag zijn, het was voor je toehoorders te diepzinnig. Je vertroebelde de zaak alleen, vonden ze. Je had je vooraf een beetje moeten laten instrueren. Hoe ga je het nou doen met geld? Hebben ze je pensioen ingetrokken?'

'Ik krijg terug wat ik heb ingelegd. Ik ga het huis verkopen. Het is te groot voor me.'

'Wat ga je met je tijd doen? Ga je op zoek naar een baan?'

'Ik denk van niet. Ik heb mijn handen vol. Ik ben iets aan het schrijven.'

'Een boek?'

'Een opera, om precies te zijn.'

'Een opera! Nou, dat is weer eens iets heel nieuws. Ik hoop dat je er veel geld mee verdient. Ga je bij Lucy wonen?'

'De opera is maar een hobby, iets om in te liefhebberen. Rijk word ik er niet van. En nee, ik ga niet bij Lucy wonen. Dat zou niet verstandig zijn.'

'Waarom niet? Jullie hebben altijd goed met elkaar overweg gekund. Is er iets gebeurd?'

Haar vragen zijn opdringerig, maar Rosalind heeft nooit scrupules gehad over haar opdringerigheid. 'Je hebt tien jaar mijn bed gedeeld,' had ze eens gezegd. 'Waarom zou je geheimen voor me hebben?'

'Lucy en ik kunnen nog steeds goed met elkaar overweg,' antwoordt hij. 'Maar niet goed genoeg om samen te wonen.'

'Het verhaal van je leven.'

'Ja.'

Er valt een stilte waarin ze ieder, vanuit hun eigen gezichtshoek stilstaan bij het verhaal van zijn leven.

'Ik heb je vriendin gezien,' zegt Rosalind om van onderwerp te veranderen.

'Mijn vriendin?'

'Je geliefde. Melanie Isaacs – zo heet ze toch? Ze staat in een stuk in het Dock Theatre. Wist je dat niet? Ik kan wel zien waarom je op haar bent gevallen. Lang, donkere ogen. Zo'n snoezig lenig lijfje. Echt jouw type. Je zult wel hebben gedacht dat het maar bij een bevlieging zou blijven, je zoveelste slippertje. En moet je je nu zien. Je hebt je leven vergooid, en waarvoor?'

'Mijn leven is niet vergooid, Rosalind. Wees redelijk.'

'Dat is het wel! Je bent je baan kwijt, je naam is door

het slijk gehaald, je vrienden mijden je, je verstopt je in Torrance Road als een schildpad die bang is om zijn kop onder het schild uit te steken. Mensen die het niet waard zijn om je veters te strikken, maken grapjes over je. Je overhemd is niet gestreken, God mag weten wie je haar heeft geknipt, je hebt – ' Ze breekt haar tirade af. 'Je komt nog eens op straat terecht, als zo'n trieste oude man die in vuilnisbakken rommelt.'

'Ik kom ooit in een gat in de grond terecht,' zegt hij. 'Net als jij. Net als wij allemaal.'

'Zo is het wel genoeg, David, ik ben al over mijn toeren, ik heb geen zin om te bekvechten.' Ze zoekt haar pakjes bij elkaar. 'Als je boterhammen met jam beu bent, bel je me maar, dan kook ik een keer voor je.'

De verwijzing naar Melanie Isaacs brengt hem van zijn stuk. Hij heeft nooit aan slepende verhoudingen gedaan. Als een affaire voorbij is, is voor hem de kous daarmee af. Maar in het verhaal met Melanie is iets niet afgemaakt. Diep in zijn binnenste ligt haar geur opgeslagen, de geur van een wijfje. Herinnert zij zich zijn geur ook? *Echt jouw type,* zei Rosalind, die het kan weten. Wat als hun wegen, de zijne en die van Melanie, elkaar weer kruisen? Zal er dan een gevoel opflitsen, een teken dat hun verhouding nog niet afgerond is?

Toch is het idee alleen al om weer contact met Melanie op te nemen waanzin. Waarom zou ze nog praten met een man die is veroordeeld omdat hij haar heeft belaagd? En wat zal ze überhaupt van hem vinden – de prul met het malle oor, het ongeknipte haar, de verkreukelde kraag?

Het huwelijk van Kronos en Harmonia: tegennatuurlijk. Dat was wat het proces beoogde te straffen, als je alle mooie woorden verder achterwege liet. Berecht voor zijn levenswijze. Voor tegennatuurlijke daden: voor het verspreiden van oud zaad, uitgeblust zaad, zaad dat geen leven voortbrengt, *contra naturam.* Als de oude mannen de jonge vrouwen inpikken, wat moet er dan van de soort worden? Dat was in wezen de grond van de aanklacht. De halve literatuur gaat erover: jonge vrouwen die zich onder het gewicht van oude mannen uit worstelen ter wille van de soort.

Hij zucht. De jongeren in elkanders armen, achteloos, opgaand in de zinnelijke muziek. Geen land voor oude mannen, is dit. De laatste tijd zucht hij kennelijk heel wat af. Spijt: een spijtige noot om mee te eindigen.

Tot voor twee jaar was het Dock Theatre een vrieshuis waar de karkassen van varkens en ossen hingen te wachten op transport overzee. Inmiddels is het een gewild uitgaanscentrum. Hij arriveert laat, zoekt zijn plaats pas op als de lichten beginnen te doven. 'Een daverend succes, op veler verzoek teruggehaald,' zo staat *De nadagen van Salon de Globe* in de nieuwe productie aangekondigd. Het decor is gestyleerder, de regie professioneler, ze hebben een nieuwe hoofdrol. Niettemin vindt hij het stuk, met zijn botte humor en onverbloemde politieke boodschap, nog even moeilijk te pruimen als voorheen.

Melanie speelt nog steeds de rol van Gloria, het aankomende kapstertje. In een roze kaftan op een panty van goudlamé, opzichtig opgemaakt, haar haar in krullen op haar hoofd getast, waggelt ze op hoge hakken het toneel op. De tekst die haar in de mond wordt gelegd is voorspelbaar, maar ze brengt hem met gewiekste timing en een zeurderig *Kaaps* accent. Ze is al met al zekerder van zichzelf dan eerst – en ze speelt de rol zelfs goed, duidelijk met talent. Is het mogelijk dat ze in de maanden dat hij weg is geweest volwassen is geworden, zichzelf heeft gevonden? *Waar ik niet dood van ga, dat maakt me sterker.* Misschien was het proces voor haar ook een proces; misschien heeft zij ook geleden en is ze er doorheen gekomen.

Hij zou willen dat hij een teken kon krijgen. Door een teken zou hij weten hoe hij moest handelen. Als bijvoorbeeld die malle kleren van haar lichaam zouden wegbranden in een koud, onzichtbaar vuur en ze in een alleen voor hem bestemde openbaring voor hem zou staan, net zo naakt en volmaakt als op die laatste avond in Lucy's oude slaapkamer!

De vakantiegangers die met hun blozende gezichten, behaaglijk in hun vlezige vel om hem heen zitten, genieten van het stuk. Ze hebben een zwak voor Melanie-Gloria; ze giebelen om de gewaagde grapjes, lachen uitbundig als de personages elkaar verdachtmakingen en beledigingen naar het hoofd slingeren.

Al zijn het zijn landgenoten, hij kon zich in hun midden geen groter buitenstaander, bedrieger hebben gevoeld. Maar als ze lachen om Melanies clausen kan hij een opwelling van trots niet weerstaan. *Van mij!* zou hij graag tegen hen willen zeggen, alsof ze zijn dochter was.

Onverhoeds komt een herinnering van jaren geleden bij hem boven: aan iemand die hij buiten Trompsburg langs de N1 had opgepikt en een lift gegeven, een vrouw van in de twintig die alleen reisde, een toeriste uit Duitsland, zonverbrand en stoffig. Ze reden helemaal naar Touwsrivier en namen een hotel: hij bestelde een maaltijd voor haar, ging met haar naar bed. Hij herinnert zich haar lange, spichtige benen; hij herinnert zich de zachtheid van haar haar, dat vederlicht tussen zijn vingers gleed.

In een plotselinge en geluidloze eruptie, alsof hij een wakende droom is binnengevallen, stort zich een stroom van beelden over hem uit, beelden van vrouwen die hij op twee continenten heeft gekend, sommigen van zo ver terug in de tijd dat hij ze amper herkent. Als op de wind warrelende bladeren, trekken ze aan hem voorbij. *Een schone schare schepselen*: honderden levens die allemaal met het zijne verwikkeld zijn. Hij houdt zijn adem in, dwingt het visioen om aan te houden.

Wat is er geworden van al die vrouwen, van al die levens? Zijn er momenten dat ook zij, of sommigen van hen, onverhoeds in de oceaan van de herinnering worden ondergedompeld? Het Duitse meisje: is het mogelijk dat zij zich op ditzelfde ogenblik de man herinnert die haar in Afrika langs de weg had opgepikt en de nacht met haar had doorgebracht?

Verrijkt: dat was het woord dat de kranten er honend hadden uitgelicht. Gezien de omstandigheden een stom woord om zich te laten ontvallen, maar nu, op dit moment, zou hij eraan vasthouden. Door Melanie, door het meisje in Touwsrivier; door Rosalind, Bev Shaw, Soraya: door ieder van hen was hij verrijkt en ook door de anderen, zelfs de minsten onder hen, zelfs de mislukkingen. Als een bloem die in zijn borst opengaat, loopt zijn hart over van dankbaarheid.

Waar komen zulke momenten vandaan? Ongetwijfeld een sluimertoestand; maar wat verklaart dat? Als hij wordt geleid, welke god leidt hem dan?

Het stuk sleept zich moeizaam voort. Ze zijn op het punt aangeland dat Melanie met haar bezem in het snoer verstrikt raakt. Een magnesiumflits en ineens is het toneel in duisternis gehuld. '*Jesus Christ, jou dom meid!*' krijst de kapper.

Tussen hem zelf en Melanie bevinden zich twintig rijen stoelen, maar hij hoopt dat ze hem op dit ogenblik, door de ruimte heen kan ruiken, zijn gedachten kan ruiken.

Iets raakt hem licht op zijn hoofd, waardoor hij naar de wereld wordt teruggeroepen. Even later schiet er weer iets langs hem heen en raakt de stoel voor hem: een propje papier ter grootte van een knikker. Een derde raakt hem in zijn nek. Hij is het doelwit, dat lijdt geen twijfel.

Hij hoort nu met een kwaad gezicht achterom te kijken. *Wie was dat?* hoort hij te snauwen. Of anders moet hij strak voor zich uit blijven kijken en doen of hij niets merkt.

Een vierde propje raakt hem op zijn schouder en kaatst op. De man naast hem kijkt hem even verward aan.

Op het toneel is de handeling gevorderd. Sidney de kapper scheurt de fatale envelop open en leest het ultimatum van de huisbaas hardop voor. Ze krijgen tot het einde van de maand om de achterstallige huur te betalen, zo niet dan zal de Globe moeten sluiten. 'Wat moeten we nou?' lamenteert Miriam, de vrouw die de haren wast.

'*Pssst*,' klinkt een sissend geluid achter hem, zo zacht dat het voor in de zaal niet te horen is. '*Pssst*.'

Hij draait zich om en een propje raakt hem op zijn slaap. Tegen de achtermuur staat Ryan, het vriendje met de oorring en het sikje. Hun ogen ontmoeten elkaar. 'Professor Lurie!' fluistert Ryan hees. Ondanks zijn schandalige gedrag lijkt hij zeer op zijn gemak. Er ligt een glimlachje op zijn lippen.

Het stuk gaat verder, maar om hem heen is inmiddels duidelijk enige agitatie ontstaan. '*Pssst*,' sist Ryan weer. 'Hou je mond!' roept een vrouw die in de rij twee stoelen van hem af zit, hoewel hij geen kik heeft gegeven.

Hij moet zich langs vijf paar knieën ('Neem me niet kwalijk... Neem me niet kwalijk'), kwade blikken, verstoord gemompel worstelen voor hij in het gangpad is, zijn weg naar de uitgang vindt, de winderige, maanloze nacht in kan lopen.

Achter hem klinkt geluid. Hij draait zich om. De opgloeiende punt van een sigaret: Ryan is hem naar het parkeerterrein gevolgd.

'Kom je tekst en uitleg geven?' bijt hij hem toe. 'Kom je een verklaring geven voor dit kinderachtige gedoe?'

Ryan neemt een trek van zijn sigaret. 'Het is voor je eigen bestwil, prof. Heb je je les niet geleerd?'

'Wat was die les dan wel?'

'Hou je bij je eigen soort.'

Je eigen soort: wat denkt dit joch wel om hem te vertellen wie zijn soort is? Wat weet hij van de kracht die volslagen vreemden in elkaars armen drijft, waardoor ze verwant en verweven alle voorzorg vergeten? *Omnis gens quaecumque se in se perficere vult.* Het zaad van de voortplanting dat, gedreven tot vervolmaking, diep in het lichaam van de vrouw wordt gedreven, gedreven is om de toekomst tot leven te wekken. Drijven, gedreven.

Ryan is aan het woord. 'Laat haar met rust, man! Melanie krabt je ogen uit als ze je ziet.' Hij gooit zijn sigaret op de grond, doet een stap dichterbij. Onder sterren, die zo helder zijn dat je zou denken dat ze branden, staan ze tegenover elkaar. 'Zoek een ander leven, prof. Neem dat van mij aan.'

Langzaam rijdt hij over de Main Road in Green Point terug. *Krabt je ogen uit*: dat had hij niet verwacht. Zijn hand op het stuur beeft. De klappen van het leven: hij moet leren ze luchthartiger te incasseren.

Op straat wemelt het van de hoeren; bij een stoplicht wordt zijn oog naar een van hen getrokken, een lang meisje in een minuscuul zwart leren rokje. *Waarom niet,* denkt hij, *in deze nacht van openbaringen*?

Ze parkeren in een doodlopende straat tegen de helling van Signal Hill. Het meisje is dronken of misschien aan de drugs; hij kan geen zinnig woord uit haar krijgen. Niettemin voert ze haar werk op hem zo goed uit als hij verwachten mag. Naderhand ligt ze met haar gezicht in zijn schoot te rusten. Ze is jonger dan ze onder de straat-

verlichting leek, nog jonger dan Melanie. Hij legt een hand op haar hoofd. Het beven is opgehouden. Hij voelt zich slaperig, voldaan; en ook op een vreemde manier beschermend.

Meer is er dus niet voor nodig! denkt hij. *Hoe heb ik dat ooit kunnen vergeten?*

Als man niet slecht, maar ook niet goed. Niet koud, maar ook niet warm, zelfs niet op zijn heetst. Niet vergeleken met Teresa; zelfs niet vergeleken met Byron. Gebrek aan vuur. Zal dat het oordeel over hem zijn, het oordeel van het universum met zijn alziend oog?

Het meisje komt in beweging, gaat overeind zitten. ‘Waar breng je me naartoe?’ mompelt ze.

‘Ik breng je terug naar waar ik je heb gevonden.’

TWEEËNTWINTIG

Met Lucy houdt hij telefonisch contact. In hun gesprekken doet zij alle moeite om hem ervan te verzekeren dat op de boerderij alles in orde is, en hij om de indruk te wekken dat hij niet aan haar twijfelt. Ze vertelt hem dat ze hard aan het werk is in de bloembedden, waar de lenteoogst nu in bloei staat. De kennel leeft weer op. Ze heeft twee honden in volledig pension en ze hoopt op meer. Petrus heeft het druk met zijn huis, maar niet te druk om te helpen. De Shaws komen vaak op bezoek. Nee, ze heeft geen geld nodig.

Maar iets in Lucy's toon zit hem dwars. Hij belt Bev Shaw op. 'Jij bent de enige die ik het kan vragen,' zegt hij. 'Hoe gaat het werkelijk met Lucy?'

Bev Shaw houdt zich op de vlakte. 'Wat heeft ze jou verteld?'

'Tegen mij zegt ze dat alles prima gaat. Maar ze klinkt als een zombie. Ze klinkt alsof ze kalmerende middelen slikt. Is dat zo?

Bev Shaw omzeilt de vraag. Ze zegt echter wel – en ze kiest haar woorden kennelijk met zorg – dat er zich 'ontwikkelingen' hebben voorgedaan.

'Wat voor ontwikkelingen?'

'Dat kan ik je niet vertellen, David. Dwing me er niet toe. Dat moet Lucy je zelf vertellen.'

Hij belt Lucy. 'Ik moet naar Durban,' liegt hij. 'Er is kans op een baan. Mag ik een paar dagen langs komen?'

'Heeft Bev met je gesproken?'

'Bev staat erbuiten. Mag ik komen?'

Hij vliegt naar Port Elizabeth en huurt een auto. Twee uur later draait hij van de weg het pad op dat naar de boerderij voert, Lucy's boerderij, Lucy's stukje van de aarde.

Is het ook zijn aarde? Het voelt niet als zijn aarde. Ondanks de tijd die hij er heeft doorgebracht, voelt het als een vreemd land.

Er hebben zich veranderingen voorgedaan. Een afrastering, die niet bijzonder vakkundig is aangebracht, markeert nu de grens tussen Lucy's eigendom en dat van Petrus. Aan Petrus' kant graast een stel magere vaarzen. Petrus' huis is realiteit geworden. Grijs en saai staat het op een helling ten oosten van de oude boerderij; hij vermoedt dat het 's ochtends een lange schaduw werpt.

Lucy doet de deur open in een vormeloze jurk die ook een nachtjapon zou kunnen zijn. Haar blakend gezonde voorkomen van vroeger is verdwenen. Haar gelaatskleur is flets, ze heeft haar haar niet gewassen. Ze beantwoordt zijn omhelzing zonder warmte. 'Kom binnen,' zegt ze. 'Ik was net thee aan het zetten.'

Ze zitten samen aan de keukentafel. Ze schenkt thee in, reikt hem een pakje gemberkoekjes aan. 'Vertel eens wat over het aanbod in Durban,' zegt ze.

'Dat kan straks. Ik ben hier, Lucy, omdat ik me zorgen over je maak. Is alles goed met je?

'Ik ben in verwachting.'

'Wat zeg je nou?'

'Ik ben in verwachting.'

'Van wie? Van die dag?'

'Van die dag.'

'Ik begrijp het niet. Ik dacht dat je daar wat aan had gedaan, samen met je huisarts.'

'Nee.'

'Hoe bedoel je, nee? Bedoel je dat je er niets aan hebt gedaan?'

'Ik heb er alles aan gedaan. Ik heb alles gedaan wat redelijkerwijs mogelijk was behalve waar jij op doelt. Maar ik wil geen abortus. Dat wil ik niet nog eens doormaken.'

'Ik wist niet dat je er zo over dacht. Je hebt me nooit verteld dat je tegen abortus was. Waarom zou er trouwens sprake moeten zijn van een abortus? Ik dacht dat je Ovral had geslikt.'

'Dit heeft niets met voor of tegen te maken. En ik heb nooit gezegd dat ik Ovral had geslikt.'

'Je had het me wel eens eerder kunnen vertellen. Waarom heb je het voor me verzwegen?'

'Omdat ik opzag tegen een van je uitbarstingen. David, ik kan mijn leven niet leiden op basis van wat jij al dan niet graag wilt dat ik doe. Niet meer. Je doet alsof alles wat ik doe onderdeel is van jouw levensverhaal. Jij bent de hoofdpersoon, ik ben een bijfiguur die pas halverwege opkomt. Nou, in tegenstelling tot wat jij denkt, zijn mensen niet verdeeld in hoofd- en bijfiguren. Ik speel geen bijrol. Ik heb een eigen leven dat even belangrijk voor mij is als het jouwe voor jou, en in mijn leven ben ik degene die de beslissingen neemt.'

Een uitbarsting? En dit is zeker geen uitbarsting? 'Zo is het wel genoeg, Lucy,' zegt hij en pakt over de tafel haar hand beet. 'Wil je daarmee zeggen dat je het kind wilt laten komen?'

'Ja.'

'Een kind van een van die mannen?'

'Ja.'

'Waarom?'

'Waarom? Ik ben een vrouw, David. Denk je dat ik een hekel aan kinderen heb? Moet ik vanwege de identiteit van de vader tegen het kind kiezen?'

'Dat gebeurt vaker, hoor. Wanneer verwacht je het?'

'Mei. Eind mei.'

'En je besluit staat vast?'

'Ja.'

'Goed dan. Ik moet bekennen dat ik er erg van schrik, maar ik sta achter je, wat je ook besluit. Daar gaat niets vanaf. Nu ga ik een eind wandelen. Straks praten we wel verder.'

Waarom kunnen ze nu niet praten? Omdat hij geschokt is. Omdat het gevaar bestaat dat ook hij tot een uitbarsting komt.

Ze wil dat niet nog eens doormaken, zegt ze. Dus ze heeft al eens een abortus gehad. Dat had hij nooit gedacht. Wanneer zou dat geweest kunnen zijn? Toen ze nog thuis woonde? Wist Rosalind ervan en was het voor hem geheim gehouden?

De bende van drie. Drie vaders in een. Eerder verkrachters dan inbrekers, had Lucy hen genoemd – verkrachters annex belastinginners die het gebied afstroopten, vrouwen aanrandden, zich overgaven aan hun gewelddadige pleziertjes. Nou, Lucy had ongelijk. Ze deden niet in verkrachting, maar in paring. Niet de pleziertjes vormden de stuwkracht van hun motor, maar de testikels, balzakken puilend van het zaad dat hunkerde naar vervolmaking. En zie daar: *het kind*! Hij noemt het al *het kind*, terwijl het niet meer dan een wurm in de buik van zijn dochter is. Aan wat voor kind kan zulk zaad het leven schenken, zaad dat niet uit liefde in de vrouw is gedreven, maar uit haat, chaotisch vermengd, bedoeld om haar te bezoedelen, haar te markeren, als de urine van een hond?

Een vader die zo stom was om geen zoon te krijgen: zal het zo eindigen, zal zijn familielijn zo aflopen, als water dat in de aarde wegsijpelt? Wie zou dat hebben gedacht! Een dag als elke andere dag, heldere hemel, een mild zonnetje, en toch is alles ineens veranderd, volslagen veranderd!

Tegen de buitenmuur van de keuken geleund, staat hij met zijn gezicht in zijn handen naar adem te happen en huilt ten slotte.

Hij installeert zich in Lucy's oude slaapkamer, die ze niet meer in gebruik heeft genomen. De rest van de middag ontloopt hij haar, bang dat hij onbezonnen uit de hoek zal komen.

Bij het avondeten komt een nieuwe onthulling. 'Tussen haakjes,' zegt ze, 'de jongen is terug.'

'De jongen?'

'Ja, de jongen met wie jij op Petrus' feest ruzie hebt gemaakt. Hij logeert bij Petrus om hem te helpen. Hij heet Pollux.'

'Niet Mncedisi? Niet Nqabayakhe? Niets onuitsprekelijks, gewoon Pollux?'

'P-O-L-L-U-X. En David, kunnen we even verschoond blijven van die afgrijselijke ironie van jou?'

'Ik weet niet waar je het over hebt.'

'Natuurlijk wel. Jarenlang heb je het tegen mij als kind gebruikt om me af te straffen. Dat weet je nog best. In elk geval blijkt Pollux een broer van Petrus' vrouw te zijn. Of het om een echte broer gaat, weet ik niet. Maar Petrus heeft verplichtingen tegenover hem, familieverplichtingen.'

'De aap begint dus uit de mouw te komen. En nu keert de jonge Pollux terug naar de plek van de misdaad en wij moeten doen alsof er niets is gebeurd.'

'Verontwaardigd doen heeft geen zin, David. Volgens Petrus is Pollux van school af en kan hij geen werk vinden. Ik wil je alleen waarschuwen dat hij hier rondhangt. Ik zou uit zijn buurt blijven als ik jou was. Ik heb het gevoel dat er iets aan hem mankeert. Maar ik kan hem niet van het terrein jagen, dat ligt niet in mijn macht.'

'Te meer...' Hij maakt de zin niet af.

'Te meer wat? zeg het maar.'

'Te meer daar hij de vader kan zijn van het kind dat jij draagt. Lucy, je situatie begint belachelijk te worden, erger nog, sinister. Ik begrijp niet waarom je dat niet inziet. Ik smeek je, ga van de boerderij weg voor het te laat is. Dat is het enige zinnige dat je nog kunt doen.'

'Hou eens op met het *de boerderij* te noemen, David. Dit is geen boerderij, het is gewoon een stuk land waarop ik dingen verbouw – dat weten we allebei. Maar nee, ik geef het niet op.'

Hij gaat met een bezwaard gemoed naar bed. Tussen hem en Lucy is niets veranderd, niets is genezen. Ze snauwen elkaar af alsof hij nooit weg is geweest.

Het is ochtend. Hij klautert over de nieuwe afrastering. Achter de oude stallen hangt Petrus' vrouw de was op. 'Goede morgen,' zegt hij. '*Molo*. Ik zoek Petrus.'

Ze kijkt hem niet aan, maar wijst loom naar het bouwterrein. Haar bewegingen zijn traag, log. Het is haar tijd: zelfs hij kan dat zien.

Petrus staat ruiten in te zetten. Er zou een litanie van begroetingen afgewerkt moeten worden, maar daarvoor is hij niet in de stemming. 'Lucy heeft me verteld dat de jongen weer terug is,' zegt hij. 'Pollux. De jongen die haar heeft aangerand.'

Petrus schraapt zijn mes schoon en legt het neer. 'Hij is mijn bloedverwant,' zegt hij met een rollende *r*. 'Nu moet ik tegen hem zeggen dat hij weg moet vanwege dit ding dat is gebeurd?'

'Jij hebt me verteld dat je hem niet kende. Je hebt tegen me gelogen.'

Petrus steekt zijn pijp tussen zijn vlekkerige tanden en trekt er energiek aan. Dan haalt hij de pijp weg en glimlacht breeduit. 'Ik lieg,' zegt hij. 'Ik lieg tegen je.' Hij trekt weer aan zijn pijp. 'Voor wat moet ik tegen jou liegen?'

'Dat moet je mij niet vragen, dat moet je aan jezelf vragen, Petrus. Waarom lieg jij?'

De glimlach is verdwenen. 'Jij gaat weg, jij komt weer terug – waarom?' Hij staart hem uitdagend aan. 'Jij hebt hier geen werk. Jij komt op je kind passen. Ik pas ook op mijn kind.'

'Jouw kind? Nu is die Pollux ineens jouw kind?'

'Ja. Hij is een kind, hij is mijn familie, mijn volk.'

Dus dat is het. Geen leugens meer. *Mijn volk*. Een antwoord zo open en bloot als hij maar wensen kon. Nou, Lucy is *zijn volk*.

'Jij zegt dat het slecht is, wat er is gebeurd,' gaat Petrus verder. 'Ik zeg ook dat het slecht is. Het is slecht. Maar het is af.' Hij haalt de pijp uit zijn mond, priemt de steel driftig in de lucht. 'Het is af.'

'Het is niet afgelopen. Doe maar niet of je niet weet wat ik bedoel. Het is niet afgelopen. In tegendeel, het begint pas. Het gaat nog door lang nadat ik dood ben en jij dood bent.'

Petrus staart bedachtzaam voor zich uit, zonder te doen of hij het niet begrijpt. 'Hij zal met haar trouwen,' zegt hij ten slotte. 'Hij zal met Lucy trouwen, alleen is hij te jong, te jong voor trouw. Hij is nog een kind.'

'Een gevaarlijk kind. Een jonge schurk. Een jakhalsjong.'

Petrus wuift de beledigingen weg. 'Ja, hij is te jong, te jong. Misschien kan hij op een dag trouwen, maar nu niet. Ik zal trouwen.'

'Met wie ga jij trouwen?'

'Ik zal met Lucy trouwen.'

Hij kan zijn oren niet geloven. Dus daar gaat het om, daar was al dat schaduwboksen voor: dit bod, deze dreun! En Petrus staat maar resoluut aan zijn pijp te trekken, op een antwoord te wachten.

'Jij gaat met Lucy trouwen,' zegt hij voorzichtig. 'Leg mij eens uit wat je bedoelt. Nee, wacht, leg het maar liever niet uit. Ik wil het helemaal niet horen. Zo pakken wij de zaken niet aan.'

Wij: het ligt op het puntje van zijn tong om te zeggen, *Wij westerlingen*.

'Ja, kan ik begrijpen, kan ik begrijpen,' zegt Petrus. Hij staat zich zowaar te verkneukelen. 'Maar ik vertel het jou, dan vertel jij het Lucy. Dan is het voorbij, al die slechtheid.'

'Lucy wil niet trouwen. Wil niet met een man trouwen. Dat is geen keuze die ze wil overwegen. Duidelijker kan ik niet zijn. Ze wil haar eigen leven leiden.'

'Ja, dat weet ik,' zegt Petrus. En misschien weet hij het wel degelijk. Het zou stom van hem zijn om Petrus te onderschatten. 'Maar hier,' zegt Petrus, 'is het gevaarlijk, te gevaarlijk. Een vrouw moet trouwen.'

'Ik heb geprobeerd het luchthartig af te handelen,' zegt hij achteraf tegen Lucy. 'Al kon ik mijn oren nauwelijks geloven. Het was je reinste chantage.'

'Het was geen chantage. Daar vergis je je in. Ik hoop dat je niet uit je slof bent geschoten.'

'Nee, ik ben niet uit mijn slof geschoten. Ik heb gezegd dat ik zijn aanbod zou overbrengen, dat is alles. Ik heb gezegd dat ik betwijfelde of jij erop in zou gaan.'

'Voelde je je gegriefd?'

'Gegriefd door het vooruitzicht Petrus' schoonvader te worden? Nee. Ik was perplex, verbijsterd, met stomheid geslagen, maar gegriefd, nee, dat moet je me nageven.'

'Want ik moet je zeggen, dit is niet de eerste keer. Petrus maakt al een tijdje toespelingen. Dat ik me vast een stuk veiliger zou voelen als ik deel zou uitmaken van zijn huishouden. Het is geen grapje, geen dreigement. In zeker opzicht is het hem menens.'

'Ik twijfel er niet aan dat hij het in zekere zin meent. De vraag is alleen, in welke zin? Weet hij dat je...?'

'Je bedoelt, weet hij van mijn toestand? Ik heb hem niets verteld. Maar ik ben er zeker van dat zijn vrouw en hij niet op hun achterhoofd gevallen zijn.'

'En dat schrikt hem niet af?'

'Waarom zou het? Dat maakt me alleen maar meer deel van zijn familie. Hoe dan ook, het is hem niet om mij te doen, het gaat hem om de boerderij. De boerderij is mijn bruidschat.'

'Maar dit is ziek, Lucy! Hij is al getrouwd! Je hebt me zelfs verteld dat hij twee vrouwen heeft. Hoe kun je er überhaupt over nadenken?'

'Ik geloof niet dat je begrijpt waar het om gaat, David. Petrus biedt me geen trouwerij voor de kerk en een huwelijksreis naar de Wild Coast aan. Hij biedt een bondgenootschap aan, een transactie. Ik breng het land in, als tegenprestatie mag ik onder zijn vleugels kruipen. Hij wil me ervan doordringen dat ik anders geen bescherming heb, een gewillige prooi ben.'

'En dat is geen chantage? Hoe zit het met de persoonlijke kant? Zit er geen persoonlijke kant aan het aanbod?'

'Bedoel je dat Petrus verwacht dat ik zijn bed deel? Ik betwijfel of Petrus zijn bed met me zou willen delen, behalve misschien om de puntjes op de i te zetten. Maar eerlijk gezegd, nee, ik wil met Petrus niet het bed delen. Onder geen beding.'

'Dan hoeven we het er verder niet meer over te hebben. Zal ik je besluit aan Petrus overbrengen – dat zijn aanbod niet wordt aanvaard en waarom zeg ik er niet bij?'

'Nee. Wacht. Voor je nou tegen Petrus hoog van de toren gaat blazen, neem even de tijd om mijn situatie objectief te bekijken. Objectief ben ik een vrouw alleen. Ik heb geen broers. Ik heb een vader, maar die zit ver weg en heeft naar de maatstaven die hier gelden niets in de melk te brokken. Tot wie kan ik mij wenden voor bescherming, voor steun? Ettinger? Vandaag of morgen wordt Ettinger met een kogel in zijn rug gevonden. Praktisch gesproken blijft Petrus als enige over. Petrus is misschien geen zwaargewicht, maar hij is zwaar genoeg voor iemand die zo licht is als ik. En in elk geval ken ik Petrus. Over hem heb ik geen illusies. Ik weet met wie ik me inlaat.'

'Lucy, ik ben bezig het huis in Kaapstad te verkopen. Ik ben bereid je naar Nederland te laten gaan. Of, ik ben bereid je het nodige te geven om ergens opnieuw te beginnen waar het veiliger is dan hier. Denk erover na.'

Het is of ze hem niet heeft gehoord. 'Ga terug naar Petrus,' zegt ze. 'Stel het volgende voor. Zeg dat ik zijn bescherming aanvaard. Zeg dat hij over onze verhouding elk verhaal de wereld in mag sturen dat hem uitkomt en dat ik hem niet zal tegenspreken. Als hij wil dat ik te boek sta als zijn derde vrouw, best. Als zijn bijzit, om het even. Maar dan wordt het kind ook van hem. Dan wordt het kind in zijn familie opgenomen. En over het land kun je zeggen dat ik het op zijn naam wil zetten zolang het huis van mij blijft. Ik word pachter op zijn land.'

'Een *bywoner*.'

'Een *bywoner*. Maar, ik herhaal, het huis blijft van mij. Niemand komt het huis in zonder mijn toestemming. Ook hij niet. En ik houd de kennel.'

'Dat is niet uitvoerbaar, Lucy. Wettelijk is het niet uitvoerbaar. Dat weet je.'

'Wat stel jij dan voor?'

In duster en op slippers zit ze met de krant van gisteren op haar schoot. Haar haar hangt sluik; ze is op een uitgezakte, ongezonde manier te zwaar. Ze begint er steeds meer uit te zien als zo'n vrouw die in zichzelf fluisterend door de gangen van een verpleegtehuis schuifelt.

Waarom zou Petrus de moeite nemen te onderhandelen? Ze kan geen stand houden: laat haar aan haar lot over en ze valt vanzelf als rot fruit af.

'Ik heb mijn voorstel gedaan. Twee voorstellen.'

'Nee, ik ga hier niet weg. Ga Petrus maar vertellen wat ik heb gezegd. Vertel hem dat ik het land opgeef. Vertel hem dat hij het kan krijgen, het eigendomsrecht met akte en al. Dat zal hij fantastisch vinden.'

Ze zwijgen allebei een tijdje.

'Wat vernederend,' zegt hij uiteindelijk. 'Zulke hoge verwachtingen, en dan zo te eindigen.'

'Ja, ik ben het met je eens, het is vernederend. Maar misschien is dat een goed vertrekpunt. Misschien moet ik dat leren aanvaarden. Om van de grond af aan te beginnen. Met niets. Niet: met niets, behalve. Met niets. Zonder troeven, zonder wapens, zonder eigendom, zonder rechten, zonder waardigheid.'

'Als een hond.'

'Ja, als een hond.'

DRIEËNTWINTIG

Het is midden op de ochtend. Hij is op pad geweest om Katy de buldog uit te laten. Verrassend genoeg heeft Katy hem bijgehouden, ofwel omdat hij trager is dan voorheen, of zij is sneller. Ze snuift en hijgt nog net zoveel, maar kennelijk ergert hem dat niet meer.

Als ze het huis naderen, ziet hij de jongen die door Petrus met *mijn volk* wordt aangeduid, met zijn gezicht naar de achtermuur staan. Aanvankelijk denkt hij dat hij staat te wateren; dan beseft hij dat hij door het badkamerraam naar binnen gluurt, Lucy begluurt.

Katy is aan het grommen geslagen, maar de jongen wordt zozeer in beslag genomen dat hij er niet op let. Tegen de tijd dat hij zich omdraait, staan ze voor hem. Met de vlakke hand raakt hij de jongen in zijn gezicht. '*Varken dat je bent!*' roept hij en slaat hem nog een keer, zodat hij wankelt. '*Smerig varken!*'

Eerder van schrik dan van de pijn probeert de jongen weg te hollen, maar struikelt over zijn eigen voeten. Onmiddellijk stort de hond zich op hem. Haar tanden sluiten zich om zijn elleboog; ze zet haar voorpoten schrap en begint grommend te trekken. Met een kreet van pijn probeert hij zich los te rukken. Hij haalt met een vuist uit, maar zijn slagen missen kracht en de hond reageert er niet op.

Het woord hangt nog steeds in de lucht; *Varken!* Nog nooit heeft hij zo'n primitieve woede gevoeld. Hij zou de jongen graag geven wat hij verdient: een stevige afranseling. Zinnen die hij zijn hele leven heeft vermeden, lijken ineens terecht en gerechtvaardigd: *Leer hem eens mores, Zet hem op zijn plaats.* Zo voelt het dus, denkt hij! Zo voelt het dus om een ploert te zijn!

Hij geeft de jongen een ongenadige trap, zodat hij languit opzij rolt. Pollux! Wat een naam!

De hond verandert van plaats, klimt boven op het lichaam van de jongen, rukt verbeten aan zijn arm, scheurt zijn overhemd. De jongen probeert haar van zich af te duwen, maar ze geeft geen duimbreed toe. 'Ai ai ai ai!' krijst hij van de pijn. 'Ik vermoord je!' krijst hij.

Dan verschijnt Lucy. 'Katy!' beveelt ze.

De hond kijkt haar zijdelings aan, maar gehoorzaamt niet.

Lucy valt op haar knieën, grijpt de hond bij haar halsband en spreekt haar zacht en dringend toe. Met tegenzin laat de hond los.

'Gaat het?' zegt ze.

De jongen kreunt van de pijn. Uit zijn neusgaten druipt snot. 'Ik vermoord jullie!' hijgt hij. Hij ziet eruit of hij in huilen zal uitbarsten.

Lucy stroopt zijn mouw op. Op zijn arm heeft de hond de beten van haar hoektanden achtergelaten; terwijl ze toekijken verschijnen er bloeddruppels op de donkere huid.

'Kom, dan gaan we het wassen,' zegt ze. De jongen haalt de snot en tranen op en schudt zijn hoofd.

Lucy draagt alleen een badjas. Als ze opstaat glijdt de band los en komen haar borsten bloot.

De laatste keer dat hij de borsten van zijn dochter heeft gezien waren het de zedige rozenknopjes van een zesjarig meisje. Nu zijn ze zwaar, vol, bijna melkig. Er valt een stilte. Hij staart; de jongen staart ook, schaamteloos. Woede welt weer in hem op, omfloerst zijn ogen.

Lucy wendt zich van hen af, bedekt zichzelf. Met één snelle beweging krabbelt de jongen overeind en duikt buiten hun bereik. 'We vermoorden jullie allemaal!' schreeuwt hij. Hij draait zich om; opzettelijk het aardappelbed vertrappend kruipt hij onder de heiningdraad door en gaat terug naar Petrus' huis. Hij loopt weer brutaal, maar hij ondersteunt nog steeds zijn arm.

Lucy heeft gelijk. Er is iets mis met hem, iets mis in zijn hoofd. Een gewelddadig kind in het lichaam van een man. Maar er is meer, een kant aan de zaak die hem ontgaat. Wat beweegt Lucy om de jongen te beschermen?

Lucy begint. 'Zo kan het niet langer, David. Ik kan Petrus en zijn *aanhangers* aan, ik kan jou aan, maar ik kan jullie niet allemaal tegelijk aan.'

'Hij stond door het raam naar je te gluren. Besef je dat wel?'

'Hij is achter. Een achterlijk kind.'

'Is dat een excuus? Een excuus voor wat hij je heeft aangedaan?'

Lucy's lippen bewegen, maar hij kan niet horen wat ze zegt.

'Ik vertrouw hem niet,' gaat hij verder. 'Het is een gluiperd. Het is net een rondsnuffelende jakhals, uit op rottigheid. Vroeger hadden we een woord voor mensen zoals hij. Gestoord. Geestelijk gestoord. Moreel gestoord. Hij zou in een inrichting moeten zitten.'

'Dat is onbezonnen geklets, David. Als je zo wilt denken, houd het dan alsjeblieft voor je. Wat jij van hem denkt, is bovendien niet relevant. Hij is er nou eenmaal, hij zal niet ineens in rook opgaan, je kunt hem niet wegdenken.' Ze staat pal voor hem, met tegen de zon samengeknepen ogen. Katy zijgt een beetje hijgend op de grond aan haar voeten, ingenomen met zichzelf, met wat ze heeft gepresteerd. 'Zo kunnen we niet doorgaan, David. Alles was tot bedaren gekomen, alles was weer rustig, tot jij terugkwam. Ik moet rust om me heen hebben. Ik ben bereid alles te doen, alles op te offeren, als ik maar rust heb.'

'En ik maak deel uit van wat je bereid bent op te offeren?'

Ze trekt haar schouders op. 'Dat heb ik niet gezegd, dat zeg je zelf.'

'Dan pak ik mijn koffers.'

Uren na het voorval tintelt zijn hand nog steeds van de klappen. Als hij aan de jongen en zijn dreigementen denkt, kookt hij van woede. Tegelijkertijd schaamt hij zich. Hij kan zich wel voor zijn kop slaan. Hij heeft niemand mores geleerd – zeker de jongen niet. Hij heeft alleen bereikt dat hij nog meer van Lucy is vervreemd. Hij heeft zich tegenover haar bloot gegeven met al zijn hartstochtelijke driften en het is duidelijk dat ze het geen aangenaam gezicht vond.

Hij zou zijn verontschuldigingen moeten aanbieden. Maar dat kan hij niet. Het lijkt wel of hij zichzelf niet in de hand heeft. Iets aan Pollux drijft hem tot razernij: zijn lelijke, wezenloze oogjes, zijn brutaliteit, maar ook de gedachte dat hij als onkruid de kans heeft gekregen zijn wortels met Lucy en Lucy's bestaan te verstrengelen.

Als Pollux zijn dochter weer beledigt, zal hij hem weer slaan. *Du musst dein Leben ändern!*: je moet je leven veranderen. Nou, hij is te oud om daar gehoor aan te geven, hij is te oud om te veranderen. Lucy mag dan in staat zijn voor de storm te buigen; hij kan het niet, niet met ere.

Daarom moet hij naar Teresa luisteren. Misschien is Teresa de laatste die hem kan redden. Teresa maalt niet meer om eer. Ze keert haar borsten naar de zon; ze speelt op de banjo in het bijzijn van de bedienden zonder dat hun besmuikte gegiechel haar raakt. Zij heeft onsterfelijke verlangens, ze zingt haar verlangens uit. Ze weigert dood te zijn.

Hij komt bij de kliniek aan net als Bev Shaw weg wil gaan. Ze omhelzen elkaar even bedeesd als vreemden. Moeilijk te geloven dat ze ooit naakt in elkaars armen hebben gelegen.

'Ben je alleen op bezoek of weer voor een tijdje terug?' vraagt ze.

'Ik ben weer terug voor zo lang als nodig is. Maar ik wil niet bij Lucy logeren. We kunnen het samen niet vinden. Ik ga voor mezelf een kamer in de stad zoeken.'

'Dat is jammer. Wat is het probleem?'

'Tussen Lucy en mij? Niets, hoop ik. Niets onoverkomelijks. Het probleem zit hem in de mensen om haar heen. Met mij erbij zijn we met te veel. Te veel op een te kleine plek. Als spinnen in een fles.'

Er komt een beeld uit het *Inferno* bij hem op: het grote moeras van de Styx, waarin zielen als paddestoelen opborrelen. *Vedi l'anime di color cui vinse l'ira.* Zielen die, overweldigd door woede, aan elkaar knagen. Een straf bemeten naar de misdaad.

'Je hebt het over die jongen die bij Petrus is ingetrokken. Ik moet zeggen dat zijn gezicht me niet aanstaat. Maar zolang Petrus er is, kan Lucy waarachtig niets gebeuren. Misschien wordt het tijd dat je afstand neemt, David, en Lucy haar eigen oplossingen laat zoeken. Vrouwen zijn flexibel. Lucy is flexibel. En ze is jong. Ze staat meer met beide benen op de grond dan jij. Dan wij allebei.'

Lucy flexibel? Dat is niet zijn ervaring. 'Jij zegt steeds tegen me dat ik afstand moet nemen,' zegt hij. 'Als ik me vanaf het begin afzijdig had gehouden, hoe zou Lucy er nu dan voorstaan?'

Bev Shaw zwijgt. Is er iets aan hem wat Bev Shaw wel kan zien en hij niet? Zou hij haar, omdat dieren haar vertrouwen, ook moeten vertrouwen, omdat ze hem iets kan leren? Dieren vertrouwen op haar en ze gebruikt dat vertrouwen om hen af te maken. Welke les moet hij daaruit trekken?

'Als ik afstand zou nemen,' schuttert hij nog, 'en er zou zich op de boerderij een nieuwe ramp voordoen, hoe kan ik dan ooit met mezelf leven?'

Ze haalt haar schouders op. 'Draait het daarom, David?' vraagt ze kalm.

'Weet ik niet. Ik weet niet meer waar het om draait. Tussen Lucy's en mijn generatie schijnt een doek gevallen te zijn. Ik heb niet eens gemerkt wanneer het is gevallen.'

Geruime tijd doen ze er het zwijgen toe.

'Maar goed,' gaat hij verder, 'ik kan niet bij Lucy logeren, dus ik zoek een kamer. Mocht je in Grahamstown iets weten, geef me dan een seintje. Wat ik eigenlijk kwam zeggen, is dat ik beschikbaar ben om in de kliniek te helpen.'

'Dat komt goed uit,' zegt Bev Shaw.

Van een vriend van Bill Shaw koopt hij een lichte pick-up, die hij betaalt met een cheque van 1000 rand en een op het einde van de maand gepostdateerde cheque van 7000 rand.

'Waar wilt u hem voor gebruiken?' zegt de man.

'Dieren. Honden.'

'Dan heeft u op de laadbak stangen nodig zodat ze er niet uit springen. Ik ken iemand die voor u de stangen erop kan zetten.'

'Mijn honden springen niet.'

Volgens de papieren is de pick-up twaalf jaar oud, maar de motor klinkt nog heel gesmeerd. En ach, hij hoeft niet eeuwig mee te gaan, houdt hij zichzelf voor. Niets hoeft eeuwig mee te kunnen.

Via een advertentie in *Grocott's Mail* huurt hij een kamer in een huis in de buurt van het ziekenhuis. Als naam geeft hij Lourie op, betaalt een maand huur vooruit, vertelt zijn hospita dat hij voor een poliklinische behandeling naar Grahamstown is gekomen. Hij zegt er niet bij waarvoor hij behandeld wordt, maar weet dat zij denkt dat het kanker is.

Hij geeft geld uit als water. Wat doet het ertoe.

In een kampeerwinkel koopt hij een dompelaar, een gasstelletje, een aluminium pan. Als hij de spullen naar zijn kamer brengt, komt hij op de trap zijn hospita tegen. 'Op de kamers mag niet gekookt worden, meneer Lourie,' zegt ze. 'Vanwege brandgevaar, begrijpt u.'

De kamer is donker, bedompt, te vol en de matras hobbelig. Maar hij zal er wel aan wennen, zoals hij aan andere dingen is gewend.

Er woont nog één andere kostganger, een gepensioneerde onderwijzer. Ze groeten elkaar aan het ontbijt, verder praten ze niet. Na het ontbijt gaat hij naar de kliniek en blijft daar de hele dag, iedere dag, inclusief zondag.

Meer dan het kosthuis wordt de kliniek zijn thuis. Op de kale binnenplaats achter het gebouw maakt hij een soort nest, met een tafel en een oude fauteuil van de Shaws en een strandparasol tegen de ergste zon. Hij brengt het gasstel erheen om thee te zetten en blikvoedsel op te warmen: spaghetti met gehaktballen, makreel met uien. Twee keer per dag geeft hij de dieren te eten; hij maakt hun hokken schoon en praat af en toe tegen ze; verder leest of dommelt hij of, als hij het rijk alleen heeft, zoekt hij tokkelend op Lucy's banjo naar de muziek die hij Teresa Guiccioli zal geven.

Tot het kind is geboren, zal zijn leven er zo uitzien.

Op een ochtend kijkt hij omhoog en ziet de gezichten van drie jongetjes die over de betonnen muur naar hem gluren. Hij staat op uit zijn stoel; de honden slaan aan; de jongens springen omlaag en hollen krijsend van opwinding weg. Wat een verhaal om thuis te vertellen: een gekke oude man die tussen de honden in zijn eentje zit te zingen!

Zeker gek. Hoe kan hij ooit aan hen, aan hun ouders, aan D Dorp uitleggen wat Teresa en haar minnaar hebben gedaan om de terugkeer naar deze wereld te verdienen?

VIERENTWINTIG

In haar witte nachtjapon staat Teresa voor het slaapkamerraam. Haar ogen zijn gesloten. Het is het donkerste uur van de nacht: ze haalt diep adem, ademt het geruis van de wind, het burlen van de brulkikkers in.

'*Che vuol dir,*' zingt ze met nauwelijks meer dan een fluisterstem – '*Che vuol dir questa solitudine immensa? Ed io,*' zingt ze – '*che sono?*'

Stilte. De *solitudine immensa* komt niet met een antwoord. Zelfs het trio in de hoek houdt zich muisstil.

'Kom!' fluistert ze. 'Ik smeek je, kom tot me, mijn Byron!' Ze spreidt haar armen uit, omhelst de duisternis, omhelst wat die zal brengen.

Ze wil dat hij op de wind komt, zich om haar heen slaat, zijn gezicht in de holte tussen haar borsten begraaft. Dan weer wil ze dat hij met de dageraad komt, aan de horizon verschijnt als een zonnegod die de gloed van zijn warmte op haar laat neerdalen. Ze wil hem met alle mogelijke middelen terug hebben.

Aan zijn tafel op de hondenplaats luistert hij naar de droevige, dalende curve van Teresa's smeekbede als ze in de duisternis tuurt. Dit is voor Teresa een slechte tijd van de maand, ze is bedrukt, ze heeft geen oog dichtgedaan, ze wordt verscheurd door verlangen. Ze wil bevrijd worden – van de pijn, van de zomerhitte, van de Villa

Gamba, van het slechte humeur van haar vader, van alles.

Van de stoel pakt ze de mandoline op. Haar als een kind wiegend loopt ze terug naar het raam. *Plink-plunk* klinkt de mandoline in haar armen, zachtjes, om haar vader niet wakker te maken. *Plink-plunk* jengelt de banjo op de verlaten binnenplaats in Afrika.

Iets om in te liefhebberen, had hij tegen Rosalind gezegd. Een leugen. De opera is geen hobby, niet meer. Hij wordt er dag en nacht door opgeslokt.

Toch is het zo dat *Byron in Italië* ondanks sporadische goede momenten niet van de grond komt. Er zit geen handeling, geen ontwikkeling in, het is niet meer dan een lange, hortende door Teresa de leegte ingeslingerde cantilene, af en toe onderbroken door Byrons gekreun en gezucht achter de coulissen. De echtgenoot en de rivale zijn vergeten, zouden net zo goed niet kunnen bestaan. De lyrische impuls in hem mag dan niet gedoofd zijn, maar na tientallen jaren van ondervoeding kan hij slechts uitgemergeld, onvolgroeid, misvormd uit zijn hol kruipen. Hij beschikt niet over de nodige muzikaliteit, de nodige energie, om *Byron in Italië* van de monotone lijn waarop het werk vanaf het begin al spoort op een hoger plan te brengen. Het is het soort werk geworden dat een slaapwandelaar zou kunnen schrijven.

Hij zucht. Het zou aardig zijn geweest indien hij triomfantelijk naar de maatschappij was teruggekeerd als de auteur van een buitenissige kameropera. Maar dat zit er niet in. Zijn verwachtingen moeten bescheidener zijn: dat er ergens uit de warboel van geluid een enkele authentieke noot van onsterfelijk verlangen als een vogel zal opstijgen. Het is aan de toekomstige wetenschappers om die noot eruit te halen, als er tegen die tijd nog wetenschappers zijn. Want zelf zal hij de noot, wanneer die komt, als die komt, niet horen – hij weet te veel van kunst en de wegen die de kunst bewandelt om daarop te rekenen. Al zou het voor Lucy leuk zijn geweest om bij haar leven de proeve te horen, en een iets hogere dunk van hem te krijgen.

Arme Teresa! Arm hunkerend meisje! Hij heeft haar uit het graf laten opstaan, haar een nieuw leven beloofd en nu laat hij haar in de steek. Hij hoopt dat ze het kan opbrengen hem te vergeven.

Voor een van de honden in de hokken heeft hij een bijzondere genegenheid opgevat. Het is een jonge reu met een verschrompelde linkerachterpoot die hij achter zich aan sleept. Of hij ermee is geboren, weet hij niet. Geen enkele bezoeker heeft interesse getoond om hem te adopteren. Voor hem is het respijt bijna ten einde; spoedig zal hij zich aan de naald moeten onderwerpen.

Soms als hij zit te lezen of schrijven, haalt hij het beest uit het hok en laat het op zijn potsierlijke manier op de binnenplaats rondhuppelen, of aan zijn voeten dutten. Het is in geen enkel opzicht 'van hem'; hij heeft het opzettelijk geen naam gegeven (hoewel Bev Shaw het *Driepoot* noemt); niettemin voelt hij een diepe genegenheid die van de hond naar hem uitgaat. Hij is willekeurig, onvoorwaardelijk geadopteerd; de hond zou voor hem willen sterven, dat weet hij.

De hond wordt gefascineerd door het geluid van de banjo. Als hij op de snaren tokkelt gaat de hond opzitten, houdt zijn kop schuin en luistert. Als hij Teresa's melodielijn neuriet en het geneurie van gevoel vervuld raakt (het is of zijn strottenhoofd zich opzet: hij kan het bloed in zijn keel voelen bonken), smakt de hond met zijn lippen en lijkt ook te willen gaan zingen, of janken.

Zou hij dat durven: een hond in het stuk opvoeren, die, tussen de strofen van de van liefde verstoken Teresa door, zijn eigen jammerklacht op de hemel los mag laten? Waarom niet? In een werk dat nooit zal worden opgevoerd is alles toch toegestaan?

Elke zaterdagochtend gaat hij, volgens afspraak, naar Donkin Square om Lucy in de marktkraam te helpen. Daarna neemt hij haar mee uit lunchen.

Lucy begint trager in haar bewegingen te worden. Ze heeft een in haarzelf gekeerde, vreedzame blik gekregen. Ze is niet zichtbaar zwanger; maar als hij al tekenen bespeurt, hoelang duurt het dan nog voor de dochters van Grahamstown met hun argusogen ze ook zien?

'Hoe gaat het met Petrus?' vraagt hij.

'Het huis is af, op de plafonds en de waterleiding na. Ze zijn bezig te verhuizen.'

'En hun kind? Wordt het kind niet rond deze tijd verwacht?'

'Volgende week. Allemaal heel keurig uitgekiend.'

'Heeft Petrus nog toespelingen gemaakt?'

'Toespelingen?'

'Op jou. Op jouw plaats in het hele plan.'

'Nee.'

'Misschien wordt het anders als eenmaal het kind' – hij maakt een heel licht gebaar naar zijn dochter, naar haar lichaam – 'is geboren. Uiteindelijk zal het een kind van deze grond zijn. Dat zullen ze niet kunnen ontkennen.'

Er valt een lange stilte tussen hen.

'Hou je al van hem?'

Ook al zijn het zijn woorden die uit zijn mond komen, toch schrikt hij ervan.

'Het kind? Nee. Hoe zou ik kunnen? Maar dat komt wel. De liefde zal groeien – dat kun je rustig aan moeder natuur overlaten. Ik heb me vast voorgenomen een goede moeder te zijn, David. Een goede moeder en een goed mens. Jij zou ook moeten proberen een goed mens te zijn.'

'Ik denk dat het voor mij te laat is. Ik ben maar een oude bajesklant die zijn tijd uitzit. Maar doe jij het maar. Je bent een aardig eind op weg.'

Een goed mens. Geen slecht voornemen, in donkere tijden.

Als bij stilzwijgende afspraak gaat hij voorlopig niet naar de boerderij van zijn dochter. Toch rijdt hij op een doordeweekse dag een stuk over de weg naar Kenton, laat de pick-up bij de afslag staan en gaat de rest te voet, niet over de zandweg maar dwars door het open veld.

Vanaf de laatste heuveltop strekt de boerderij zich voor hem uit: het oude huis, onwrikbaar als altijd, de schuren, Petrus' nieuwe huis, de oude vijver waarop hij stippen kan onderscheiden van wat de eenden moeten zijn en grotere stippen van wat de wilde ganzen, Lucy's bezoekers van verre, moeten zijn.

Op deze afstand vormen de bloembedden strakke kleurvakken: fuchsiarood, kornoeljegeel, asblauw. Een seizoen in bloei. De bijen zullen wel in de zevende hemel zijn.

Van Petrus geen spoor, noch van zijn vrouw of van het jakhalsjong, hun meeloper. Maar Lucy is tussen de bloemen aan het werk; en terwijl hij langs de helling omlaag loopt kan hij ook de buldog zien, een reebruine vlek op het pad naast haar.

Hij komt bij de afrastering en blijft staan. Lucy, met haar rug naar hem toe, heeft hem nog niet gezien. Ze draagt een vale zomerjurk, laarzen en een brede strohoed. Als ze zich voorover buigt om te knippen of te snoeien of te binden, kan hij de melkwitte, blauwdooraderde huid en de brede, kwetsbare pezen van haar knieholten zien: het minst mooie deel van een vrouwenlichaam, het minst expressieve en misschien daarom het meest vertederende.

Lucy richt zich op, rekt zich uit, bukt weer. Werk op het veld; boerenarbeid, tijdloos. Zijn dochter begint een boer te worden.

Ze is zich nog steeds niet van hem bewust. En de waakhond, de waakhond blijkt te dutten.

Dus: eens was ze niet meer dan een dikkopje in het lichaam van haar moeder en nu staat ze daar, stevig in het leven, veel steviger dan hij ooit is geweest. Als het meezit zal ze lang standhouden, lang voorbij zijn tijd. Wanneer hij dood is zal ze, als het meezit, hier nog altijd tussen de bloembedden haar dagelijkse werk doen. En uit haar zal een nieuw leven zijn voortgekomen, dat als het meezit even stevig, even duurzaam zal zijn. Zo zal het doorgaan, een lijn van levens waarin zijn aandeel, zijn gave, onontkoombaar steeds kleiner zal worden tot het net zo goed vergeten kan worden.

Een grootvader. Een Jozef. Wie had dat gedacht! Van welk knap meisje kan hij nog verwachten dat ze zich door een grootvader in bed laat lokken?

Zachtjes zegt hij haar naam. 'Lucy!'

Ze hoort hem niet.

Wat zal het inhouden om grootvader te zijn? Als vader was hij niet bijster geslaagd, ook al heeft hij meer dan gemiddeld zijn best gedaan. Als grootvader zal hij waarschijnlijk ook onder de maat blijven. Hij mist de deugden van oude mensen: gemoedsrust, beminnelijkheid, geduld. Maar misschien komen die deugden nog naarmate andere deugden verdwijnen: zoals de deugd van de hartstocht. Hij moet maar weer eens bij Victor Hugo te rade gaan, dichter van het grootvaderschap. Misschien kan hij er wat van leren.

De wind gaat liggen. Er volgt een ogenblik van intense roerloosheid waarvan hij zou willen dat het eeuwig duurde: de milde zon, de roerloosheid halverwege de middag, bijen in de weer in een veld met bloemen; en centraal in het beeld een jonge vrouw, *das ewig Weibliche*, licht zwanger, met een strohoed op. Een tafereel dat geknipt is voor een Sargent of een Bonnard. Stadsjongens, net als hij; maar zelfs stadsjongens kunnen schoonheid herkennen als ze haar zien, kunnen er sprakeloos van worden.

Eerlijk gezegd heeft hij voor het landleven nooit echt oog gehad, ondanks alles wat hij bij Wordsworth heeft gelezen. Eigenlijk heeft hij nauwelijks oog voor iets anders gehad dan voor knappe meisjes; en wat heeft dat hem opgeleverd? Is het te laat om het oog op te voeden?

Hij schraapt zijn keel. 'Lucy,' zegt hij wat harder.

De betovering is verbroken. Lucy gaat rechtop staan, draait zich half om, glimlacht. 'Hallo,' zegt ze. 'Ik had je niet gehoord.'

Katy tilt haar hoofd op en tuurt kippig zijn kant uit.

Hij kruipt tussen de afrastering door. Katy sjokt naar hem toe, besnuffelt zijn schoenen.

'Waar is de pick-up?' vraagt Lucy. Ze heeft een hoogrode kleur van het werk en misschien een beetje van de zon. Ineens is ze het toonbeeld van gezondheid.

'Die heb ik laten staan en ben komen lopen.'

'Kom je mee naar binnen voor een kop thee?'

Ze biedt het hem aan alsof hij een gast is. Mooi. Gastrol, gastvrouw: een nieuwe verstandhouding, een nieuw begin.

De zondag is weer aangebroken. Hij en Bev Shaw zijn volop bezig met een van hun *Lösungen*. Een voor een brengt hij de katten binnen, daarna de honden: de oude, de blinde, de lamme, de kreupele, de gewonde, maar ook de jonge, de gezonde – alle dieren wier tijd gekomen is. Een voor een streelt Bev ze, praat tegen ze, troost ze en geeft ze een spuitje, maakt dan plaats en kijkt toe hoe hij het stoffelijk overschot in een zwarte plastic lijkwade verpakt.

Hij en Bev praten niet. Hij heeft inmiddels van haar geleerd al zijn aandacht te richten op het dier dat ze doden, het te geven wat hij voortaan zonder moeite bij de naam kan noemen: liefde.

Hij knoopt de laatste zak dicht en zet hem bij de deur.

Drieëntwintig. Alleen de jonge hond is nog over, de hond die zo van muziek houdt, die, als hij maar even de kans zou krijgen, al achter zijn makkers aan naar het gebouw van de kliniek zou zijn gehompeld, de behandelkamer in waar de tafel met het zinken blad staat, de zware menge-ling van geuren nog hangt, waaronder een die hij in zijn leven nog niet zal zijn tegengekomen: de geur van de laat-ste adem, de milde, kortstondige geur van de bevrijde ziel.

Wat de hond niet zal kunnen begrijpen (*zelfs al is het alle dagen zondag!* denkt hij), wat zijn neus hem niet zal vertellen, is hoe je een ogenschijnlijk gewone kamer bin-nen kunt gaan en er nooit meer uitkomt. In deze kamer gebeurt iets, iets onnoembaars: hier wordt de ziel uit het lichaam gerukt; even hangt hij in de lucht te draaien en te kronkelen; dan wordt hij weggezogen en is verdwe-nen. Hij zal het niet kunnen bevatten, deze kamer die geen kamer is maar een gat waar je uit het leven weglekt.

Het wordt steeds moeilijker, heeft Bev Shaw eens ge-zegd. Moeilijker en toch ook makkelijker. Je raakt eraan gewend dat dingen moeilijker worden; je verbaast je er niet meer over dat het allermoeilijkste nog moeilijker wordt. Hij kan de jonge hond nog een week sparen, als hij wil. Maar er moet een moment komen, daar is geen ontkomen aan, dat hij hem bij Bev Shaw in haar behan-delkamer zal moeten brengen (misschien draagt hij hem wel in zijn armen, misschien doet hij dat voor hem) en hem aaien en de vacht wegstrijken zodat de naald de ader kan vinden, en hem toefluisteren en hem bijstaan in het ogenblik dat zijn poten het tot zijn verbijstering onder hem begeven; en hem daarna, als de ziel is ontsnapt, op-nemen en in zijn zak opbergen en de volgende dag de zak de vlammen in rollen en erop toezien dat hij ver-brandt, opbrandt. Dat zal hij allemaal voor hem doen als zijn tijd gekomen is. Dat is wel het minste, minder dan het minste: niets.

Hij loopt door de behandelkamer. 'Was dat de laatste?' vraagt Bev Shaw.

'Nog een.'

Hij opent het hok. 'Kom,' zegt hij, bukt zich, spreidt zijn armen. De hond kwispelt met zijn kreupele achterlijf, besnuffelt zijn gezicht, likt zijn wangen, zijn lippen, zijn oren. Hij doet niets om hem tegen te houden. 'Kom.'

Hij loopt, met hem als een lam in zijn armen, weer de behandelkamer in. 'Ik dacht dat je hem nog een week wilde sparen,' zegt Bev Shaw. 'Laat je hem gaan?'

'Ja, ik laat hem gaan.'

J.M. Coetzee bij Uitgeverij Cossee

Zomertijd
Vertaling Peter Bergsma
Roman. 304 blz.

Een jonge Engelse biograaf werkt aan een boek over de overleden schrijver John Coetzee. Hij wil zich concentreren op de jaren 1972-1977 waarin Coetzee zijn debuut *Schemerlanden* schreef en een arbeiderswoninkje in een buitenwijk van Kaapstad deelde met zijn vader die weduwnaar was. De biograaf meent dat dit de periode is waarin Coetzee 'zijn draai begon te vinden als schrijver'.

Omdat hij Coetzee nooit persoonlijk heeft ontmoet, begint de biograaf aan een reeks interviews met mensen die belangrijk voor de schrijver zijn geweest – een getrouwde vrouw met wie hij een affaire had, zijn lievelingsnicht Margot, een Braziliaanse danseres wier dochter Engelse bijles van hem kreeg, vroegere vrienden en collega's. Uit hun getuigenissen komt Coetzee naar voren als een wat onhandige man met een gering talent om zich voor anderen open te stellen. Zijn familie beschouwt hem als een buitenstaander, iemand die heeft geprobeerd zijn achtergrond te ontvluchten en die nu met de staart tussen de benen is teruggekeerd. Zijn lange haar en baard, de geruchten over zijn plotselinge vertrek uit de Verenigde Staten en het feit dat hij een boek heeft geschreven, wekken in het Zuid-Afrika van die tijd niets dan achterdocht. Het soms hartverscheurende, soms uiterst geestige *Zomertijd* toont ons een groot schrijver die zich warmloopt voor zijn taak.

J.M. Coetzee bij Uitgeverij Cossee

Portret van een jongeman
Vertaling Peter Bergsma
Roman. 208 blz.

Hij moet weg van dat eindeloze platteland, weg uit dat betoverend mooie landschap. Hier, in Zuid-Afrika, kan hij nooit een dichter zijn, en al helemaal geen groot dichter zoals T.S. Eliot. Want dat wil hij worden, een groot dichter met een wild liefdesleven, hij wil gedichten schrijven waarvan de schoonheid met stomheid slaat, gedichten die iets uitdrukken van wat hij in de Zuid-Afrikaanse beweginglooosheid niet kan uitdrukken – maar wat eigenlijk? Hij moet weg, naar Londen, daar wordt verfijnder gesproken, daar zal hij zijn weg vinden naar de vrouwen en de grote poëzie. Natuurlijk is zijn moeder ontsteld, wat moet dat dan wel voorstellen, een dichter, en bovendien schijnt Londen koud te zijn.

Het Londen van de vroege jaren zestig, waar hij toch naartoe gaat, is nog geen swinging London, maar een verwarrende en vijandige mierenhoop. Hij schopt het daar ten slotte tot programmeur. Maar zo leidt hij niet het grootse en meeslepende leven van een dichter. Hij heeft niet eens een vriend! Hij heeft een muze nodig! Hij raapt al zijn moed bijeen en leert allerlei vrouwen kennen die hem na een paar moeizame nachten alleen nog maar van de poëzie afhouden, vooral van liefdesgedichten!

Portret van een jongeman is een vaak onbarmhartig (zelf) portret dat J.M. Coetzee schetst van een jongeman die door het leven struikelt.

J.M. Coetzee bij Uitgeverij Cossee

Jongensjaren
Vertaling Peter Bergsma
Roman. 192 blz.

J.M. Coetzee heeft het in zijn indrukwekkende oeuvre zelden direct over zichzelf gehad. Tijdens een hernieuwde kennismaking met het Zuid-Afrika van een halve eeuw geleden schrijft hij voor het eerst over zijn kindertijd, over zijn eigen emoties en angsten.

De jonge hoofdpersoon van *Jongensjaren* groeit op in een provinciestadje in Zuid-Afrika. Hij leidt een dubbelleven met een vader voor wie hij geen enkel respect koestert en een moeder die hij niet alleen aanbidt, maar aan wie hij zich ook ergert. Op school is hij de briljante en zich keurig gedragende leerling, thuis het tirannieke prinsje dat altijd bang is de liefde van zijn moeder te verliezen. Zijn eerste contacten met de literatuur, het ontwaken van seksuele gevoelens en een groeiend besef van de apartheid brengen hem compleet van zijn stuk. Alleen zijn liefde voor het *veld* – op boerderijen vind je vrijheid en leven – geeft hem het gevoel ergens bij te horen.

Jongensjaren is het eerste deel van de trilogie van Coetzee's gefictionaliseerde autobiografie, met *Portret van een jongeman*, en het in 2009 verschenen *Zomertijd* als afsluiting.

Alain Erlande-Bra
Directeur honoraire des Archives

LA CATHÉDRALE SAINT-DENIS

Photographies : Hervé Champollion
Hervé Champollion est représenté par l'agence AKG Images.

Editions OUEST-FRANCE

La cathédrale Saint-Denis

Saint-Denis en France

Le sanctuaire de la cathédrale de Saint-Denis.

L'abbatiale de Saint-Denis apparaît brusquement à quelques kilomètres de Paris, dans la clothoïde qui permet à l'autoroute de l'éviter par l'est. La tour unique et l'immense toiture bronze vert sont une invite à l'automobiliste pressé de prendre la prochaine sortie et venir rendre hommage à un très beau monument gothique, à l'un des plus grandioses musées de sculpture funéraire qui a été durant des siècles le symbole du pays. Le site n'est pas indifférent à cette longue histoire. Placé aux portes de Paris, sur l'antique voie qui conduisait à Beauvais, il profita de la proximité ainsi que d'un facile accès commercial. Ainsi s'explique la naissance d'une petite agglomération antique — **Cattulliacus** — qui ne fit que s'accroître au Moyen Âge, grâce à l'abbaye à l'ombre de laquelle elle vivait, grâce aussi et surtout à la foire du Lendit qui se tenait au mois d'octobre, sur les bords de la Seine. La ville, qui ne comptait que 6 000 habitants à la veille de la Révolution avec un nombre restreint d'usines, bénéficia du fantastique développement industriel du XIXe siècle. L'industrialisation faisait son apparition dans ce qui était déjà devenu le nord de la banlieue parisienne. En 1855, sa population se montait à 15 000 habitants avec 94 usines. Aujourd'hui elle compte 95 000 habitants et le développement de la zone industrielle de la plaine Saint-Denis avec la construction du Grand Stade devient un pôle attractif. Une ville nouvelle en pleine mutation a succédé à l'agglomération de l'Ancien Régime, s'agrandissant, changeant de statut, devenant sous-préfecture et voyant son antique abbatiale devenir cathédrale. De ce passé, il subsiste quelques rares vestiges dont les trois plus importants sont religieux. Au sud de la cathédrale, le majestueux bâtiment abbatial occupé par la Maison d'éducation de la Légion d'honneur, élevé sur des plans de Robert de Cotte, à partir du début du XVIIIe siècle. Plus loin, rue de la Légion-d'Honneur, l'ancien couvent des Carmélites qui vient d'être aménagé en musée d'Art et d'Histoire de la Ville a été rendu illustre par l'entrée, en 1771, de Louise de France, fille de Louis XV. Grâce à son patronage, les religieuses purent construire une merveilleuse chapelle due à Mique, architecte du Hameau de Versailles.

Enfin, Viollet-le-Duc reconstruisit, en 1867, l'église Saint-Denis de l'Estrée, une des seules œuvres originales religieuses qu'on lui doit mais qui ne témoigne guère de son génie.

En haut, à gauche :
Le gisant de Philippe Dagobert, frère de Saint Louis († 1235), provenant de Royaumont.

En haut, à droite :
Le priant de Louis XVI, par Edme Gaulle.

Le gisant de Duguesclin († 1380), par Thomas Privé et Robert Loisel.

Saint Denis, saint Rustique et saint Eleuthère

Il existait, à l'est de l'antique voie, un cimetière gallo-romain qui continua à être utilisé durant l'époque mérovingienne. De nombreuses tombes y ont été mises au jour, soit lors des travaux du XIXe siècle, soit lors des fouilles effectuées à l'intérieur de l'abbatiale depuis la Seconde Guerre mondiale. C'est dans ce cimetière que saint Denis et ses compagnons, Rustique et Eleuthère passent pour avoir été enterrés. Saint Denis, premier évêque de Paris, subit le martyre en 250, non sur la colline de Montmartre comme on l'a souvent répété, mais au lieu dit Catulliacus. De pieux fidèles prirent soin de sa dépouille avec celles du prêtre Rustique et du diacre Eleuthère. Le souvenir de la précieuse tombe fut conservé dans la mémoire des fidèles qui lui rendirent assez rapidement un culte. Sainte Geneviève, qui s'était déjà illustrée en 451 en rendant confiance aux habitants de Paris, effrayés par l'arrivée d'Attila et de ses Huns, lui éleva en 475 une basilique connue par ce qu'en dit Grégoire de Tours, l'historien de la fin du VIe siècle : un monument de dimensions exceptionnelles qui frappa les contemporains. Des liens se nouèrent dès cette époque entre la capitale du royaume et ce qui allait devenir rapidement un lieu de culte. Des miracles eurent lieu grâce à l'intervention des reliques, les fidèles affluèrent avec leurs dons qui enrichirent rapidement la fondation. Dès avant 625, on note l'existence d'un monastère. Son succès grandissant est également attesté par l'intérêt que lui portèrent les souverains mérovingiens. Clotaire II d'abord, puis Dagobert (628-638) qui se montra particulièrement généreux à son égard, le comblant de richesses et renouvelant le décor des châsses des martyrs. Son rôle fut tel que dès l'époque carolingienne, les religieux le considéraient comme leur véritable fondateur. Des liens entre l'abbatiale et la monarchie étaient noués à tout jamais.

Ils s'étaient concrétisés par un choix délibéré du Roi qui, renonçant à se faire inhumer à Paris, à Saint-Vincent-Sainte-Croix (futur Saint-Germain-des-Prés), préféra l'abbatiale de Saint-Denis. Pour la première fois, un roi de France venait reposer à proximité des saints martyrs. Il s'agissait d'un choix personnel qui n'engageait en rien les destinées de la monarchie mérovingienne. Son fils Clovis II et sa femme Nanthilde suivirent son exemple, mais ses successeurs renouèrent avec des traditions plus anciennes. Il faut cependant rappeler qu'un demi-siècle avant Dagobert, une reine, Arégonde, femme de Clotaire Ier, morte vers 565-570, avait déjà élu Saint-Denis. Sa tombe, d'une richesse extraordinaire, a été découverte il y a une vingtaine d'années, au cours de fouilles.

En bas, à gauche :
Le tombeau de François Ier : la plate-forme supérieure avec les priants du roi, de la reine et leurs enfants.

En bas, à droite :
Les gisants de Charles V († 1380) et de Jeanne de Bourbon († 1377).

Le soubassement du tombeau de Louis de France († 1260), fils de Saint Louis.

Le soubassement du tombeau de François Ier : général donnant des ordres.

A gauche :
Le tombeau de François Ier : gisant de Claude de France.

A droite :
Une reine de France, en marbre noir de Tournai.

L'époque carolingienne

Le monastère ne fit que s'accroître à l'époque suivante, les religieux sachant tirer profit du changement de dynastie. Les liens épisodiques noués entre l'abbatiale et la monarchie se resserrèrent encore, grâce à Charles Martel et Pépin le Bref. Bien qu'il ne fût que Maire du Palais, Charles décida que son corps serait déposé dans l'abbatiale († 741). Son fils Pépin se fit sacrer roi en 754 avec ses deux fils par le pape Étienne II, dans le chœur. L'église devenait le haut lieu de la nouvelle dynastie. Elle la légitimait en même temps qu'elle assurait l'avenir en devenant nécropole et lieu du sacre. La puissante personnalité de l'abbé qui veillait aux destinées de l'institution n'était pas étrangère à ce choix. L'abbé Fulrad s'était rendu à Rome pour négocier l'accès au trône de la nouvelle race. Il y revenait avec un grand projet de reconstruction de l'abbatiale, dont le plan était emprunté à l'Italie. Il se caractérisait par la confession qui permettait aux pèlerins de tourner autour du tombeau des saints. Les travaux furent plus longs que prévu et c'est Charlemagne qui fit célébrer la dédicace de la nouvelle église, le 20 février 775. Liée aux destinées de Paris comme capitale, l'abbatiale perdit de son importance lorsque le royaume s'étendit démesurément vers l'est pour devenir un empire et que la nouvelle capitale s'établit à Aix-la-Chapelle. Il faut attendre le règne de Charles le Chauve pour qu'elle retrouve son rôle. Il choisit d'y être enterré († 877).

La fin de l'époque carolingienne et les premiers Capétiens

Une nouvelle fois, les bouleversements politiques eurent leurs répercussions sur les destinées du monastère. A la suite des invasions normandes et des changements qu'elles devaient provoquer dans l'Occident médiéval, la réalité du pouvoir allait échapper aux Carolingiens au profit d'une nouvelle dynastie : les Robertiens, ancêtres des Capétiens. Ils surent habilement s'imposer dans la défense de Paris contre les invasions, s'implantèrent à Saint-Denis en devenant abbés laïques. Une fois encore, l'abbatiale jouait un rôle non négligeable dans la substitution de race en même temps qu'elle en profitait pour resserrer ses liens avec le pouvoir (987). A sa mort (996), Hugues Capet choisit d'être inhumé à Saint-Denis. A compter de cette date et jusqu'à la fin de l'Ancien Régime, les rois de France furent inhumés dans le chœur de l'église, à l'exception de trois : Philippe Ier († 1108) à Saint-Benoît-sur-Loire, Louis VII († 1180) à l'abbaye cistercienne de Barbeau et Louis XI († 1483) à Notre-Dame de Cléry.

La légitime fierté qu'en retirèrent les religieux eut d'autres rejaillissements plus importants encore. C'est à Saint-Denis que s'élabora la notion du pouvoir monarchique, d'une façon encore timide au XIe siècle mais qui ne fit que s'amplifier au siècle suivant, en raison des circonstances politiques. Sans qu'il soit toujours possible de suivre dans le détail la mise sur pied

A gauche :
Le tombeau d'Henri II.

A droite :
Le tombeau de Louis XII.

A gauche :
Le tombeau de Dagobert.

A droite :
La plaque tombale de Jean de France, fils de Saint Louis, en cuivre doré et émail.

des différentes composantes, elles apparaissent rapidement comme un fait acquis. Les chroniques officielles y sont rédigées. L'oriflamme que le Roi levait à chaque occasion de guerre y était déposé en temps de paix. Les **Regalia** que le Roi empruntait pour son sacre à Reims y étaient entreposés. Saint-Denis avait réussi à s'imposer comme le symbole et le temple de la monarchie, quelquefois en utilisant des procédés peu honnêtes, comme l'élaboration d'un certain nombre de documents faux.

L'abbé Suger

L'élection au trône abbatial de l'abbé Suger, en 1122, allait être une étape dans cette politique. Il avait déjà joué un rôle auprès de son prédécesseur, l'abbé Adam, et se lança ensuite dans une politique qui dépassa rapidement l'enceinte du monastère. Il s'attacha tout d'abord à remettre de l'ordre dans les finances et établit une gestion plus saine des immenses propriétés de l'ordre. Puis, grâce à l'amitié que lui témoignèrent deux rois, Louis VI et Louis VII, il devint leur conseiller écouté. Au cours de la Deuxième Croisade (1147-1149), les destinées du royaume lui furent même confiées comme régent du royaume. Son activité incessante toucha à bien d'autres domaines. Il écrivit les biographies des deux monarques qu'il avait servis, en même temps qu'il rendait compte dans deux autres ouvrages de la grande œuvre qui fut la sienne, la reconstruction de l'ancienne abbatiale carolingienne. Il ne put mener l'œuvre à bien, laissant l'avant-nef et le chœur achevés, mais la nef à peine commencée. Sa mort (1151) provoqua dans le monastère de longs troubles qui furent cause de l'interruption des travaux.

Le XIIIe siècle

Le calme revenu, les travaux purent reprendre au XIIIe siècle sous l'abbatiat d'Eudes Clément, élu en 1228. Ils commencèrent en 1231 par la réfection du chœur et s'étendirent vers l'ouest pour se terminer en 1281. Le nom du premier architecte à qui fut confiée la tâche délicate de poursuivre d'œuvre de l'abbé Suger ne nous est pas connu. Pierre de Montreuil devait lui succéder à une date qui nous échappe et la poursuivre jusqu'à sa mort en 1267. Matthieu de Vendôme, abbé de 1258 à 1286, s'était montré particulièrement actif dans ce domaine. Il fit achever l'abbatiale avant d'entreprendre une réfection des bâtiments monastiques. En même temps, il joua un rôle politique non négligeable comme conseiller de Saint Louis et de son fils Philippe le Hardi et fut régent du royaume à deux reprises.

La fin du Moyen Âge

Son rôle assuré, l'abbaye allait mener une vie étroitement liée à celle

de la monarchie. Les grands travaux sont achevés et l'on ne note que quelques aménagements : construction de chapelles entre les contreforts de la nef au nord, édification d'une enceinte au cours de la guerre de Cent Ans.

La Renaissance et l'Ancien Régime

A gauche,
de haut en bas :
Les gisants de Louis XII et d'Anne de Bretagne.

Les priants de Louis XII et d'Anne de Bretagne.

Le tombeau des Orléans, en 1502.

Les gisants d'Henri II et de Catherine de Médicis, par Germain Pilon.

A droite,
de haut en bas :
Le monument élevé en 1840 en l'honneur d'Henri IV.

Le tombeau de Louis XII : un apôtre.

La Renaissance marque un nouvel intérêt pour l'église abbatiale. A l'imitation de sa famille italienne, Catherine de Médicis voulut édifier à son royal mari, Henri II, mort en pleine fleur de l'âge (1559), un édifice de forme circulaire pour abriter son tombeau et le sien. Les plus grands architectes de l'époque se succédèrent dans cette immense rotonde qui témoignait de l'art nouveau : le Primatice, Pierre Lescot, Jean Bullant, Androuet du Cerceau. Malgré son inachèvement, Henri IV y fit disposer le tombeau. Le monument ne résista guère à l'usure du temps, aussi le régent prit-il la décision de le détruire en 1719. Les Bourbons rêvèrent à leur tour d'une rotonde pour recevoir leurs tombeaux. Colbert s'adressa à François Mansart qui dessina un majestueux projet qui demeura dans ses cartons.

A cette époque, l'abbatiale n'intéressait plus guère et l'effort constructif se porta sur les bâtiments conventuels, fort vétustes. Robert de Cotte dessina un beau projet dont il commença, en 1700, la réalisation. Elle fut poursuivie avec de nombreux amendements par ses successeurs dont Jacques Gabriel, avant de se terminer, en 1786, à la veille de la Révolution.

La Révolution et le XIXe siècle

L'œuvre de destruction dans l'abbatiale avait précédé la Révolution. Dès 1771, les statues-colonnes étaient arrachées des piédroits de la façade occidentale. En 1781, le prieur Dom Malaret demandait l'autorisation, qui lui fut refusée, de supprimer les tombeaux royaux. La Révolution poursuivit le mouvement. En 1793, le Trésor fut fondu. En octobre, les tombes royales profanées. En février 1794, la couverture de plomb de l'abbatiale fut récupérée. Alexandre Lenoir commença à reprendre, pour son musée des Monuments français, installé dans l'ancien couvent des Petits Augustins (aujourd'hui école des Beaux-Arts) rue Bonaparte, à Paris) un certain nombre de tombeaux. L'abbatiale vidée, devenue paroissiale avant d'être désaffectée, échappa à la destruction grâce aux efforts de la « Commission temporaire des Arts ». Elle fut transformée en entrepôt de blé et de farine. Il fut question en 1794 d'y aménager une halle fermée. Chateaubriand, l'un des premiers, poussa dans son **Génie du Christianisme**, en 1802, un cri d'alarme : « Saint-Denis est désert, l'oiseau l'a pris pour passage, l'herbe croît sur ses autels brisés ; et au lieu du cantique de la

Les priants de Louis XVI, par Edme Gaulle. et de Marie-Antoinette, par Pierre Petitot (1816).

Le monument élevé à Louis XIV en 1841-1842.

mort qui retentissait sous ses dômes, on n'entend plus que les gouttes de pluie qui tombent par son toit découvert, la chute de quelque pierre qui se détache de ses murs en ruines ou le son de l'horloge qui va roulant dans les tombeaux vides et les souterrains dévastés. » La réaction ne se fit pas attendre, le 20 février 1805 Napoléon décidait la restauration de l'édifice.

L'architecte Legrand reçut aussitôt l'ordre de le couvrir et de remettre en état l'intérieur. Le 20 février suivant, l'Empereur rétablit le culte avec un chapitre de dix chanoines et décida que l'église serait désormais consacrée à la sépulture des empereurs. Au-delà de la Révolution, il s'agissait de rétablir un lien avec l'Ancien Régime et, par là même, de légitimer la nouvelle dynastie. Les travaux de restauration prirent un rythme accéléré. Cellerier, qui succédait à Legrand en 1807, apporta de nombreuses modifications à l'œuvre originelle : exhaussement du sol, déchaussement des piliers, amincissement. Son successeur, François Debret (1813-1846), ne lui fut guère supérieur. Il n'entreprit pas avant 1833 la grande restauration à laquelle il rêvait et qui se révéla désastreuse : invention décorative, liberté dans l'agencement des tombeaux récupérés. Le scandale éclata le jour où l'on s'aperçut que la flèche nord, frappée par la foudre en 1837 et remontée par l'architecte, était sur le point de s'effondrer. Il fallut la démolir en 1846. En novembre 1847, Viollet-le-Duc fut nommé pour reprendre le chantier.

L'œuvre était immense et délicate. Avant de s'y lancer il prit le conseil d'un archéologue, Guilhermy, qui lui fournit les renseignements indispensables. En fait, les travaux ne commencèrent pas avant 1858, lorsque Napoléon III prit la décision d'y installer sa sépulture. Il tenta de faire disparaître les traces de la précédente restauration et de rendre à l'édifice l'aspect qu'il avait à la fin du XVIIIe siècle. Si l'on excepte un étrange projet pour la façade occidentale qui fut repoussé, l'œuvre de l'architecte se révèle à l'analyse l'une des plus conformes à la doctrine des Monuments historiques. Le 10 octobre 1875, lors d'une cérémonie solennelle, l'église était rendue au culte.

Au cours du XXe siècle, il y eut peu de travaux si l'on compare avec ceux qui furent exécutés au XIXe siècle. Ils portèrent principalement sur le réaménagement de la crypte modifiée par Viollet-le-Duc pour l'installation du caveau impérial et sur la réinstallation définitive des tombeaux dans l'église supérieure suivant leur disposition avant la Révolution.

Le monument

La porte des Valois remontée au milieu du XIIIe siècle dans le bras nord du transept, exécutée avant 1151.

Le tympan : martyre des saints Denis, Rustique et Eleuthère.

A gauche :
Le piédroit de gauche : trois rois de l'Ancien Testament.

A droite :
Tête de roi.

L'abbatiale a conservé, malgré les mutilations du temps et des hommes, sa sobre grandeur avec les magnifiques bâtiments monastiques qui l'accostent au sud. Élevés au XVIIIe siècle, sur les plans de Robert de Cotte, ils ont succédé à ceux qui, vieillis, appartenaient au Moyen Âge. Ils sont occupés depuis le Premier Empire par une Maison d'éducation de la Légion d'honneur.

Quant à l'église, elle abrite en fait plusieurs édifices dont les restes sont les témoignages de sa prodigieuse histoire. Rien ne nous assure qu'il subsiste encore des vestiges de la construction de sainte Geneviève. En revanche, la crypte abrite encore une grande partie de l'édifice carolingien : la crypte de plan annulaire prolongée par l'abbé Hilduin d'une chapelle dédiée à la Vierge. Le temps a mieux épargné l'œuvre de l'abbé Suger dont l'avant-nef, le déambulatoire et la crypte sont de précieux témoignages. Le vaisseau central et le chœur appartiennent au deuxième tiers du XIIIe siècle. Il faut cependant prêter une vive attention pour saisir cette imbrication dont la lecture du plan ne rend pas compte : une avant-nef de deux travées prolongée par une ample nef de six travées qui s'ouvre sur un gigantesque transept, prolongé par un chevet entouré d'un déambulatoire sur lequel s'ouvrent sept chapelles.

L'avant-nef

Sur une place, qui a perdu son âme depuis son réaménagement au XIXe siècle, se dresse la puissante façade du milieu du XIIe siècle. Jusqu'au milieu du XIXe siècle, une seconde tour au nord équilibrait celle du sud et ajoutait encore à la beauté générale par l'élégance de son couronnement. L'architecte de l'abbé Suger avait adopté une conception qui est celle des grandes abbatiales normandes avec une nuance : les deux tours se trouvent en léger retrait par rapport au plan de la façade. De puissants contreforts la scandent avec vigueur en même temps qu'ils la divisent en trois éléments qui se retrouvaient également en élévation avant que l'architecte Debret n'ait ajouté sur les côtés une malencontreuse arcature dans laquelle il a sculpté des rois. L'architecte avait créé un jeu très subtil entre les pleins et les vides qu'il faut tenter de rétablir par la pensée. Trois portails permettant l'accès à l'intérieur de l'édifice étaient autrefois peuplés de statues-colonnes dont il subsiste quelques épaves dans les musées français et américains. Il s'agissait des rois de l'Ancien Testament qui accueillaient le fidèle à l'entrée de la Maison du Seigneur. Des trois tympans, celui du portail mérite une particulière attention. Malgré les terribles mutilations qu'il eut à subir au cours de la Révolution,

J·B·DE BR

et les désastreuses restaurations du siècle dernier, il conserve encore quelques éléments anciens. Au sommet trône le Christ en gloire, les bras étendus devant la Croix, sous lesquels prennent place les apôtres ; au-dessous, la Résurrection des Morts. Quant aux quatre rangées de voussures, elles présentent les Vieillards de l'Apocalypse pour les trois premières et des scènes en liaison étroite avec le tympan pour la dernière. Terminés en 1140, les trois portails de Saint-Denis inauguraient un thème qui allait se retrouver peu après à la cathédrale de Paris, au portail Sainte-Anne, puis à Chartres au Portail Royal avant de conquérir le nord de la France. Suger avait su réunir sur le chantier les plus grands sculpteurs de l'époque qui devaient être les initiateurs de la sculpture gothique.

La façade devait servir de prélude à l'église imaginée par l'abbé Suger. Les deux travées à trois vaisseaux sont surmontées de chapelles hautes qui viennent de retrouver, grâce à une prudente restauration, leur primitive beauté. Le voûtement témoigne notamment au rez-de-chaussée des tâtonnements éprouvés par l'architecte dans l'emploi de la voûte d'ogives. Les profils — un filet entre deux boudins — sont encore fort lourds et retombent sur des piles imposantes qui se ressentent encore de l'influence romane. A la différence des sculpteurs qui avaient puissamment innové, l'architecte de l'avant-nef demeure encore traditionnel par son attachement aux formules romanes. C'est un autre architecte qui édifia le déambulatoire.

L'église

La jonction entre cette avant-nef et la nef s'établit maladroitement. A l'origine, elle devait s'ouvrir sur une nef dont le vaisseau central accosté de doubles collatéraux était moins large. D'autre part, la construction au XIXe siècle d'une tribune d'orgues portée à l'est par des supports modernes apporte une certaine confusion. Aussitôt après, l'œil est saisi d'admiration par cet extraordinaire volume qui se termine au niveau de l'hémicycle du chœur. La qualité de l'architecture, la sveltesse des supports, la hardiesse des percements qui envahissent le monument de lumière, nous assurent que nous sommes en présence d'un des édifices majeurs du XIIIe siècle. Aussi étonnante que la chose puisse paraître, malgré la lenteur des travaux — 1231 à 1281 —, l'homogénéité ne semble pas soulever de difficulté. Et pourtant, l'analyse révèle des différences qui ne touchent pas au parti d'ensemble. En 1231, l'abbé Eudes Clément entreprit la reconstruction du chœur suivant un plan qui fut en partie respecté. Les travaux se poursuivirent par les bras du transept dont celui du nord était achevé en 1236. Ils continuèrent ensuite dans la nef pour se terminer en 1281. Entre-temps, un grand architecte, Pierre de Montreuil, célèbre pour ses travaux dans la chapelle de la Vierge de Saint-Germain-des-Prés et du bras sud de la cathédrale, avait dirigé le chantier jusqu'à sa mort en 1267.

Le projet de 1231 se caractérise à la fois par la volonté de protéger en partie l'église de Suger et par celle

En pages précédentes :
Vitrail La visite de Louis-Philippe à Saint-Denis (24 juillet 1837). Carton d'Ingres. Manufacture de Sèvres.

La façade occidentale de Saint-Denis.

Le tympan : le Jugement dernier, avant 1140.

Médaillon des portes du portail central.

A gauche :
La Résurrection.

A droite :
La Mise au tombeau (XIXe siècle).

d'innover. L'architecte fit en sorte de conserver la crypte et le déambulatoire du XIIe siècle grâce à une fantastique reprise en sous-œuvre qui lui permit de remplacer les supports primitifs de l'hémicycle par de nouveaux. En même temps, il renonçait au plan défini par Suger en 1140, d'une nef plus étroite bordée de doubles collatéraux, pour une nef plus large accostée de part et d'autre d'un seul collatéral. Pour ménager la transition, il adopta un plan trapézoïdal à la première travée du chœur, ce qui lui permit d'implanter les piles de la croisée orientale à l'emplacement voulu. En effet, le parti d'un immense transept avait été adopté afin d'y placer, à l'intérieur de la croisée, les tombes royales. Ainsi, les quatre piliers de la croisée délimitent-ils un carré, lui-même englobé dans un deuxième carré, celui-ci pris dans un troisième. En élévation, la conception n'était pas moins neuve. La maîtrise maintenant assurée de l'arc-boutant permettait de lancer très haut les voûtes d'ogives et de percer les murs, réduisant l'architecture à une sorte de jeu de quilles. L'élévation était d'autre part réduite à trois niveaux : grandes arcades qui ouvrent sur les bas-côtés, triforium et fenêtre haute. L'innovation n'est pas moins grande aux deux niveaux supérieurs par le désir d'agrandir les baies autant que la technique le permet : la fenêtre haute occupe tout l'espace entre les supports et descend jusqu'au triforium. Le triforium autrefois aveugle et créant une zone d'ombre horizontale est ajouré, laissant pénétrer la lumière. De plus, en faisant reposer les meneaux des lancettes des fenêtres hautes sur l'appui inférieur du triforium, l'architecte crée l'illusion que ces deux niveaux n'en font qu'un. L'évolution se fera d'ailleurs dans cette direction. Néanmoins, il faut souligner que les plans où se situent les baies, aux deuxième et troisième niveaux, ne sont pas les mêmes : plus éloigné au deuxième et caché derrière l'arcature du triforium, il est plus proche au troisième. La volonté est manifeste de rapprocher de l'œil du spectateur, au fur et à mesure qu'il s'élève du sol vers la voûte, l'arrivée de la lumière. Cette lutte entre la matière qu'est la maçonnerie et l'immatériel que représente la paroi translucide du vitrail est illustrée au niveau du transept. Nous sommes en présence d'un des plus anciens exemples de rose au transept qui envahit tout le mur, perce les écoinçons inférieurs et se prolonge derrière l'arcature du triforium. L'effet, les après-midi d'hiver lorsque le soleil glisse perpendiculairement au bras sud du transept, est saisissant et permet de comprendre la portée d'une nouvelle vision architecturale. Les vitraux du XIXe siècle, trop clairs, laissent à l'heure actuelle la lumière envahir l'édifice et désarticuler les volumes.

Le bras nord du transept.

Le détail n'est pas moins grandiose que la vision d'ensemble. Les supports de la nef sont articulés : c'est-à-dire qu'à chacun des éléments porteurs correspond une retombée. Admirablement bien dessinés, ils filent sans interruption de la base jusqu'aux chapiteaux qui reçoivent ogives et doubleaux, suivant un parti qui souligne la division par travée. En même temps, les grandes arcades

montent suffisamment haut pour réduire le mur et pour englober au vaisseau central chacun des collatéraux. Cette tentative de fusion des volumes — que la lumière accentue encore — a été facilitée par les piliers amincis autant que faire se peut et qui laissent ainsi passer le jour diffusé par les fenêtres des bas-côtés. Il faut s'attacher à l'analyse du détail pour saisir la science consommée de l'architecte et des maçons réunis sur le chantier : sculptures des chapiteaux, qualité de la modénature, science de l'assemblage des pierres confirment qu'il s'agit d'un des grands chefs-d'œuvre de l'architecture gothique, au milieu du XIIIe siècle.

Pour s'en convaincre, il suffit de tourner à l'extérieur de l'édifice. L'audace du chevet dressé sur celui de l'abbé Suger est frappante. Le squelette architectural devient ici la pointe la plus extrême de la hardiesse. La double volée d'arcs-boutants placés à la retombée des voûtes du vaisseau central paraît moins audacieuse.

L'œil est également arrêté par les deux formidables bras du transept. Au nord, encadré de deux bases de clochers inachevés dont il est séparé, il est pourvu à la partie inférieure d'un portail très important malgré les restaurations subies au XIXe siècle. Plus ancien que ce bras nord, puisqu'il a dû être exécuté vers les années 1150, il a été remonté vers 1140. Le tympan est consacré au martyre de saint Denis, les piédroits présentent des rois de l'Ancien Testament. Sculptures d'une rare qualité par sa précision toute métallique, elles manifestent dans le mouvement des draperies un goût pour le mouvement qui se trouvera amplifié à Senlis. Le bras sud n'est pas moins saisissant malgré son cruel état de conservation et le peu de recul pour en juger. Le portail dont il est décoré, lui est contemporain et illustrait à l'origine un Jugement Dernier. Tympan, trumeau, les deux statues des piédroits ont disparu, seuls les voussures d'une grande délicatesse et les feuillages, crochets et fleurs de lys qui montent entre les colonnes des piédroits permettent d'admirer l'étonnante habileté des sculpteurs du milieu du XIIIe siècle...

Le déambulatoire

C'est volontairement que l'architecte qui a reconstruit le chœur a conservé le déambulatoire et les chapelles rayonnantes, consacrés en 1144. L'architecte choisi par l'abbé Suger en 1140 fit preuve d'une maîtrise peu commune qui tranche avec les maladresses notées dans l'avant-nef. Il établit d'abord une vaste crypte pour atteindre le niveau souhaité pour le chevet. Il dessine alors un plan d'une prodigieuse habileté. Le mur extérieur paraît onduler pour créer les sept chapelles rayonnantes, peu profondes et étroitement liées au déambulatoire à la fois par l'absence de mur séparateur et par la présence d'une ogive supplémentaire qui permet d'englober son voûtement à celui du déambulatoire. Ce souci d'intégration des volumes entre eux est manifeste comme il est évident dans le plan adopté. Le chœur est ceinturé d'un

A gauche :
Les stalles provenant de la chapelle de Goillon (début XVIe siècle).

A droite :
Le déambulatoire.

La rose du bras sud : Dieu le Père, anges, signes du zodiaque, travaux des mois.

double déambulatoire dont les voûtes d'ogives retombent au centre sur des colonnes en délit d'une grande finesse par rapport au poids qu'elles doivent supporter. L'air circule librement entre ces trois espaces qui n'en font plus qu'un à l'œil. La réussite la plus étonnante se situe au niveau de l'éclairage. Grâce au voûtement d'ogives adopté, l'architecte a conduit les poussées de ces voûtes à des endroits très précis, ce qui lui a permis de percer les murs extérieurs. Chacune des sept chapelles rayonnantes est munie de deux immenses baies qui se font vis-à-vis et qui inondent le déambulatoire de lumière. Cette lumière n'est pas non plus indifférente puisqu'elle passe à travers des vitraux, contemporains de l'édifice, qui la font éclater en la chargeant de couleurs. Pour la première fois, le vitrail prend toute sa signification dans l'architecture : il clôt à la fois un volume en fermant la baie et laisse passer le jour qu'il module. Il devient en fait une paroi translucide dont le rôle sera déterminant dans la naissance et le développement de l'architecture gothique.

Le chevet de Saint-Denis tient une grande place dans la définition de l'architecture gothique. Pour la première fois se trouvent réunis en un faisceau cohérent les principaux éléments : voûte d'ogives, larges percements, peut-être même comme une thèse récente l'a émis, arcs-boutants. Certes, les tâtonnements n'avaient pas manqué depuis un demi-siècle dans l'utilisation des ogives. Le domaine anglo-normand en fournit de nombreux exemples : Durham et Lessay à la fin du XIe siècle, les abbatiales de Caen dans les années 1120-1130, mais ces expériences n'avaient jamais réussi à en tirer un parti stylistique. Saint-Denis est sur ce point en rupture fondamentale avec le passé et trace une voie nouvelle qui va rapidement être empruntée. L'ogive maîtrisée dans sa technique facilite le couvrement d'une travée au moment de la construction, canalise en des endroits les retombées recueillies par des supports, rend le mur inutile entre ceux-ci. Le génial architecte de Suger l'avait compris dont le dessein était celui de l'abbé lui-même : « transposer ce qui est matériel en ce qui est immatériel »… « afin de pouvoir être transporté d'ici-bas dans ce monde plus élevé d'une manière analogique ».

Les vitraux disposés par l'abbé Suger prennent alors toute leur signification tant par leur valeur chromatique que leur sens. Deux sont consacrés à la Concordance entre l'Ancien et le Nouveau Testament, deux autres ont trait à la Généalogie du Christ (Arbre de Jessé) et à son Histoire, deux autres sont relatifs à la Passion. De ce vaste programme, il ne subsiste plus aujourd'hui que quinze panneaux remontés dans des verrières en partie modernes. Plus tard, Suger fit ajouter deux autres verrières, l'une consacrée à l'histoire de Charlemagne et l'autre à la première croisade, elles ont disparu. Les autres baies étaient constituées de grisailles aux bordures colorées.

Nous ignorons comment se présentaient les parties hautes du chœur avant les réfections du XIIIe siècle : on a pensé qu'il était pourvu de tribunes et d'arcs-boutants, ce qui restera toujours pure hypothèse.

A gauche :
Les arcs-boutants de la nef.

A droite :
Vitrail de la base n° 5 : Scènes de la vie de Moïse, le buisson ardent (avant 1144).

Le chevet, à partir de 1231.

SICVT ONSPICI
ARDET

La crypte

La crypte, à la différence des parties hautes, paraît moins homogène et comprend trois éléments différents : l'église carolingienne, la chapelle de Hilduin et la crypte du XIIe siècle.

La crypte carolingienne

L'église, commencée par Carloman et Charlemagne et consacrée en 775, peut être en partie reconstituée grâce aux fouilles qui ont été pratiquées sous le dallage du transept et de la nef et au chevet qui subsiste dans la crypte. Elle s'étendait sur 36 mètres de longueur et sur plus de 22 mètres de largeur. A l'est, le chevet hémicirculaire à l'intérieur et à pans à l'extérieur, est à deux étages. Le niveau inférieur était accessible par deux escaliers latéraux dans un couloir annulaire qui permettait d'apercevoir le tombeau des saints martyrs. De part et d'autre du percement central s'aperçoivent encore les ouvertures, qui laissaient pénétrer la lumière. Au-dessus, des arrachements de dalle indiquent le niveau supérieur dont le bas du mur porte encore les traces de peinture. Le plan de ce chevet unique à l'époque carolingienne a été vraisemblablement inspiré à l'abbé Fulrad lors de la mission qu'il effectua à Rome en 751.

La chapelle de l'abbé Hilduin

L'abbé Hilduin édifia, à l'est du chevet carolingien, une chapelle consacrée en 832 en l'honneur de la Vierge. Elle fut ensuite modifiée à plusieurs reprises et reliée à la crypte carolingienne par une immense arcade. Les murs latéraux qui en subsistent ne sont pas antérieurs au début du XIIe siècle et comportent sur chaque face une longue arcature aveugle qui retombe sur des chapiteaux, rare témoignage de la sculpture romane en Ile-de-France.

La crypte du XIIe siècle

Pour asseoir le chevet, l'architecte de l'abbé Suger a été conduit, en premier lieu, à construire une immense crypte. Le rôle qu'elle joue dans la construction explique son aspect massif : colonnes rondes et trapues du déambulatoire, mur épais, doubleaux et formerets au profil extrêmement lourd, chapelles rayonnantes qui se ferment sur elles-mêmes, enfin emploi généralisé de la voûte d'arêtes appareillées.

Cercueils royaux
1- Louis VII (1137-1180)
2 - Louise de Lorraine († 1601)
3 - Louis XVI (1774-1793)
4 - Marie-Antoinette d'Autriche († 1793)
5 - Louis XVIII (1814-1824)
6 - Cercueils princiers
7 - Cœurs
8 - Ossuaires
9 - Crypte archéologique
10 - Cénotaphes des Bourbons

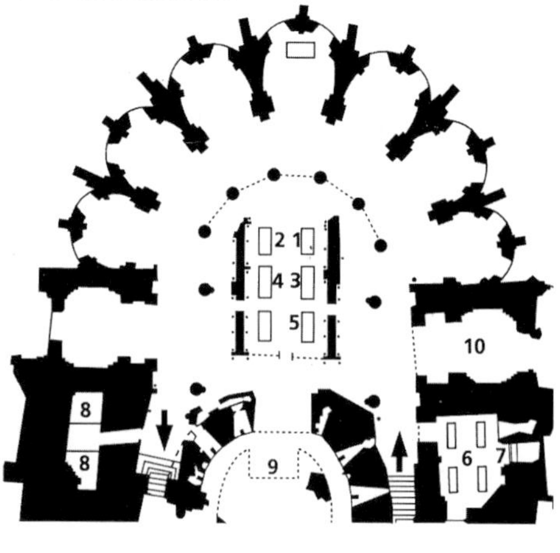

Chapiteau de la chapelle d'Hilduin, première moitié du XIIe siècle.

A gauche : ***Chapelle du déambulatoire de la crypte (avant 1144).***

A droite : ***Chapiteau de la chapelle d'Hilduin, première moitié du XIIe siècle.***

Les tombeaux

La croisée du transept

Saint-Denis est devenue par suite d'un concours de circonstances la nécropole des rois de France. A l'origine, elle partageait ce privilège avec d'autres édifices situés à Paris (Saint-Germain-des-Prés ou Sainte-Geneviève) ou ailleurs (Reims, Metz, Soissons). Grâce à la politique des abbés, elle sut s'imposer. A partir d'Hugues Capet, tous les rois de France, à l'exception de trois (Louis VII, Philippe Ier et Louis XI) furent inhumés dans le chœur de l'abbatiale, à proximité de l'autel et sans grand ordre. En 1231, lorsqu'il fut décidé de reconstruire l'abbatiale, un réaménagement des tombeaux s'imposait. Pour le réaliser, l'architecte privilégia le transept auquel il donna des dimensions gigantesques. Au centre, entre les piles de la croisée, seize gisants royaux exécutés suivant un parti identique ont été mis en place en 1263 et 1264. Au sud, le seul Mérovingien dont le corps avait été retrouvé (Clovis II) et les sept Carolingiens : Charles Martel, Berthe et Pépin, Carloman et Hermentrude, Carloman et Louis II. Au nord, les huit Capétiens : Hugues Capet et Eudes, Robert et Constance, Louis VI et Henri Ier, Philippe et Constance. Cette répartition généalogique, ainsi affirmée, fut bouleversée dès la fin du XIIIe siècle avec la mise en place au sud de trois nouveaux tombeaux qui changèrent l'ordre originel : Isabelle d'Aragon († 1271), Philippe III († 1285) et Philippe le Bel († 1314). Alors que les gisants du milieu du XIIIe siècle étaient sculptés dans la pierre, les trois autres le sont dans un marbre blanc posé sur une dalle de marbre noir. En même temps, l'aspect stéréotypé disparut au profit de recherches individualisées qui ne signifient cependant pas que nous sommes en présence de portraits.

Le bras nord

L'encombrement était tel dans la croisée du transept que les corps des fils de Philippe le Bel furent déposés dans le bras nord du transept : Philippe V, Charles IV le Bel, Jeanne d'Evreux et les deux premiers Valois, Philippe VI et Jean le Bon. Les quatre premiers gisants sont caractéristiques de l'art de la première moitié du XIVe siècle et reproduisent le style du gisant de Philippe le Bel. Les gisants des Valois, sortis de l'atelier d'André Beauneveu en 1366, témoignent du renouvellement de l'iconographie à cette époque.

Le bras sud

Charles V décida de se faire enterrer dans une chapelle située sur le bras sud qu'il fit aménager. Son magnifique tombeau dû à André Beauneveu, en 1364, du vivant du roi, fut bientôt entouré de ceux de sa

La chapelle d'Hilduin (première moitié du XIIe siècle).

L'abside de la crypte carolingienne.

femme, de son fidèle serviteur Bertrand Duguesclin, de son fils Charles VI et d'Isabeau de Bavière, son épouse, et de Louis de Sancerre, connétable de France.

Les tombeaux du XVIe siècle

Au XVIe siècle, les tombeaux, en raison même de leurs dimensions, furent disposés dans le transept sans ordre véritable. Le tombeau de Louis XII et d'Anne de Bretagne, dû à Guido Mazzoni et exécuté par les Juste, trouva place dans le bras nord. Il innove par la juxtaposition des gisants et des priants. Celui de François Ier et de Claude de France, conçu par Philibert Delorme fut élevé dans le bras sud. Il reprend dans un style plus monumental le parti défini par le tombeau précédent. Quant à l'extraordinaire tombeau que Catherine de Médicis dressa à la mémoire de son royal époux Henri II, il fut d'abord placé dans une rotonde construite pour l'accueillir sur le bras nord du transept, avant d'être mis dans le bras nord, au début du XVIIIe siècle. Le projet, dû au Primatice, fut exécuté par Germain Pilon qui réalisa les plus grands chefs-d'œuvre de la sculpture du XVIe siècle.

Le XIXe siècle

Les Bourbons rêvèrent à plusieurs époques de dresser des monuments funéraires en mémoire de leurs ancêtres, aucun ne fut réalisé avant la Révolution. Lors de la grande restauration de l'abbatiale au XIXe siècle, il fut décidé de remettre à Saint-Denis les tombes royales qui subsistaient mais d'y réunir aussi les monuments funéraires qui provenaient d'églises disparues. Placés sans grand ordre à l'origine, ils ont été disposés dans le déambulatoire ou dans le bras nord du transept. Dans le déambulatoire, ont pris place les tombes de Frédégonde, Clovis, Childebert, Robert d'Artois et les enfants de Saint Louis, au nord ; de Léon de Lusignan, Charles de Valois, Marie d'Espagne et de deux princesses inconnues, au sud. Dans le bras nord se situent la gisante de marbre noir anonyme, Louis de France et Marguerite d'Artois, Clémence de Hongrie, Blanche d'Evreux et Jeanne de France, Charles de Valois, Charles d'Anjou, Blanche de France, Philippe et Louis de France.

La réunion de tous ces gisants, issus de Saint-Denis ou provenant d'églises parisiennes ou proches de la capitale, permet de réaliser visuellement la plus grandiose histoire de la sculpture funéraire depuis le milieu du XIIe siècle jusqu'au milieu du XVIe siècle. Elle ajoute encore à la signification de l'abbatiale de Saint-Denis qui continue de veiller sur ses rois dont les cendres ont été dispersées à la Révolution.

Les vitraux du déambulatoire (avant 1144).

A gauche : ***Vitrail de l'Enfance du Christ : les rois mages.***

A droite : ***Vitrail de l'Enfance du Christ : l'Annonciation.***

A gauche : ***Vitrail de l'Enfance du Christ : la Visitation.***

A gauche : ***Vitrail de l'arbre de Jessé : un roi.***

VE MARIA

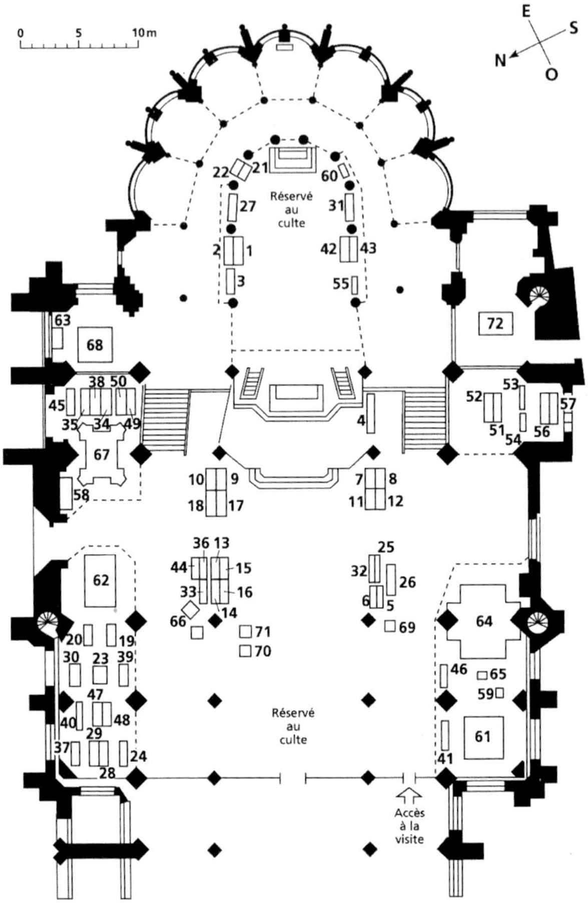

1 Clovis Ier 481-511 *
2 Childebert Ier 511-558
3 Frédégonde † 597 épouse de Chilperic Ier 561-584
4 Dagobert Ier 629-639
5 Clovis II 639-657
6 Charles Martel † 741
7 Pépin le Bref 751-768
8 ∞ Berthe † 783
9 Carloman 768-771
10 Hermentrude † 869 épouse de Charles le Chauve
11 Louis III 879-882
12 Carloman 879-884
13 Robert II le Pieux 996-1031
14 ∞ Constance d'Arles † 1032
15 Henri Ier 1031-1060
16 Louis VI Le Gros 1108-1137
17 Philippe † 1131
18 Constance de Castille † 1160 épouse de Louis VII le Jeune
19 Philippe † 1235
20 Louis † 1260
21-22 *Blanche et Jean, enfants de Saint Louis, † 1243, 1245*
23 *Louis et Philippe, fils de Pierre comte d'Alençon † 1273*
Originaux au Musée de Cluny à Paris
24 *Princesse non identifiée*
25 Philippe III le Hardi 1270-1285
26 ∞ Isabelle d'Aragon
27 *Robert II d'Artois, neveu de Saint Louis † 1317*
28 *Louis Comte d'Evreux, fils de Philippe III † 1319*
29 *∞Marguerite d'Artois, † 1311*
30 *Blanche, fille de Saint Louis † 1320*
31 *Princesse non identifiée, dite Blanche de Bretagne*
32 Philippe IV le Bel 1285-1314
33 Louis X le Hutin 1314-1316
34 Philippe V le Long 1316-1322
35 Charles IV le Bel 1322-1328
36 Jean Ier le Posthume 1316
37 Clémence de Hongrie † 1328, épouse de Louis X le Hutin
38 Jeanne d'Evreux † 1371 épouse de Charles IV le Bel
39 *Charles Ier d'Anjou, roi de Sicile, fils de Louis VIII † 1283*
40 *Charles comte de Valois, fils de Philippe III le Hardi † 1325*
41 *Charles d'Evreux, comte d'Etampes † 1326*
42 *Charles comte d'Alençon, fils de Charles Ier de Valois † 1346*
43 *Marie d'Espagne, femme de Charles comte d'Alençon † 1379*
44 *Jeanne II, reine de Navarre, fille de Louis X † 1349*
45 *Blanche, fille de Charles IV, femme de Philippe d'Orléans † 1393*
46 *Marguerite, fille de Philippe V, femme de Louis II de Flandre † 1382*
47 Blanche de Navarre † 1398 épouse de Philippe VI

1 à **5** – Mérovingiens
6 à **12** – Carolingiens
13 à **71** – Capétiens
47 à **62** – Valois
64 à **71** – Valois-Angoulême

48 Jeanne † 1371
49 Philippe VI 1328-1330
50 Jean II le Bon 1350-1364
51 Charles V le Sage 1364-1380
52 ∞ Jeanne de Bourbon † 1377
53 *Bertrand du Guesclin, connétable de France † 1380*
54 *Louis de Sancerre, connétable de France † 1402*
55 *Léon VI de Lusignan, roi d'Arménie † 1393*
56 Charles VI 1380-1422
57 ∞ Isabeau de Bavière † 1435
58 *Guillaume du Chastel, panetier du roi † 1441*
59 *Béatrice de Bourbon, fille de Louis Ier de Bourbon, femme de Jean l'Aveugle, roi de Bohême † 1383*
60 *Princesse non identifiée*
61 Louis Duc d'Orléans † 1407
61 ∞ Valentine Visconti † 1408
61 *Philippe d'Orléans, comte de Vertus † 1420*
61 Charles Duc d'Orléans le poète † 1465
62 Louis XII 1498-1515
62 ∞ Anne de Bretagne † 1514
63 *Marie de Bourbon-Vendôme, fille de Charles comte de Vendôme † 1538*
64-65 François Ier 1515-1547
64 ∞ Claude de France † 1530
66 *Louis Cardinal de Bourbon, fils de François comte de Vendôme † 1557*
67-68 Henri II 1547-1559
67-68 ∞ Catherine de Médicis † 1589
69 François II 1559-1560
70-71 Henri III 1574-1589
72 Louis XVI 1774-1793

* Les noms en romain sont ceux des souverains
∞ : épouse du précédent

En vignette :
Le sanctuaire de la cathédrale de Saint-Denis
Détail du vitrail de la base n° 5 : scène de la vie de Moïse, le buisson ardent.
Les stalles provenant de la chapelle de Goillon (début XVIe siècle).

En couverture :
en haut à gauche : gisant de Philippe III, en haut à droite : gisant de Philippe IV, en bas à gauche : gisant de Philippe V, en bas à droite : gisant de Louis X, au centre : façade de la cathédrale de Saint-Denis, élevée par l'abbé Suger avant 1140, elle a perdu au XIXe siècle sa tour nord.

En quatrième de couverture :
La Prudence, une des quatre Vertus du tombeau de Louis XII, commandé par François Ier en 1516, d'après un dessin de Jean Perréal.

I.S.B.N. : 978-2-7373-4209-7 - Dépôt légal : février 2007 - N° d'éditeur : 5397.03.1,5.01.10
Imprimé en France par ETIC Graphic, Laval (53)
www.editionsouestfrance.fr